THE SURGEON

外科醫生

泰絲・格里森——著　尤傳莉——譯

TESS GERRITSEN

媒體名人盛讚

請把泰絲．格里森移到更高的位置。事實上，她有資格移到接近最頂端的作家行列……這是一本了不起的書，精細的描繪、節奏完美的佈局，再加上令人難以釋卷的懸疑性。

——美國愛荷華州雪松瀑市《公報》（*Gazette*）

很少作者能像緬因州的泰絲．格里森創造出這樣的邪惡……她是個大師級的說故事高手，顯然很了解寫出懸疑偵探小說的訣竅。

——美國緬因州布魯斯維克鎮《時代紀錄報》（*Times Record*）

引人入勝……這本書令人驚嘆……格里森以迅速的節奏鋪陳出故事……讓讀者完全無法鬆懈。

——美國猶他州鹽湖城《摩門信徒報》（*Deseret News*）

驚悚又迷人，一本滿足你各種需求的絕佳讀物……《外科醫生》一開始就節奏迅速，隨之愈來愈快（也愈來愈驚悚），一路不曾稍歇，直到令人滿足的最後一頁。

——《揭密週報》（***Snitch***）

令人激動。這本懸疑小說中的追逐和恐怖情節，至今仍令我覺得眩暈。我想別開眼睛不看，但發現自己太入神而無法移開視線。我生活中的其他一切都退居第二位，只想趕緊看完這本泰絲·格里森的新著。

——「我愛推理」通訊

節奏迅速而刺激……格里森的最佳醫學驚悚作品之一……不要在醫院看這本小說，可能會害你惡夢不斷。

——美國北卡羅萊納州南松市《領航人》雜誌（*The Pilot*）

做好心臟加速、脈搏狂跳的心理準備，讓泰絲·格里森以《外科醫生》帶領你展開一趟前往夢魘世界的旅程……如果你追求的是高度懸疑，那你挑對書了！

——《羅曼史時代》雜誌（*Romantic Times*）

引人入勝……你夜裡閱讀時，會跑去確認門鎖好了。

——美國科羅拉多州科羅拉多泉市《公報》（*Gazette*）

緊緊掐住我的喉嚨，不肯放手。

——塔米·霍格

節奏輕快，懸疑性十足，一路發展至緊張而驚心動魄的高潮。

——《時人》（*People*）雜誌，本週選書

這個故事同時令人恐懼又振奮。太過癮了！

——伊莉・瓊森

毛骨悚然……緊緊抓住讀者的注意力。

——《芝加哥論壇報》（*Chicago Tribune*）

節奏明快又迷人。

——《中西部書評》（*The Midwest Book Review*）

序曲

今天，他們將會發現她的屍體。

我知道事情將會如何發生。我可以預見那一連串導致屍體被發現的事件，歷歷如在眼前。九點前，肯多暨羅德旅行社那些傲慢的淑女們會坐在辦公桌前，精緻修剪過的指甲敲擊著電腦鍵盤，爲史密斯太太預訂一趟地中海遊輪之旅，幫瓊斯先生預訂一段瑞士克洛斯特斯的滑雪假期。至於布朗夫婦，今年要來點不一樣的，有異國情調的，或許是清邁或馬達加斯加，但不能太操勞的；絕對不行，冒險之餘也務必要顧及舒適。這是肯多暨羅德旅行社的座右銘：「舒適的冒險。」這是個忙碌的旅行社，電話常常響起。

要不了多久，那些淑女們就會發現黛安娜沒在座位上。其中一個人會打電話到黛安娜位於後灣區的住宅，但電話沒人接。也許黛安娜正在沖澡沒聽到。或者她已經出門要來上班，只是遲到了。打電話的人腦中閃過十來個完全無害的可能性。但等到時間逐漸過去，一再打電話去都沒人接，他們心中就會出現其他更令人不安的可能性了。

我猜想公寓管理員會讓黛安娜的同事進去。我可以想見他緊張地翻找著一大串鑰匙，一邊說，「你是她的朋友，對吧？你確定她不會介意？因爲我得告訴她，是我讓你進去的。」

他們走進公寓，那個同事喊道：「黛安娜？你在家嗎？」他們進入走廊，經過裝裱得很精緻的旅遊海報，公寓管理員就緊跟在後面，好確定這同事沒偷走任何東西。

然後他們站在臥室門外，看到裡面。管理員看到黛安娜．史特林，於是再也不擔心偷東西這類微不足道的小事了。他只想趁自己吐出來之前，趕緊離開這户公寓。

警察趕到時，我眞希望自己人在現場，但我不笨。我知道他們會研究每輛緩緩經過的汽車，過濾街上看熱鬧的每一張臉。他們知道我想重返現場的強烈欲望。即使是現在，當我坐在星巴克咖啡店裡，看著窗外明亮的白晝，都還能感覺到那個房間在召喚我回去。但我就像希臘神話中的奥德修斯，安全地捆牢在我船上的桅杆，渴望著海妖賽倫（Siren）的歌聲。我不會駕船衝向那些礁石。我不會犯這種錯。

反之，我坐在那邊喝我的咖啡，看著波士頓市逐漸醒來。我在杯子裡放了三匙糖攪拌；我喜歡喝甜甜的咖啡。我喜歡一切事物都如此。都很完美。

遠方響起警笛的尖嘯，召喚著我。我感覺自己就像努力想掙脱繩索的奥德修斯，但繩子綁得好緊。

今天他們會發現她的屍體。

今天他們會知道我們回來了。

1

一年後

湯瑪士．摩爾警探不喜歡乳膠的氣味，他戴上兩隻手套，一陣滑石粉隨之揚起，此時他感覺到慣常那種快要嘔吐的不適之感。這股氣味連接到他工作中最不愉快的層面，而他就像巴甫洛夫的狗被訓練得看到食物就會分泌唾液一般，一聞到乳膠的氣味，他就無可避免地聯想到血液和體液。乳膠的氣味是一種嗅覺的警告，要他做好準備。

於是他站在解剖室外頭，打起精神。才剛從外頭的大熱天走進來，他皮膚上的汗水已經變得一片涼颼颼。這是七月十二日，潮溼而有薄霧的星期五下午。全波士頓市到處都聽得到冷氣嘩啦啦運轉且滴著水的聲音，搞得大家火氣上升。在托賓橋上，出城度週末的車流已經開始增加，紛紛往北逃到緬因州的清涼森林裡。但摩爾卻不能加入其中。他在放假日被緊急召回，要來看他根本不想看的恐怖畫面。

他之前已經從停屍間的衣物推車裡拿了乾淨的外科手術袍穿上。現在他戴上一頂紙帽罩住頭髮，又在鞋子外頭套上了紙鞋套，因爲他見過解剖檯上偶爾會濺到地上的東西。血，組織團塊。他絕對沒有潔癖，但他可不希望鞋子上沾了什麼解剖室的東西帶回家。他在門外暫停幾秒鐘，深深吸了一口氣。然後認命地推開門進去。

罩著布的屍體放在解剖檯上，從形狀看是女人。摩爾的目光避免停留在受害者身上太久，轉而看著解剖室裡的活人。法醫艾許佛．提爾尼醫師，還有一位停屍間助手正把工具放到手術盤上。隔著解剖檯，站在法醫對面的是珍．瑞卓利，也是波士頓兇殺組的。她三十三歲，小個子、方下頷。一頭不乖的捲髮藏在手術紙帽底下，而沒了那些黑髮柔化她的五官，她的臉似乎全都是硬邦邦的稜角，深色眼珠銳利而熱切。她是六個月前從風化與毒品組調過來的，成了兇殺組裡唯一的女警，而且已經跟其他警探鬧得不太愉快。她指控其他警探性騷擾，而其他警探則反過來指控她實在太難搞。摩爾不確定自己喜歡瑞卓利，也不確定瑞卓利喜歡他。到目前為止，他們彼此的互動都只限於公事，而且他認為她也希望如此。

站在瑞卓利旁邊的是她的搭檔巴瑞．佛斯特，三十來歲，永遠都開開心心的，再加上一張溫和而沒蓄鬍子的臉，讓他似乎比實際年齡年輕。佛斯特已經跟瑞卓利搭檔兩個月了，從來沒有抱怨過，他是組裡唯一夠溫和、可以忍受她壞脾氣的人。

摩爾走向解剖檯時，瑞卓利說：「我們正在想，不曉得你什麼時候才會出現呢。」

「你們呼叫我的時候，我正在往緬因州的高速公路上。」

「我們從五點就開始在這裡等了。」

「我才剛開始做內部檢驗，」提爾尼醫師說。「所以依我看呢，摩爾警探來得正是時候。」這是擺明了幫另一個男人說話。他甩上櫥櫃門，發出一陣迴盪的吭啷聲，難得表現出自己的煩躁。提爾尼醫師是在喬治亞州土生土長的老派南方紳士，一向認定女人就該有淑女的樣子。因此他一點也不喜歡跟暴躁易怒的珍．瑞卓利合作。

停屍間助手推著一盤工具到解剖檯旁，跟摩爾短暫交換了一個眼色，那個眼神是在說，這賤貨眞是不可理喻吧？

「很遺憾你的釣魚之旅，」提爾尼對摩爾說。「看起來你的假期泡湯了。」

「你確定又是我們那位老兄幹的？」

提爾尼的答覆是伸手揭開布罩，露出屍體。「她的名字是伊蓮娜·歐提茲。」

儘管摩爾已經有心理準備，但看到被害人的第一眼，他還是覺得彷彿挨了一記重擊。那女人黏著血的黑髮發硬，像豪豬的棘刺般豎起，臉上的顏色有如藍紋大理石。她的雙唇張開，彷彿話講到一半凍結住了。身上的血已經洗掉，傷口在灰白的皮膚上形成發紫的裂口。看得到的傷口有兩處。一處是深深劃過喉嚨的割傷，從左耳下方橫切過左頸動脈，露出了喉頭軟骨。這是致命傷口。第二處是在下腹部，這個傷口並沒有取人性命之意，而是有完全不同的目的。

摩爾艱難地吞嚥了一口。「我明白你爲什麼會把我從休假中召回了。」

「這個案子由我主責。」瑞卓利說。

摩爾聽得出她話中的警告意味；她是在保護自己的領土。他知道爲什麼，女警總不斷要遭受奚落和懷疑，因而變得很容易就被激怒。其實他並不想挑戰她。這個案子他們得一起合作，現在就在搶主導權，也未免太早了。

他小心翼翼地保持尊重的口吻。「能不能麻煩你把背景狀況告訴我？」

瑞卓利草草點了個頭。「被害人是在今天早上九點被發現的，在南城區烏斯特街她的公寓裡。她平常大約清早六點會到『歡慶花店』工作，那裡離她的住所只有幾個街區。花店是家族企業，她爸媽開的，她沒去上班，家人就擔心起來。她哥哥去察看，在臥室裡發現了她。提爾尼醫師估計死亡時間是在半夜十二點到今天凌晨四點之間。根據她家人的說法，她目前沒有男朋友，她那棟公寓裡面也沒人記得看過她有男性訪客。她只是個努力工作的天主教姑娘。」

摩爾看著被害人兩邊的手腕。「當時她被綁住了。」

「沒錯。用防水膠帶捆住手腕和腳踝。屍體發現時，她身上沒穿衣服，只戴了些首飾。」

「什麼首飾？」

「一條項鍊。一個戒指。還有一副耳釘。她臥室裡的首飾盒沒人動過。可見犯案動機不可能是搶奪財物。」

摩爾看著橫過被害人臀部的那道瘀痕。「軀幹也被捆住了。」

「用防水膠帶捆住腰部和大腿根，還封上嘴巴。」

摩爾吐了一口長氣。「耶穌啊。」他瞪著伊蓮娜．歐提茲，茫然地想起了另一名年輕女子。另一具屍體——金髮，喉嚨和下腹部都有血淋淋的割傷。

「黛安娜．史特林，」他喃喃道。

「我已經調出了史特林的驗屍報告，」提爾尼醫師說。「以防萬一你要複習一下。」

但摩爾不需要複習；史特林的案子是由他主責的，至今他從來未曾淡忘。

一年前，三十歲的黛安娜．史特林，肯多暨羅德旅行社的職員，被發現赤裸陳屍在她臥室床上，身上捆著防水膠帶，喉嚨和下腹部被劃開。這樁謀殺案至今未破。

提爾尼醫師調整檢驗燈，照向伊蓮娜．歐提茲的腹部。血污稍早已經沖掉了，切口的邊緣是淡粉紅色。

「有什麼微跡物證嗎？」摩爾問。

「我們沖洗屍體前，從她身上採到了幾根纖維。另外還有一根頭髮，黏在傷口邊緣。」

摩爾忽然充滿興趣地抬頭。「是被害人的嗎？」

「短得多。是淡褐色的。」

伊蓮娜・歐提茲的頭髮是黑色的。

瑞卓利說：「我們已經提出要求，要所有接觸過屍體的人提供頭髮樣本了。」

提爾尼把大家的注意力引向傷口。「這是個橫斷切口。外科醫師都稱之爲梅拉德切口。切的時候要一層接一層切開腹壁。首先是皮膚，再來是淺筋膜，接著是肌肉，最後是骨盆腔腹膜。」

「就像史特林，」摩爾說。

「沒錯，就像史特林。但還是有些不同。」

「什麼不同？」

「在黛安娜・史特林身上，切口有少數幾處鋸齒，顯示下手時的猶豫，或是不確定。但這裡就看不到。你看這裡的皮膚切得多俐落，一點鋸齒都沒有，下刀的信心十足。」提爾尼和摩爾四目交會。「我們的不明嫌犯一直在學習。他的技術愈來愈好了。」

「如果是同一個嫌犯的話。」瑞卓利說。

「還有其他相似的地方。看到傷口這一端的方形邊緣嗎？這表示切口是從右劃到左。跟史特林一樣。這個傷口所用的是單面刃、無鋸齒的刀子。就跟用在史特林身上的一樣。」

「解剖刀嗎？」

「符合解剖刀的特徵。俐落的切口顯示刀子沒有扭轉。被害人要不是失去意識，就是綁得太緊而動不了，所以無法讓刀痕偏移。」

巴瑞・佛斯特看起來好像快嘔吐了。「啊，老天。拜託告訴我，兇手動刀的時候，她已經死了。」

「恐怕這並不是死後的傷口。」提爾尼戴著外科口罩，只露出了綠色雙眼，但那對眼睛中充滿憤怒。

「有死前流的血嗎？」摩爾問。

「積在骨盆腔內。這表示當時她還有心跳，表示當這個……這個過程完成時，她還活著。」

摩爾看到被害人的兩邊手腕各有一圈瘀血。她的兩隻腳踝也是，還有一道紫色斑點——皮膚上的點狀出血——橫過雙臀。顯示伊蓮娜・歐提茲曾努力想掙脫束縛。

「還有其他的證據，顯示下刀時她還活著。」提爾尼醫師說。「湯瑪士，把你的手伸進傷口裡。我想你知道你會發現什麼。」

摩爾不情願地把戴著手套的手伸進傷口裡。屍體之前冷藏了幾個小時，摸起來涼涼的。摩爾聯想到把手伸進剛宰的火雞體內，要掏出整串內臟的感覺。他的手腕以下都伸進去了，手指摸索著傷口邊緣。在一個女人身體最私密的部位這樣掏摸，感覺上像是侵犯隱私。他刻意不去看伊蓮娜・歐提茲的臉。唯有這樣，他才能客觀地看待她的遺體，才能專心找出她身體有什麼異樣。

「子宮不見了，」摩爾看著提爾尼說。

法醫點點頭。「被摘除了。」

摩爾抽回手，往下瞪著那個張開的傷口，像個打開的嘴巴。這會兒瑞卓利戴著手套的手也插進去，短短的手指竭力探索著腔內。

「沒有摘除其他什麼嗎？」她問。

「只有子宮，」提爾尼醫師說。「膀胱和腸子都沒動。」

「我摸到的這個東西是什麼？這個硬硬的小結，在左邊。」她問。

「是縫合線。他用來綁住血管的。」

瑞卓利抬起頭來，很正經。「這是外科手術打的結？」

「二－○羊腸線，」摩爾大著膽子猜測，望向提爾尼醫師尋求確認。

提爾尼點點頭。「跟我們在黛安娜．史特林身上發現的縫合線是一樣的。」

「二－○羊腸線？」佛斯特聲音虛弱地說。他已經從解剖檯旁退開，現在站在房間一角，準備隨時衝到水槽前面吐。「那是——品牌名稱還是什麼？」

「不是品牌名稱，」提爾尼說。「羊腸線是一種外科手術線，用牛或綿羊的腸子製造的。」

「那爲什麼要稱爲羊腸線（catgut）？」❶

「這得回溯到中世紀，當時都用腸線做樂器的絃。音樂家說樂器是他們的kit（工具），而上頭的絃就稱之爲kitgut。這個字後來演變成爲catgut。在外科手術中，這類縫合線是用來縫合深層的結締組織。人體最後會溶解縫合線物質，予以吸收。」

「那他是哪裡弄來這種羊腸線的？」瑞卓利看著摩爾。「你辦史特林案子的時候，追蹤到來源了嗎？」

「要找出特定的來源，幾乎是不可能的事，」摩爾說。「羊腸線的製造公司有十來家，大部分都在亞洲。有些外國醫院還在使用。」

「只有外國醫院？」

提爾尼說：「現在有更好的手術縫合線。羊腸線的強度和耐用程度，都不如人工合成的縫合線。美國現在還在使用羊腸線的醫生，我想恐怕不多。」

「爲什麼我們的不明嫌犯要用縫合線？」

「好保持視野清楚。這樣就可以控制住流血，讓他動手術時可以看清楚。我們的不明嫌犯可是很愛乾淨的。」

瑞卓利的手從傷口裡抽回。戴著手套的手掌上沾了一小塊凝血，像一顆豔紅色的珠子。「他的技術有多好？他會是醫生嗎？或者是個屠夫？」

「他顯然有解剖學的知識，」提爾尼說。「我毫不懷疑，這種事情他以前做過。」

摩爾站在解剖檯旁，想到伊蓮娜·歐提茲所受的苦，不禁後退一步，但還是沒法拋開那些影像。不幸的後果就躺在他面前，張大眼睛瞪著他。

他聽到金屬盤上的工具嘩啦響，驚訝地轉身。停屍間助手已經把工具盤推到提爾尼醫師旁邊，準備要做Y字形切口。此刻那個助手身子往前傾斜，瞪著腹部的傷口。

「結果是怎樣？」他問。「他把子宮拿出來之後，用來做什麼？」

「不知道，」提爾尼說。「那些器官始終下落不明。」

❶ catgut，字面意爲貓腸。

2

摩爾站在人行道上，這是伊蓮娜．歐提茲生前所住的南城區。有一度，火車鐵軌把波士頓隔成兩半，北半邊是比較討人喜歡的波士頓，而南半邊則是寒酸的荒僻街坊，擠滿了破舊的出租公寓。但成長中的都市就像一隻飢餓的野獸，總是在尋找新的土地，連鐵軌也阻止不了房地產開發商貪婪的目光。新一代的波士頓人發現了南城區，於是老舊的分租樓房逐漸消失，轉而成爲新式的公寓大樓。

伊蓮娜．歐提茲就住在這麼一棟大樓裡。儘管她二樓那戶的視野很不怎麼樣——窗子面對著馬路對面的一家自助洗衣店——但這棟公寓的確提供了波士頓市區少有的一項便利設施：房客停車位，就在旁邊鄰接的小巷子裡。

這會兒摩爾沿著那條小巷子往前走，掃視著上方衆多的公寓窗子，心想此時可會有誰往下看著他。那些窗子的玻璃後面看不出有任何移動的形影。警方已經訪查過面對著這條巷子的住戶；沒有人能提供任何有用的資訊。

他停在伊蓮娜．歐提茲的浴室窗下，往上看著通往那面窗子的防火梯。梯子現在已經往上拉回去，拴在收起來的位置。但在伊蓮娜．歐提茲遇害的那一夜，有一輛房客的汽車停在防火梯下。稍後警方在車頂上發現了八號半的鞋印。不明嫌犯曾利用那輛車當踏腳石，好爬上防火梯。

他看到那扇浴室的窗子關起來了。但在她遇害的那一晚，窗子沒關。

摩爾離開巷子，繞回前門，進入這棟大樓。幾條警方的封鎖膠帶鬆垮地橫過伊蓮娜．歐提茲那戶公寓的門上。摩爾開了門鎖，採指紋的粉末像煤灰般沾得他滿手都是。他走進門內時，散開的膠帶滑過他的肩膀。

他昨天來匆匆看過一次，眼前的客廳就跟他所記得的一樣。當時瑞卓利在場，那次拜訪並不愉快，充滿了敵對的暗潮。歐提茲的案子一開始是瑞卓利負責，所以她很沒安全感，覺得任何人的挑戰都是威脅，尤其是比她年長的男性警察。儘管這個辦案小組現在已經擴充為五人，他們現在是隊友，但摩爾覺得自己像是侵入她的領土，也一直很小心用最客氣的辭句提出建議。他不想捲入一場自我意識之爭，卻避不開這場爭鬥。昨天他試著想專心在這個犯罪現場，但瑞卓利的忿恨卻不斷干擾。

只有眼前，獨自一人，他才能完全把注意力放在伊蓮娜．歐提茲喪生的這戶公寓。在客廳裡，他看到一張柳條茶几周圍放著不搭配的家具。角落裡有一台桌上型電腦。根據瑞卓利的說法，自從謀殺發生後，屋內的一切都沒移動過，什麼都沒有改變。照進窗內的夕陽餘暉已經開始褪淡，但他沒開燈。他佇立良久，連轉頭都沒有，等著完全的靜寂降臨這個房間。這是他第一次有機會單獨來這個犯罪現場，第一次站在這裡而沒有嘈雜人聲、人來人往打擾。他想像著空氣的分子因為他的進入而短暫被攪動，現在放慢了，漂浮著。他要這個房間對他訴說。

但他什麼都沒感覺到。沒有感覺到邪惡，沒有殘存的恐怖震顫。

那位不明嫌犯不是從門進來的，也沒有在他新獲得的死亡王國裡徘徊流連。從頭到尾，他的注意力都集中在臥室。

摩爾緩步走過小小的廚房，進入走廊。他感覺到頸背的寒毛開始豎起來。到了第一個門口，他暫停一下，看著裡頭的浴室，打開了燈。

星期四晚上很熱。熱得全城各處好多窗子都開著，好迎接每一波零星的微風，每一絲涼快的空氣。你蹲在防火梯底下，穿著一身深色衣服流著汗，看著這個臥室。四周安靜無聲，臥室裡的女人睡著了。她明天一早得起床去花店上班，這時她的睡眠週期已經進入沉睡最深的時段，最不容易被吵醒。

她沒聽到你用刮鏟撬開紗窗時的刮擦聲。

摩爾看著壁紙，上頭是小小的紅色玫瑰蓓蕾紋樣。女人的花色，不是男人會選擇的那種。從各個方面看來，這都是個女人的浴室，從草莓香味的洗髮精，到水槽底下的那盒衛生棉條，以及塞滿了化妝品的醫藥櫃。她是那種偏愛水藍色眼影的年輕女郎。

你爬進窗戶，海軍藍的襯衫鉤到窗框。聚酯纖維。你的八號半球鞋在白色的亞麻仁油地板上留下鞋印。有一些沙子的痕跡，混合了石膏結晶。在波士頓市區裡行走，腳上通常就會沾上這樣的東西。

也許你曾暫停一下，在黑暗中傾聽，吸入女性空間的陌生甜味。也或許你沒浪費任何時間，直奔你的目標。

到臥室。

他循著入侵者的足跡往前，空氣似乎更臭、更濁重了。那不光是想像中的邪惡，而是氣味。他走到臥室門前，頸背的寒毛完全直立起來了。他已經知道自己會在房裡看到什麼，也認爲自己有了心理準備。但當他打開燈，那種恐怖再度襲擊他，就如同昨天初見時一樣。

那些血到現在已經超過兩天了。清潔公司還沒來打掃。但就算他們的消毒劑和蒸汽清洗機和幾罐白色的油漆，也絕對無法完全抹去這裡曾發生的事情，因爲空氣本身已經永遠烙下恐怖的印記了。

你來到門口，進入這個房間。窗簾很薄，只是一塊沒有襯裡的印花棉布，街燈的光芒篩過簾布，照在床上，照著那個熟睡的女人。你一定拖延了一會兒，審視著她，愉悅地思索著接下來的任務。因爲這是令你愉悅的，不是嗎？你愈來愈興奮。那種激動像毒品一樣，在你的血管裡流動，喚醒了每一根神經，直到連你的指尖都因爲期待而搏動。

伊蓮娜．歐提茲來不及尖叫。或者就算她尖叫了，也沒人聽到。住在她隔壁戶的那家人沒聽到，樓下的那對夫婦也沒聽到。

闖入者隨身帶了工具來。防水膠帶，一塊浸了氯仿的破布，一套外科手術工具。他是有備而來。

整個折磨過程持續了一個多小時。伊蓮娜．歐提茲至少有一部分時間是清醒的。她手腕和腳踝的皮膚都擦傷了，顯示曾經掙扎過。恐慌和痛苦造成她失禁，尿液滲進了床墊，混合了她的血。這個手術很精密，兇手花時間慢慢來，只取走他要的，其他都不拿。

他沒強暴她；或許是他沒辦法。

等他完成了恐怖的切除手術，她還活著。骨盆的傷口還在流血，心臟還在跳動。有多久？提爾尼醫師的猜測是最少半小時。三十分鐘，這對伊蓮娜．歐提茲來說，一定漫長得彷彿永無盡頭。

在這段時間裡，你都做了些什麼？收好你的工具？把你的戰利品放進瓶子裡？或者你只是站在這裡，享受眼前的這幅景象？

最後一幕迅速而有效率。兇手已經取走了他要的東西，現在該做個了斷了。他走到床頭，左手抓住伊蓮娜．歐提茲的頭髮用力往後拉，有二十來根都被拔起來了。警方後來發現，這些頭髮散落在枕頭和地板上。最後這一幕製造了許多血跡。伊蓮娜．歐提茲的頭沒法動，頸子完全暴露，兇手便從她的左下頷往右劃下深深的一刀，橫過她的喉嚨。他割破了左頸動脈和氣管。血噴出來。床左邊的牆上有一串串密集的小圓點往下流，那是動脈噴灑和氣管噴出的獨特血跡。往下流的血痕滲入枕頭和床單。還有零星幾滴血跡濺在窗台上，是兇手甩動刀子時飛出來的。

伊蓮娜．歐提茲活得夠久，看到了自己的血從頸部噴到牆上，像機關槍般灑出一片紅色血跡。她活得夠久，把血吐進了氣管中，聽到了自己的肺部因而發出的咕嚕聲，咳出了一陣陣爆開的血紅痰液。

她活得夠久，知道自己快死了。

等到她死了，等到她痛苦的掙扎停止了，你留下了一張名片。你把被害人的長睡衣疊得整整齊齊，放在梳妝台上。爲什麼？這是某種變態的象徵，要對你剛屠殺的女人致敬嗎？或者這是你嘲弄我們的一種方式，要告訴我們你很冷靜？

摩爾回到客廳，坐在一張扶手椅上。公寓裡面悶熱無風，可是他卻在發抖。他不曉得那種寒意是身體上還是情緒上的。他的大腿和雙肩發痛，所以或許只是感染了病毒，夏天的流行性感冒，最慘的那種。他想到這一刻他寧可在任何其他地方。漂浮在緬因州的一片湖上，他的釣線揮過空中。或者站在海灘上，望著海上的霧氣飄來。任何地方都好，只要不是這個死亡的處所。

呼叫器的響聲嚇了他一跳。他關掉了，這才發現自己的心臟怦怦跳。他先逼自己冷靜下來，這才拿起手機，按了號碼。

「我是瑞卓利，」才響了第一聲她就接起來，招呼也直接得像顆子彈。

「你剛剛呼叫我。」

「你從沒告訴我，你在『暴力犯罪逮捕計畫』的資料庫裡查到了。」

「查到什麼？」

「黛安娜·史特林的案子。我正在看她的謀殺案資料。」

「暴力犯罪逮捕計畫」是一個全國性的資料庫，收集了全國各地的兇殺案和攻擊案資訊。殺人犯常常會重複相同的模式，而藉著這個資料庫，調查人員就可以把同一個行兇者所犯的不同案子聯繫起來。之前辦黛安娜·史特林的案子時，摩爾和他當時的搭檔拉斯提·史蒂維克就查過這個資料庫，那是例行程序。

「我們在新英格蘭地區沒查到符合的，」摩爾說。「我們查過每一宗有關毀傷屍體、夜間侵入、防水膠帶捆綁的兇殺案。沒有一宗符合史特林的概況。」

「那在喬治亞州的那宗連續殺人案呢？三年前，四個被害人。一個在亞特蘭大，三個在薩凡納，全都在『暴力犯罪逮捕計畫』的資料庫裡。」
「我看過那些案子的檔案。行兇者不是我們的不明嫌犯。」
「你聽聽這個。朵拉．契科內，二十二歲，艾墨瑞大學研究生。被害人首先被羅眠樂迷昏，然後用尼龍繩綁在床上——」
「我們的嫌犯用的是氯仿和防水膠帶。」
「他割開她的腹部，切除她的子宮，然後是致命一刀，傷口劃過脖子。最後呢，你聽好，他把她的睡衣折疊起來，放在床邊的一張椅子上。我告訴你，這他媽的太像了。」
「喬治亞州的那些案子結案了，」摩爾說。「而且已經結案兩年。兇手死了。」
「要是薩凡納的警方搞錯了呢？要是他其實不是眞正的兇手呢？」
「他們有DNA證據的支持。纖維、毛髮。何況還有目擊證人。是個倖存的被害人。」
「喔對了，那個倖存者。第五號被害人。」瑞卓利的聲音帶著一種奇異的嘲弄口吻。
「她確定了是那個兇手沒錯，」摩爾說。
「她也碰巧就開槍把他給射殺了。」
「所以呢？難不成你要逮捕他的鬼魂？」
「你跟那個倖存的被害人談過嗎？」瑞卓利問。
「沒有。」
「爲什麼沒有？」

「談了要做什麼？」

「重點是，你可能會曉得一些有趣的事情。比方她在那次攻擊不久之後，就離開了薩凡納。然後猜猜她現在住在哪裡？」

在手機的靜電雜音中，摩爾聽得到自己脈搏的聲音。「波士頓？」他輕聲問。

「沒錯。而且你不會相信她的職業是什麼。」

3

凱薩琳．柯岱兒醫師在醫院走廊上狂奔，慢跑鞋的鞋底摩擦著亞麻仁油地板發出吱吱聲，然後她推開雙扇門，進入急診室。

一名護士喊道：「柯岱兒醫師，他們在二號外傷診療室！」

「我馬上過去，」凱薩琳說，像一枚導彈似的直衝二號外傷診療室。

她一進去，裡頭六張面孔朝她露出鬆了口氣的表情。她掃視一眼評估情勢，看到手術盤上雜亂的工具發出金屬光芒；靜脈注射架吊了幾袋乳酸林格氏液，有如沉重的水果懸吊在鐵杆樹上；地板上散落著沾了血的紗布和撕開的包裝紙。竇性節律的軌跡一路抽動著橫過心臟監視儀——那是一顆心臟搏動的電子軌跡，努力在跟死神賽跑。

「什麼狀況？」她問，同時其他人員讓開一條路。

資深住院醫師朗恩．李特曼一口氣向她迅速簡報。「無名氏路人出車禍，撞倒他的汽車肇事逃逸。來到急診室時已經昏迷。兩邊瞳孔大小一樣，都對光有反應。肺部乾淨，但腹部膨脹。沒有腸蠕動音。血壓降到六〇／〇。我做了穿刺。他的腹部有出血。我們置入了中央靜脈導管，乳酸林格氏液全開，但是沒辦法提高他的血壓。」

「O型陰性血和新鮮冷凍血漿都叫了？」

「應該隨時都會送到。」

看診檯上的男人被剝光了衣服，所有私密細節都無情地暴露在她面前。他看起來六十多歲，已經插管並接上了呼吸器。瘦削的四肢垂掛著鬆弛的肌肉，一根根突出的肋骨像拱形的刀片。他原先就有心臟疾病，她心想；她第一個會猜是癌症。因爲被拖過馬路，病人的右手臂和右臀都有擦傷和出血。胸部右下方有瘀血，在羊皮紙般的白皮膚上形成一大片紫色斑痕。他身上沒有穿孔性傷口。

她戴上聽診器，好確定剛剛住院醫師報告的狀況。她聽到腹部沒有聲音。沒有轟鳴，也沒有咕嚕聲，呈現出受創腹部的寂靜狀態。她把聽診器的聽頭移到胸部，仔細聽了呼吸聲，確認氣管插管已經正確置入，左右兩邊的肺都在換氣。心臟像個拳頭在捶擊胸壁。檢查只花了幾秒鐘，但她感覺上像是以慢動作進行，彷彿周圍的人員都凍結在時光中，等著她的下一個行動。

一個護士喊著：「他的收縮壓快要掉到五十以下了。」

時間忽然恢復正常，迅速往前衝。

「幫我穿戴上手術袍和手套，」凱薩琳說。「打開剖腹手術包。」

「要不要送他到手術室？」李特曼問。

「所有手術室都在使用。不能再等下去了。」有個人丟了頂手術紙帽給她，她迅速套在長度及肩的紅髮上，然後綁好口罩。一名刷手護士已經張開無菌手術袍，凱薩琳兩手穿進袖子，再伸入手套。她沒有時間刷手，也沒有時間猶豫了。現在由她主掌大局，無名氏先生就要死在她面前了。

無菌布單迅速展開來，罩在病人的胸部和骨盆。凱薩琳從手術包裡抓了止血鉗，迅速夾好布單的位置，金屬鉗齒發出令人滿意的劈啪聲。

「血液狀況呢？」她喊道。

「我正在跟檢驗室聯絡，」一名護士說。

「朗恩，你當第一助手，」凱薩琳告訴李特曼，然後看了室內一圈，目光停留在門邊一名臉色蒼白的年輕男子身上。他的名牌上寫著：傑若米．巴羅斯，醫學院學生。「你，」她說，「你當第二助手！」

那男子雙眼現出恐慌。「可是——我才三年級。我只是來這裡——」

「能不能再找個外科住院醫師過來幫忙？」

李特曼搖搖頭。「大家都忙不過來。一號診療室有個頭部外傷的病人，走廊上還有一個病危的在急救。」

「好吧。」她又轉過去看著那個學生。「巴羅斯，就是你了。護士，讓他穿戴上手術袍和手套。」

「我要做什麼？因爲我眞的不知道——」

「聽好，你想當醫生嗎？那就趕緊戴上手套！」

他漲紅了臉，轉過身去穿上手術袍。這個年輕小男生很害怕，但從很多方面來說，凱薩琳寧可要像巴羅斯這樣緊張的學生，也不要自負的學生。她見過太多病人因爲醫師的過度自信而送命了。

對講機裡傳來一個聲音：「喂，二號診療室嗎？這裡是檢驗室。無名氏的血容比檢查出來了。是十五。」

他正在失血，凱薩琳心想。「我們立刻就需要O型陰性血！」

「已經送出去了。」

凱薩琳伸手去拿解剖刀。刀柄的重量和不鏽鋼的輪廓，握在手裡感覺很好。這把刀就是她的手，就是她血肉的延伸。她迅速吸了口氣，聞到了酒精和手套的滑石粉氣味。然後她把刀刃壓入皮膚，沿著腹部中央往下直線切開。

在白色的皮膚上，解剖刀劃出了一道鮮亮的血痕。

「準備好抽吸工具和剖腹墊，」她說。「他的肚子裡面充滿了血。」

「O型陰性血和新鮮冷凍血漿來了！我馬上掛好。」

「哪個人注意一下心律。隨時通報我狀況。」凱薩琳說。

「竇性心搏過速。心搏率上升到一百五十。」

她的刀子劃過皮膚和皮下脂肪，沒理會腹壁湧出來的血。她沒浪費時間去管那些小出血點了；最嚴重的出血是腹腔內部，必須趕緊止血才行。最可能的出血源頭，就是脾臟或肝臟破裂。

腹膜往外鼓脹，裡頭充滿了血。

「接下來會弄得髒兮兮了，」她警告，刀子準備往下穿刺。儘管她已經知道會有血湧出來，但刀子剛劃破腹膜所猛噴出來的鮮血，還是讓她不禁有點著慌。鮮血噴在布單上，又流到地板。另外還濺上了她的手術袍，像是一片帶著銅味的溫水，溼透了她的袖子。但血還在繼續湧出來，像一道光滑的河流。

她塞入牽開器，把傷口拉開，露出腹內。李特曼趕緊插入抽吸導管，血咕嚕咕嚕抽入管內，一道鮮紅色的血流隨即衝進了玻璃貯存器。

「再給我剖腹墊！」凱薩琳在抽吸器的尖嘯中大喊。她把半打棉墊塞進傷口，看著它們神奇地變紅。沒幾秒鐘，棉墊就吸滿了血。她又抓出來，換上新的，塞滿了腹腔內各處。

一個護士說：「監視儀上出現心室早期收縮！」

「該死，已經吸出兩公升的血了。」李特曼說。

凱薩琳抬頭看了一眼，看到O型陰性血和新鮮冷凍血漿正迅速滴入靜脈注射管內。那就像是朝一面篩子倒入鮮血。從血管輸入，又從傷口流出，根本留不住。她無法鉗住浮現在一片血泊中的血管，無法盲目行動。

她拉出沉重而滴著血的剖腹墊，又塞進去更多。在那珍貴的幾秒鐘，她看清了腹內的大致狀況。血從肝臟冒出來，但沒有明顯的傷口。看起來似乎整個肝臟表面都在冒出血。

「他血壓太低了！」一個護士喊道。

「止血鉗！」凱薩琳說，立刻有人交到她手上。「我要試試普林戈止血法。巴羅斯，準備更多棉墊！」

巴羅斯嚇了一跳，趕緊朝手術盤伸手，不小心碰翻了那堆剖腹墊。他恐慌地看著那些棉墊滾落。

一名護士又拆開新的一包。「這些墊子是要放進病人體內，不是要扔在地上的，」護士厲聲道。然後她的目光和凱薩琳交會，兩人雙眼都映出同樣的想法。

這傢伙還想當醫生？

「要塞在哪裡？」巴羅斯問。

「把血吸掉就是了。血這麼多，我根本看不清楚裡頭。」

凱薩琳等了幾秒鐘，好讓他吸掉傷口裡的血。然後她伸手拉開小網膜。從左邊探入止血鉗，找到了肝蒂，肝動脈和肝門靜脈都經過這裡。這個解決辦法只是暫時的，但如果她可以切斷那個點的血流，就有可能控制出血。因而能爭取到寶貴的時間，好穩住血壓，讓更多血和血漿輸入病人體內。

她把止血鉗壓緊，封住了肝蒂的那兩根血管。

讓她喪氣的是，血還在繼續冒出來，沒有減弱。

「你確定你找到肝蒂了？」李特曼問。

「那是肝蒂沒錯。我知道出血點不是源自腹膜後腔。」

「那或許是肝靜脈？」

她從手術盤上抓起兩個棉墊。接下來的這個方法是最後一招了。她把棉墊放在肝臟表面，然後用戴著手套的雙手緊握肝臟。

「她在做什麼？」巴羅斯問。

「肝臟壓迫法，」李特曼說。「有時這樣可以封住隱藏傷口的邊緣，減緩出血。」

凱薩琳肩膀和手臂的每條肌肉都繃緊了，竭力想維持住血壓，不讓出血繼續。

「還在流血，」李特曼說。「這招也沒用。」

她瞪著張開的腹腔，看到血持續累積。到底是從哪裡流出來的？她心想。然後忽然發現其他部位也仍持續冒出血來。不光是肝臟，還有腹壁、腸繫膜，以及皮膚上切口的邊緣。

她看了病人罩在無菌布單底下的左手臂一眼。壓著靜脈注射點的那塊紗布也吸滿了血。

「馬上給他六個單位的血小板和新鮮冷凍血漿。」她下令，「另外開始注射肝素。先用一萬個單位做快速靜脈注射，接著一小時一千個單位。」

「肝素？」巴羅斯困惑地說。「可是他在出血——」

「這是DIC，」凱薩琳說。「他需要抗凝血劑。」

李特曼瞪著她。「我們還沒拿到檢驗結果，你怎麼知道是DIC？」

「等我們拿到凝血檢驗數字，那就太遲了。我們得立刻採取行動。」她對護士點了個頭。「快給他吧。」

護士把針頭刺入靜脈注射帽。肝素是孤注一擲了。如果凱薩琳的診斷正確，如果病人眞的有DIC——血管內瀰漫性凝血（disseminated intravascular coagulation）——那麼就是他的血管內有大量的血栓在成形，像是一場顯微級的雹暴，耗掉了他所有珍貴的凝血元素和血小板。嚴重的創傷，或者隱藏性的癌症與感染，都可能引發一場無法控制的血栓瀑布。因爲DIC耗光了血液凝結所需的凝血因子和血小板，病人就會開始出血。要阻止血管內瀰漫性凝血，就得給予病患抗凝血的肝素。這是一種奇怪的矛盾療法，也是一場賭博。如果凱薩琳的診斷錯誤，肝素會促使出血更加惡化。

*反正狀況也不能更壞了。*因爲要努力保持對肝臟的壓力，她的背好痛，手臂都在發抖。一滴

汗滑下臉頰，滲入口罩中。

對講機裡又傳來檢驗室人員的聲音。「二號外傷診療室，我剛拿到無名氏的檢驗結果。」

「請說，」護士說。

「血小板數降到一千。凝血酶原時間高達三十秒，而且他有纖維蛋白降解產物。看起來你們的病人有嚴重的DIC。」

凱薩琳看到巴羅斯驚異的眼神。要讓醫學院學生佩服還真容易。

「心室心搏過速！他現在心室心搏過速！」

凱薩琳的目光迅速轉向監視儀。一道反覆彎折的曲線在螢幕上劃出鋸齒。「有血壓嗎？」

「沒有，量不到了。」

「開始心肺復甦術。李特曼，你負責指揮。」

混亂狀況像一場風暴形成，更猛烈地繞著她旋轉。一名員工帶著新鮮冷凍血漿和血小板衝進來。凱薩琳聽到李特曼喊著要心臟藥物，看到一名護士把雙手放在病人胸骨上，開始按壓胸部；同時頭部不斷上下點著，像個飲水鳥玩偶。隨著每次按壓心臟，他們就把血液灌注到腦部，好讓腦部保持運作。但這麼一來，也會更增加出血的機會。

凱薩琳往下看著病人的腹腔。她還握著肝臟，還在阻止血液往外流。是她的想像嗎，或者從她指尖流出、有如發光彩帶般的血液，的確減緩了？

「我們幫他電擊吧，」李特曼說。「二百焦耳——」

「不，等一下。他有心跳了！」

凱薩琳看了監視儀一眼。竇性心搏過速！心臟又開始跳動了，但也迫使血液衝入動脈。「血流灌注有效嗎？」她喊道，「血壓是多少？」

「血壓是……九十／四十。太好了！」

「心律穩定。還是有竇性心搏過速。」

凱薩琳看著打開的腹部。出血已經減緩到幾乎看不出來。她手裡捧著肝臟，聽著持續發出嗶聲的監視儀。在她耳中宛如音樂般美妙。

「各位，」她說。「我想我們救援成功了。」

凱薩琳脫掉血淋淋的手術袍和手套，跟在無名氏的輪床後頭走出二號外傷診療室。她肩膀的肌肉因爲疲勞而顫抖，但那是一種好的顫抖，是勝利所帶來的疲憊。護士們把輪床推入電梯，準備把病人送到外傷加護病房。凱薩琳正要跟著踏入電梯時，忽然聽到後頭有人喊她的名字。

她回頭，看到一男一女走向她。那個女人矮矮的，看起來很兇惡，深色頭髮、黑色眼珠，目光直率得像雷射光。她穿著一身樸素的藍色套裝，看起來簡直像軍官。站在她高大的同伴旁邊，似乎顯得她更矮。那名同伴男子四十來歲中段，一頭深色頭髮裡夾雜著銀絲，成熟而穩重的深深溝紋刻劃在那張依然俊秀的臉上。凱薩琳盯著他的雙眼，裡頭是一種柔和的灰，讓人看不透。

「柯岱兒醫師嗎？」那男子開口問。

「是的。」

「我是湯瑪士．摩爾警探。這位是瑞卓利警探。我們是兇殺組的。」他拿起警徽秀了一下，不過就算是平價品商店買來的塑膠警徽，對她來說也沒差。她幾乎沒看到，目光還是停留在摩爾臉上。

「能不能私下跟你談一談？」他問。

凱薩琳看了電梯裡推著無名氏先生的那些護士。「你們去吧，」她對她們說。「李特曼醫師會寫病歷的。」

直到電梯門關上，她才對著摩爾警探說：「這是有關剛剛送來那個撞人後逃逸的車禍病患嗎？因為看起來他應該保住一條命了。」

「我們不是為了病患來的。」

「你們剛剛不是說，你們是兇殺組的？」

「沒錯。」他聲音裡的安撫口氣讓她心生警戒。那是個警告，要她準備好接受壞消息。

「那是——啊老天，希望不是我認識的人出了什麼事。」

「是有關安德魯．卡普拉。還有你在薩凡納所發生過的事情。」

一時之間她說不出話來，忽然覺得雙腿麻木，伸手往後摸著牆壁，好像要撐住自己，免得倒下去。

「柯岱兒醫師？」那男子忽然擔心地說。「你還好吧？」

「我想……我想我們應該到我辦公室去談。」她低聲說。然後突然轉身，走出急診室。她沒回頭看那兩個警探是否跟在後面，只是一直走，迅速走向鄰接的門診大樓，要去能讓她安心的辦公室。她穿過朝聖者醫學中心龐大的院區時，聽到他們的腳步聲緊跟在後頭。

你在薩凡納所發生過的事情？

她不想談。她本來一直希望不要跟任何人談起薩凡納，永遠不要。但這兩個警官找上門來，你也不能迴避他們的問題。

最後他們終於來到一處辦公區，外頭有一面牌子：

彼得．法寇醫師

凱薩琳．柯岱兒醫師

一般外科與血管外科

她走進辦公室前廳，接待員抬起頭來，自動露出微笑。她看到凱薩琳死白的臉，注意到她後頭跟著的兩個陌生人，半成形的微笑凍結在臉上。

「柯岱兒醫師？出了什麼事嗎？」

「我們會在我辦公室裡，海倫。麻煩幫我擋掉電話。」

「你的第一個病人約了十點來。曾先生，脾臟切除的後續追蹤——」

「取消吧。」

「可是他從紐伯瑞街開車過來，現在大概在路上了。」

「好吧，那就請他等一下。不過拜託，不要把電話接進我辦公室來。」

凱薩琳沒理會海倫困惑的表情，逕自走向私人辦公室，摩爾和瑞卓利緊跟在後。她一進門就立刻伸手去拿她的白色醫師袍。但醫師袍卻沒在慣常的門鉤上。這只是個小挫折，但對於她已經感覺到的這團騷動，卻像是火上加油，幾乎讓她受不了。她四下看了房內一圈，尋找那件醫師袍，好像她的一條命就靠這件衣服了。她看到白袍披在檔案櫃上，很不理性地鬆了一口氣，抓過來走到她的辦公桌後頭。她覺得在這個位置安全些，中間隔著發亮的花梨木桌面，而且也比較能控制局面。

這個房間整理得井井有條，就像她生活中的每件事物，全都仔細整理過。她不太能忍受邋遢，桌上的檔案整齊分成兩疊，書架上的書都照作者的字母順序排列。她的電腦輕輕發出嗡響，螢幕保護程式是建構中的幾何圖形。她穿上白袍，遮住她血跡斑斑的刷手服上身。多了這麼一層制服，感覺上像是多了個防護盾，多了一層障礙，以抵擋人生中種種混亂與危險的無常狀況。

她坐在辦公桌後方，觀察著摩爾和瑞卓利四下打量著，無疑是在評估這個辦公室的主人。那是警察的本能嗎？迅速地觀察，評估觀察對象的人格？這讓凱薩琳覺得暴露又脆弱。

「我知道，再度提起這個話題，對你來講很痛苦。」摩爾坐下時說。

「你不會曉得有多痛苦。已經兩年了，爲什麼現在又要談？」

「因爲牽涉到兩件沒破的兇殺案，在波士頓這裡發生的。」

凱薩琳皺眉。「可是我當初是在薩凡納遭受攻擊的。」

「是的，我們知道。有個全國性的犯罪資料庫叫『暴力犯罪逮捕計畫』。之前我們搜尋這個資料庫，尋找類似我們這兩樁兇殺案的犯罪案件，結果出現了安德魯．卡普拉的名字。」

凱薩琳沉默了一會兒，思索著這項資訊。同時努力鼓起勇氣，準備提出下一個合理的問題。

她設法保持冷靜地開口。「你指的是什麼樣的類似？」

「兇手制伏那些女人、讓她們全身動不了的手法。還有使用的切割工具。以及……」摩爾暫停，想找出最婉轉的措詞。「選擇如何毀傷被害人。」他輕聲說完最後一句。

凱薩琳雙手抓住辦公桌邊緣，努力把突來的作嘔感壓下去。她的目光落在眼前的那兩疊整齊的檔案，又看到自己醫師袍的袖子上有一道藍色墨水漬。無論你多小心想防止出錯、防止不完美，總是會有一些污漬、一些瑕疵，躲在你看不見的地方，等著要嚇你一跳。

「談談她們吧，」凱薩琳說。「那兩個女人。」

「我們沒辦法透露太多。」

「你們能告訴我什麼？」

「除了星期日《波士頓環球報》登過的，其他都不能說。」

凱薩琳花了幾秒鐘，才搞懂他剛剛說的話。她不敢置信地全身僵硬起來。「那兩樁波士頓謀殺案——是最近發生的？」

「上一樁是星期五凌晨。」

「那就跟安德魯．卡普拉無關！也跟我完全無關。」

「但其中有很多明顯相似的地方。」

「那就純粹是巧合，一定是的。我本來還以為你講的是什麼老案子。是卡普拉多年前犯的。想不到是上個星期的事情。」她忽然把椅子往後推。「我想我幫不了你們了。」

「柯岱兒醫師，這個兇手知道一些細節，是警方從來沒對外公佈過的。他有一些關於卡普拉攻擊的資訊，只有是薩凡納的調查相關人員才會知道。」

「那或許你們應該去查查那些人，就是原來知道的調查相關人員。」

「你也是其中一個，柯岱兒醫師。」

「提醒你一下，我是被害人。」

「你跟任何人談過你那個案子的細節嗎？」

「只有警方。」

「你跟朋友詳細談過嗎？」

「沒有。」

「家人呢？」

「沒有。」

「你一定有個信得過的人吧。」

「我不談這件事情的。從來不談。」

他無法置信地注視著她。「從來沒有？」

她別開眼睛，低聲道：「從來沒有。」

接下來是好長一段沉默。然後摩爾輕聲問道：「你聽過伊蓮娜．歐提茲這個名字嗎？」

「沒有。」

「黛安娜．史特林呢？」

「沒有。是那兩個……？」

「沒錯。她們是被害人。」

她艱難地呑嚥著。「我不曉得她們的名字。」

「你不曉得這兩椿謀殺案？」

「我刻意避免閱讀任何悲劇事件。因爲我實在是受不了。」她疲倦地嘆了口氣。「請你們務必體諒，我每天在急診室看過太多悲劇了。等到一天結束，我回到家裡，就希望得到平靜，希望覺得安全。外頭世界所發生的事情——那些暴力——我不必去看。」

摩爾一手伸進外套內裡，拿出兩張照片，放到茶几上推向凱薩琳。「你認得任何一個女人嗎？」

凱薩琳瞪著那兩張臉。左邊那個有深色眼珠，露出笑容，風吹著她的頭髮。另一個是個飄逸的金髮女郎，眼神矇矓而遙遠。

「深色頭髮的是伊蓮娜・歐提茲，」摩爾說。「另一個是黛安娜・史特林。黛安娜是一年前被謀殺的。你覺得這兩個人面熟嗎？」

她搖搖頭。

「黛安娜・史特林住在後灣區，離你住處只有半哩。伊蓮娜・歐提茲的公寓就在這個醫院南邊的兩個街區外。你很可能見過她們。你眞的完全確定認不出任何一個？」

「我從沒見過她們。」她把那兩張照片遞給摩爾，忽然才發現自己的手在顫抖。他接回照片時手指擦過她的，一定也注意到了。她心想他是警察，一定會注意到很多事。之前她心思一片混亂，幾乎沒留意到這個人。他一直安靜又溫柔，她也沒感覺到他有任何威脅性。直到現在，她才明白他一直在密切觀察自己，等著能夠一窺凱薩琳．柯岱兒的內心。不是表面上那個有成就的創傷外科醫師，不是冷靜而優雅的紅髮女子，而是表象之下的眞實面。

接下來換瑞卓利開口了，不同於摩爾，她顯然並不打算軟化自己的問題。她只想得到答案，也不會浪費時間拐彎抹角。「你是什麼時候搬來這裡的，柯岱兒醫師？」

「我是在被攻擊一個月之後搬離薩凡納的，」凱薩琳說，那種公事公辦的口吻就跟瑞卓利一樣。

「你爲什麼選擇波士頓？」

「爲什麼不？」

「這裡離南方很遠啊。」

「我母親是在麻州長大的。以前她每年都會帶我們到新英格蘭過暑假。搬到這裡，感覺就像——回到家。」

「所以你搬來這裡兩年多了。」

「沒錯。」

「做什麼？」

凱薩琳皺眉，被這個問題弄得有點困惑。「在朝聖者醫學中心的創傷服務部門，跟法寇醫師一起工作。」

「那我想《波士頓環球報》搞錯了。」

「什麼？」

「我看了幾個星期前關於你的那篇文章。就是報導女性外科醫師的那篇。順帶講一聲，你那張照片拍得很棒。報導裡頭說，你在朝聖者這裡服務只有一年。」

凱薩琳頓了一下，然後冷靜地開口，「那篇報導沒寫錯。離開薩凡納之後，我花了點時間……」她清了清喉嚨。「我是去年七月才開始來這個醫院執業的。」

「那你剛搬到波士頓的第一年呢？」

「我沒上班。」

「那你都在做些什麼？」

「什麼都沒做。」這個回答斷然而決定性，也是她唯一會說的。她才不要透露第一年的生活實況，那太丟臉了。一開始是幾天，然後延長爲幾個星期，她都很怕離開自己的公寓。夜裡最細微的聲響，都可以把她嚇得全身發抖。那一段回到正常世界的旅程緩慢而痛苦，光是搭個電梯，或是夜裡走到自己的汽車旁，都得鼓足所有勇氣。她很慚愧自己這麼脆弱，到現在還覺得很可恥，她的自尊絕對不容許自己說出來。

她看看錶。「我還有病患要來，實在沒有其他可以補充的了。」

「那我再確認一些事實。」瑞卓利打開一本線圈裝訂的小筆記本。「兩年多前，六月十五日夜裡，你在你家被安德魯·卡普拉醫師攻擊，你認識他，他是你工作那家醫院的實習醫師。」她抬起頭看著凱薩琳。

「答案你已經知道了。」

「他下藥迷昏你，把你的衣服脫光，綁在你的床上，脅迫你。」

「我不明白你說這些是——」

「強暴你。」這些話儘管聲音很輕，效果卻殘酷得像是甩了她一耳光。

凱薩琳什麼都沒說。

「但他的計畫還不光是這樣而已，」瑞卓利繼續說。

親愛的上帝啊，別讓她再說下去了吧。

「他想用最惡劣的方式傷害你，就像他傷害其他四個喬治亞州的女人一樣。他把她們切開來，毀掉讓她們成為女人的器官。」

「夠了，」摩爾說。

但瑞卓利毫不放鬆。「這本來也可能發生在你身上的，柯岱兒醫師。」

凱薩琳搖搖頭。「你為什麼要這樣？」

「柯岱兒醫師，我最想做的事情，就是逮到這個傢伙，我以為你會想幫我們。你會想防止這種事情發生在其他女人身上。」

「這事情跟我一點關係也沒有！安德魯．卡普拉死了。已經死掉兩年了。」

「沒錯，我看過他的驗屍報告了。」

「我可以跟你保證，他真的死了，」凱薩琳厲聲回應。「因為開槍轟死那個混蛋的人，就是我。」

4

摩爾和瑞卓利滿身大汗坐在汽車裡，冷氣通風口呼呼送出暖熱的氣流。他們已經塞在車陣裡十分鐘了，車子裡頭一點也沒有變涼。

「納稅人繳那麼點稅，就只能買到這種貨色，」瑞卓利說。「這輛車根本是一塊廢鐵。」

摩爾關掉冷氣，搖下他旁邊的車窗。發熱柏油路的臭味和汽車的廢氣吹進車裡。他已經滿身是汗了，不明白瑞卓利怎麼還受得了穿著那件外套；之前他一走出朝聖者醫學中心，籠罩在那種沉重的溼熱中，就立刻脫掉外套了。他知道她一定也覺得熱，因為他看到晶亮的汗珠出現在她唇上——那張嘴唇大概很少塗口紅。瑞卓利長得不差，但其他女人可能會化妝或戴耳環，瑞卓利卻似乎決心降低自己的吸引力。她穿著嚴肅的深色套裝，完全無法修飾她的小骨架身材；而且一頭沒有打理的蓬亂捲曲黑髮。她就是這個樣子，你要就接受，否則就去死吧。他可以理解她為什麼會老是一副「管你去死」的態度；身為女警，大概就得要這樣才能倖存。而瑞卓利絕對是個善於在逆境中求生的倖存者。

就像凱薩琳．柯岱兒也是個善於求生的倖存者。但柯岱兒醫師則發展出另一種策略：退縮，疏遠。在訪談時，他感覺像是隔著霧面玻璃看著她，她似乎好冷淡。

也就是這種冷淡，讓瑞卓利很不高興。「她有點不對勁，」她說。「在感情的部分，她缺了一些什麼。」

「她是個創傷外科醫師。本來就被訓練要保持冷靜的。」

「那是冷靜，跟冰冷可不一樣。兩年前她被綁住、強暴，還差點被切除器官。可是她現在談起來卻那麼鎮定，這讓我很好奇。」

摩爾在紅燈前停下，看著壅塞的十字路口。汗水流下他的後腰。暑熱害他整個人都不靈光，感覺自己懶散又愚蠢。他渴望著夏天結束，渴望著冬季第一場雪的純淨……

「嘿，」瑞卓利說。「你沒在聽嗎？」

「她整個人繃得很緊，」他承認。但她並不冰冷，他心想，想起了凱薩琳．柯岱兒把那兩個女人的照片還給他時，那隻手在顫抖。

回到辦公室，他喝著微溫的可樂，重新閱讀幾個星期前登在《波士頓環球報》上的那篇文章：〈握刀的女人〉。裡頭報導了波士頓的三位女性外科醫師——她們的成功與難處，在專業中所碰到的種種特殊問題。在三張照片中，柯岱兒那張是最顯眼的。不光是她的外貌很有吸引力，也是因爲她的眼神，好得意又直接，像是在對鏡頭提出挑戰。那張照片就像文章，讓人更相信這個女人完全可以主宰自己的人生。

摩爾把文章放在一邊，思索著第一印象可以錯得多麼離譜。一個微笑、一個昂起的下巴，就好輕易可以掩飾痛苦。

然後他打開另一個檔案夾。深深吸了口氣，重新閱讀薩凡納警方有關安德魯．卡普拉醫師的報告。

據報告指出，卡普拉第一次殺人，是在亞特蘭大艾墨瑞大學醫學院快畢業那年。被害人是朵拉．契科內，二十二歲的艾墨瑞大學研究生，她的屍體被發現綁在她校外公寓的床上。驗屍時發現她體內有殘留的約會強姦藥羅眠樂。她的公寓沒有強行進入的跡象。

被害人是邀請兇手進入她家的。

朵拉．契科內被下藥迷昏後，兇手就用尼龍繩把她綁在床上，又用防水膠帶封住她的嘴。首先兇手強暴她，接著就開始動刀。

開刀時，她還活著。

兇手切除完成，取走他的紀念品之後，就執行最後的致命一擊：深深一刀劃過喉嚨，從左到右。儘管警方從兇手的精液中取得了DNA，但還是沒有頭緒。此外，朵拉．契科內是知名的派對女郎，喜歡到當地酒吧混，還常常把剛認識的男人帶回家，這點也讓調查更形複雜。

她遇害的那一夜，帶回家的男人是一個名叫安德魯．卡普拉的醫學院學生。但直到三個女子在兩百哩外的薩凡納被殺害，警方才注意到安德魯．卡普拉這個名字。

最後，在一個六月的悶熱夜晚，他的殺戮終止了。

三十一歲的凱薩琳．柯岱兒是薩凡納河原醫院的外科總住院醫師，那天晚上有人敲她家的門。她開了門，驚訝地發現站在門廊上的是她在醫院裡帶的外科實習醫師安德魯．卡普拉。那天稍早在醫院裡，因爲卡普拉犯了錯，曾被她訓斥過，現在他急著想彌補，問能不能進去跟她談談？

於是他們進入屋裡，一邊喝啤酒，一邊討論卡普拉在實習期間的表現。他犯過的各種錯誤、他輕忽所可能傷害到的病患。她沒有美化事實：卡普拉的表現不及格，她不能讓他繼續在外科實習。談到一半，凱薩琳離開客廳去上洗手間，然後回來繼續談話，喝完了她的啤酒。等到她再度恢復意識，發現自己被脫光衣服，用尼龍繩綁在床上。

警方的報告中描述了接下來所發生的夢魘，有種種駭人的細節。

後來她在醫院被拍下照片，裡頭的她雙眼憂慮，一邊臉頰有瘀血且腫得好厲害。從這些照片中，摩爾可以用一個字眼總結：被害人。

但今天他所見到那個異常鎮定的女人，卻並不適用於這個字眼。

此時，重新閱讀柯岱兒醫師的陳述，他腦中浮現出她的聲音。那些話語再也不屬於一個無名的被害人，而是一個他認識的女人。

我不曉得自己是怎麼掙脫了那隻手。我的手腕現在都是擦傷，所以我一定是用力扯離了尼龍繩。很抱歉，但是我腦袋還迷迷糊糊的。我只記得自己伸手去拿解剖刀。知道我非把解剖盤上的刀子拿過來不可。知道我得趁安德魯回來之前，割斷尼龍繩……

我還記得朝床邊翻滾，半掉到地上，撞到頭。然後我設法想找到槍。那是我爸的槍，薩凡納有第三個女人遇害後，我爸就堅持要我收著這把槍。

我還記得伸手到床下。抓住槍。我還記得腳步聲，走進房裡。然後——我不太確定。接下來我一定是朝他開槍了。沒錯，我想是這樣。他們跟我說我朝他開了兩槍。我想一定是這樣沒錯。

摩爾暫停下來，仔細思索這份陳述。彈道比對已經確認，兩顆子彈都是出自那把登記在凱薩琳父親名下的槍，而警察趕到現場時，槍就放在床邊的地上。醫院幫凱薩琳做的血液測試，顯示她體內有羅眠樂，會造成記憶喪失，所以她的記憶中很可能會有一些空白。柯岱兒被送到急診室時，那些醫師形容她很困惑，不是因爲藥物就是因爲可能有腦震盪。從她臉上的瘀血和腫脹來看，一定是頭部遭受過一記重擊。但她不記得自己是什麼時間、什麼情況下被打了那一記。

接下來摩爾檢視犯罪現場的照片。在臥室地上，死去的安德魯・卡普拉躺在那兒，背部朝下。他被射中兩槍，一槍在腹部，另一槍在眼睛，兩發都是近距離射擊。

他研究那些照片好久，留意卡普拉屍體的位置，還有血跡的型態。

然後他找出驗屍報告。從頭到尾閱讀了兩次。

接著又回去看那張犯罪現場照片。

這裡出了錯，他心想。柯岱兒的陳述說不通。

忽然一份報告扔在他桌上。他嚇了一跳，抬頭看到了瑞卓利。

「你看過這個了嗎？」她問。

「這什麼？」

「伊蓮娜・歐提茲傷口邊緣所發現的那根頭髮，這是檢驗報告。」

摩爾匆匆看完一遍，然後說：「我不曉得這是什麼意思。」

一九九七年，波士頓警察總局的各部門搬到同一個屋簷下，這棟嶄新的複合式建築物位於波士頓市內危險而混亂的羅斯伯里區，地址是許若德街一號。警察們把這個新總部稱之爲「大理石宮殿」，因爲大廳裡面充斥著磨光的花崗岩。內部流傳的笑話是：「給我們兩三年把這地方搞臭，感覺上就會像個家了。」新總部一點也不像電視警察影集裡那些破破爛爛的警察局。這是一棟豪華而現代化的建築物，大大的窗子和天窗讓整個室內更加明亮。而鋪著地毯、陳設著電腦工作站的兇殺組，則像個企業辦公室。不過警察們最喜歡的一點，就是波士頓警局的各個部門，現在全都集中在這個新總部裡。

對兇殺組警探來說，如果要到犯罪實驗室，就只要沿著走廊，走到南翼的大樓就行了。

在「毛髮與纖維組」裡，摩爾和瑞卓利看著鑑識科學家艾琳・沃屈科翻找著那些證物袋。

「我唯一能檢驗的，就是一根毛髮而已，」艾琳說。「不過一根毛髮能透露的東西，還眞是多得嚇人一跳。好吧，在這裡。」她找出那個寫著伊蓮娜・歐提茲案件號碼的證物袋，從裡頭取出一個顯微鏡載玻片。「我就直接給你們看這根毛髮在顯微鏡底下的樣子。數字部分在報告裡都有了。」

「數字？」瑞卓利問，低頭看著報告上那一長串數字代碼。

「沒錯。每個代碼都代表了一種毛髮特徵，從顏色到捲度到顯微鏡底下的特色。這根頭髮是A01，表示深金色。捲度是B01，表示捲度直徑不到八十。幾乎是直髮，但是不完全是。髮幹長度是四公分。很不幸，這根頭髮是處於休止期，所以沒有上皮組織附著在上頭。」

「意思就是沒有DNA。」

「答對了。休止期是髮根生長的最終階段。這根頭髮是自然脫落的。換句話說，不是被拔下來的。如果髮根有上皮組織，我們就可以用上頭的細胞核做DNA分析。但這根頭髮沒有這些細胞。」

瑞卓利和摩爾失望地互看一眼。

「不過呢，」艾琳又說，「這根頭髮倒是有個很棒的東西。不像DNA那麼棒，不過只要你們逮到了嫌犯，上了法庭應該可以成立。眞可惜史特林案沒有採到任何毛髮，不然就可以進行比對了。」她調整了顯微鏡的焦距，然後讓到一旁。「你們自己看吧。」

那個顯微鏡有一個教學接目鏡，所以瑞卓利和摩爾可以同時檢視那個載玻片。而摩爾所看到的，就是一根頭髮，上頭有很多小小的瘤。

「那些小突起是什麼？」瑞卓利問。「那不正常。」

「何止不正常，還很稀少。」艾琳說。「這個狀況叫套疊脆髮症（*Trichorrhexis invaginata*），一般也通稱爲竹節髮。你們看得出來這個別名是怎麼來的。那些小瘤看起來就像一節一節的竹子，不是嗎？」

「那些小瘤是怎麼回事？」摩爾問。

「那是頭髮纖維上的一種缺陷。這些特別脆弱的點，會讓髮幹表層往後捲，形成一種球狀和凹槽。這些小突起就是脆弱的點，髮幹會在這裡套疊，形成一種突起。」

「爲什麼會得到這種病症？」

「少數是因爲頭髮燙染得太厲害。不過因爲這個不明嫌犯很可能是男的，而又由於這個頭髮上沒有人工脫色的痕跡，所以我想，這個症狀並不是因爲燙染的關係，而是某種基因上的異常。」

「比方什麼？」

「內賽頓症候群。那是一種常染色體的隱形症狀，會影響角蛋白的生長。角蛋白是毛髮和指甲裡一種堅硬、纖維狀的蛋白質，也是我們皮膚表層的構成物質。」

「如果有這種基因缺陷，讓角蛋白無法正常生長，頭髮就會變得脆弱？」

艾琳點點頭。「而且不只會影響頭髮。有內賽頓症候群的人，可能也會有皮膚疾病。會起疹子或產生碎屑。」

「所以我們要找的這傢伙，他的頭皮屑很多？」瑞卓利問。

「有可能更明顯。某些病患會很嚴重，我們稱之爲魚鱗癬。他們的皮膚非常乾，看起來就像鱷魚皮似的。」

瑞卓利大笑。「所以我們要找個爬蟲人！這樣應該可以縮小範圍了。」

「也不見得。現在是夏天啊。」

「這跟夏天有什麼關係？」

「天氣這麼熱又這麼溼，會改善皮膚的乾燥狀況。到了夏天，他的外表有可能完全正常。」

瑞卓利和摩爾互相看了一眼，心裡都想著同樣的事情。

兩個被害人都是在夏天遇害。

「只要天氣還是這麼熱，」艾琳說，「他的外表大概就會跟其他人沒兩樣。」

「現在才七月，」瑞卓利說。

摩爾點點頭。「他的打獵季才剛開始。」

無名氏現在有名字了。急診室護士在他的鑰匙圈上發現了一個名牌。他叫賀曼·桂多斯基，現年六十九歲。

凱薩琳站在桂多斯基先生的外科加護病房隔間裡，逐一觀察病床周圍的監測儀器和設備。心臟監視儀上頭的心電圖頻率正常。動脈血壓是一一〇／七〇，中心靜脈壓的顯示線則有如風吹海面的起伏。從數字來看，桂多斯基先生的手術很成功。

可是他沒醒，凱薩琳心想，拿著小手電筒照向左瞳孔，然後是右瞳孔。動完手術到現在快八個小時了，他還是處於重度昏迷狀態。

她直起身子，看著他的胸部隨著呼吸器的循環而起伏。她已經讓他不至於因爲失血過多而死，但她眞正救回了什麼？一具有心跳的身體，腦子卻沒有運轉。

她聽到有人輕敲玻璃窗。轉頭一看，外科同事彼得・法寇醫師正在朝她揮手，平常開心的臉上露出了憂慮的表情。

有的外科醫師是出了名地會在手術室發脾氣。有的進入開刀房時姿態傲慢，穿上手術袍就像是在穿皇袍。有的是冷靜又有效率的技師，對他們來說，病患只不過是一具需要修理的機械零件而已。

還有彼得這一型。搞笑、活潑的彼得，在手術室裡老是五音不全地大聲唱著貓王的歌，在辦公室裡會摺紙飛機射著玩，還會跪下來跟他的兒童病人玩樂高積木。凱薩琳已經很習慣在彼得臉上看到笑容，這會兒看到他在窗外皺起眉頭，便立刻走出病人的隔間。

「一切都還好吧？」他問。

「才剛巡房完畢。」

彼得看著桂多斯基先生病床周圍的管線和儀器。「我聽說你救他救得很漂亮。他失血十二個單位呢。」

「我不曉得那算不算救。」凱薩琳的目光回到病人身上。「他全身所有器官都可以運作了，只有腦子除外。」

他們沉默了一會兒，兩個人都看著桂多斯基的胸膛起伏。

「海倫跟我說，今天有兩個警察來找你。」彼得說。「是怎麼回事？」

「不重要。」

「忘了繳交通罰單嗎？」

她硬擠出笑容。「是啊，我還指望你把我保釋出來呢。」

他們離開外科加護病房，進入走廊，高瘦的彼得跨著輕鬆的大步走在她旁邊。兩人進入電梯後，他說：「你還好吧，凱薩琳？」

「怎麼了？難道我看起來不好？」

「要聽實話嗎？」他審視她的臉，那對藍色的眼珠坦率得讓她難以招架。「你看起來像是需要一杯葡萄酒，外加出去好好吃一頓晚餐。要不要跟我一道？」

「好誘人的邀請。」

「可是？」

「可是我想我還是要留在家裡。」

彼得一手抓住胸口，好像那裡受了重傷。「又拒絕！告訴我，有什麼台詞對你是有用的嗎？」

她微笑。「那得靠你摸索了。」

「那接下來這個怎麼樣？聽說星期六是你生日。你來搭我的飛機吧。」

「沒辦法。那天我待命。」

「你可以跟艾姆斯調班，我來跟他說。」

「啊，彼得。你知道我不喜歡搭飛機的。」

「你該不是有飛行恐懼症吧？」

「我只是不習慣交出控制權。」

他嚴肅地點點頭。「典型的外科醫師人格。」

「你講得真好聽，其實就是我太緊繃了。」

「所以飛行約會是行不通了？你有可能改變心意嗎？」

「我看是不可能。」

他嘆氣。「好吧，我已經江郎才盡。能講的台詞全都講光了。」

「我知道，你都開始講重複的了。」

「海倫也是這麼說。」

她驚訝地看了他一眼。「海倫還幫你出主意，教你怎麼約我出去？」

「她說她受不了看到一個大男人這種可憐相，老是用頭去撞一堵攻不破的牆。」

兩人都大笑起來，同時走出電梯，轉向他們的辦公區。那是個兩個同事間安心的大笑，心裡都明白這個遊戲不能當真、只是說說而已。維持這樣的默契，就表示不傷感情，不會損及兩人的情誼。只是安全的小小調情，不會眞的糾纏不清。他會開玩笑說要找她約會；就像她會開玩笑地拒絕掉，而且全辦公室的人都知道是在開玩笑。

現在五點半了，他們的員工都已經下班。彼得回到他的辦公室，她也回到自己那間，好把醫師袍掛回原處，同時拿她的皮包。她把白袍掛在門後的鉤子上時，忽然想到一件事。

她穿過門廳，把頭探進彼得的辦公室。他正在檢查病歷，閱讀的眼鏡架在鼻子上。不同於她整齊的辦公室，彼得這間看起來像是混亂的中心。垃圾桶裡塞滿了紙飛機。書籍和外科醫學期刊堆在椅子上。一面牆幾乎被失控的蔓綠絨淹沒。彼得的學位證書埋在那片雜亂的綠葉中：麻省理工學院主修航空工程學的大學學位，然後是哈佛醫學院的醫學博士。

「彼得？我有個很笨的問題……」

他抬起眼睛。「那你就找對人了。」

「你去過我辦公室嗎？」

「我回答之前，應該先打電話給我的律師嗎？」

「別鬧了，我是認眞的。」

他直起身子，目光銳利地看著她。「沒有，我沒去過。怎麼了？」

「算了，沒什麼大不了的。」她轉身要離去，聽到他從椅子上起身的咿呀聲。他跟在她後面，進了她的辦公室。

「什麼事沒什麼大不了？」他問。

「我強迫症發作了，如此而已。東西如果不在應該的位置，我就會受不了。」

「比方什麼東西？」

「我的醫師袍。我向來掛在門後，但結果反正是出現在檔案櫃上或是搭在椅子上。我知道不是海倫或其他秘書動過。我問過她們了。」

「大概是打掃的那位女士動過了。」

「另外我找不到我的聽診器，都快被逼瘋了。」

「到現在還是沒找到嗎？」

「害我今天還得跟護士長借。」

彼得皺著眉頭，看了辦公室裡一圈。「唔，找到了，就在書架上。」他走過去，她的聽診器盤繞成圈，放在一個書擋旁邊。

她沉默接過來後，拿在手裡瞪著看，好像很陌生。那聽診器像一條黑蛇，從她手裡垂下。

「嘿，你怎麼了？」

她深深吸了口氣。「我想我只是累了。」她把聽診器放在醫師袍的左邊口袋裡——向來的老位置。

「你確定只是太累？沒有別的事情嗎？」

「我得回家了。」她走出辦公室，他跟在她後面進了走廊。

「是不是跟那兩個來找你的警察有關？聽我說，如果你有什麼麻煩——只要我能幫得上忙——」

「我不需要任何幫忙，謝謝。」她說出口，才發現聽起來好冷酷，立刻就後悔了。她不該這樣對彼得的。

「你知道，如果你偶爾找我幫個忙，我並不介意的。」他低聲說。「畢竟我們是同事，互相幫忙是應該的。你不覺得嗎？」

她沒回答。

他轉身走向自己的辦公室。「那就明天早上見吧。」

「彼得？」

「嗯？」

「關於那兩位警察。還有他們來找我的原因——」

「你不必告訴我。」

「不，我該告訴你的。不然你只會一直很好奇。他們是來跟我問起一樁兇殺案。有個女人星期四夜裡被謀殺了。他們以爲我可能會認識她。」

「結果呢？」

「我不認識。他們搞錯了，如此而已。」她嘆了口氣。「只是搞錯而已。」

凱薩琳轉動了門上的嵌鎖，感覺鎖門啪地確定鎖住，然後她把鍊條拴上。這是另一道防禦線，阻擋那些潛伏在牆外的無名恐怖。等到她覺得躲在自己的公寓裡很安全了，這才脫掉鞋子，把皮包和車鑰匙放在櫻桃木小几上，只穿襪子走過鋪著白色厚地毯的客廳。多虧神奇的中央空調系統，公寓裡面涼爽而舒適。此時外頭是攝氏三十度的高溫，但在她的公寓裡，夏天頂多二十二度，冬天從不會低於二十度。人生中少有什麼是可以預先調整、預先確定的，但是在各種可能的範圍內，她都竭力保持整齊。她會選擇這戶位於聯邦大道的公寓，是因爲整棟大樓是全新的，而且有封閉式的地下停車場。儘管這裡不像後灣區那些古老的紅磚住宅那麼迷人，但也不必去擔心老建築裡老舊配管系統和電力管線所帶來的不確定性。凱薩琳很難容忍不確定性。她的公寓保持得一塵不染，而且除了少數幾抹色彩，大部分的裝潢家具都是白的。白沙發、白地毯、白瓷磚。純淨的顏色。未經沾染，貞潔無瑕。

到了臥室，她脫掉衣服，掛好裙子，把開襟襯衫收好準備送去乾洗。她換上寬鬆的長褲和一件無袖的絲質襯衫。等到她赤腳走進廚房時，感覺自己很冷靜，可以控制局面了。

今天稍早時，她沒有這樣的感覺。那兩位警探的來訪讓她心煩，一整個下午她都不斷疏忽犯錯。拿錯檢驗單，在病歷表上寫錯日期。只是些小錯，但那就像是水面上的微微漣漪，水底下卻是深受波動。過去兩年來，她都設法不去想薩凡納的那件事。偶爾，毫無預警地，可能會想起一個畫面，鮮明得有如刀割，但她會巧妙地躲開，把思緒轉向其他事情。但今天，她卻躲不開那些回憶。今天，她不能假裝薩凡納那件事從沒發生過了。

廚房地板的瓷磚在赤腳底下感覺冰涼，她給自己調了一杯螺絲起子雞尾酒，裡頭的伏特加少放些，然後邊喝邊磨帕瑪森乳酪，又切了番茄和洋蔥和幾種香草植物。她早餐後就一直沒吃東西，酒精直接流入她的血管。伏特加的酒意令人愉快又麻木，菜刀持續輕敲砧板的聲音、新鮮九層塔和大蒜的香味，都撫慰了她的心。做菜就是她的療癒方式。

在廚房窗子外，整個波士頓就像個過熱的大鍋，裡面燉著壅塞的汽車和高漲的怒氣；但在這裡，緊閉在窗子內，她用橄欖油炒了番茄，倒了一杯義大利奇揚地葡萄酒，然後煮了一鍋熱水，下了新鮮天使髮細麵。涼涼的空氣從冷氣孔流出。

做好晚餐，她坐在餐桌前，享用義大利麵和沙拉及葡萄酒，CD唱機裡播送著德布西的旋律。儘管她很餓，菜也做得很用心，但每樣東西似乎都食不知味。她逼自己吃下去，卻覺得喉嚨很滿，彷彿嚥下的是什麼濃稠的東西。就連喝了第二杯葡萄酒，也去除不了喉嚨的那種腫脹感覺。她放下叉子，瞪著吃了一半的晚餐。音樂聲變大，像一波波潮水湧向她。

她頭埋進雙手裡。一開始沒有聲音。彷彿她的悲傷已經掩埋太久，密封處已經永遠封死了。然後一聲高頻率的慟哭逸出喉嚨，發出極細微一聲。她吸了口氣，接著哭了起來，兩年來的痛苦也隨之一口氣傾瀉，激動的程度把她自己都嚇到了。因為她收不住，不曉得自己的痛苦有多深，也不知道是否有極限。她一直哭，哭到喉嚨發痛，哭到肺部像在一陣陣抽搐，而她的啜泣聲，就困在這戶密封的公寓裡。

最後，淚流乾了，她筋疲力盡躺在沙發上，立刻陷入沉睡。

猛然驚醒時，她發現四周一片黑暗。她的心怦怦跳，身上的襯衫被汗水溼透了。剛剛有什麼聲音嗎？玻璃的破裂聲，還是有腳步聲？就是那聲音讓她從沉睡中驚醒的嗎？她一動都不敢動，深怕自己會漏掉了入侵者的絲毫動靜。

移動的燈光掠過窗子，是外頭一輛汽車駛過的大燈。她的客廳短暫亮起，然後又回復到黑暗狀態。她傾聽著冷風流出通氣口的嘶嘶聲，還有廚房裡冰箱的轟鳴。沒有什麼陌生的聲音，她這種壓倒性的恐懼感，根本就沒有道理。

她坐直身子，鼓起勇氣開了燈。原先想像中的種種恐怖，在溫暖的燈光下立刻消失無蹤。她從沙發上起身，慢吞吞走過一個接一個房間，打開燈，檢查裡頭的櫥櫃。理性上，她知道沒有人入侵，知道自己家裡裝設了精密的防盜系統，門上有不止一個嵌鎖，窗子也都緊緊拴好，已經保護得再周延不過。但她還是繼續檢查下去，看過每個黑暗的角落。等到她確定所有防護都沒有被破壞，才終於鬆了口氣。

現在十點半。今天星期三。我得找個人談談。今天晚上我沒法獨自面對這個狀況。

她坐在書桌前，打開電腦，看著螢幕亮起。這是她的救生索，她的心理治療師，這個電子電路和電線及塑膠的組合，是她唯一可以安心傾訴痛苦的地方。

她打了自己的代號「柯黛」，登入網際網路，然後用滑鼠點了幾下，外加打了幾個鍵，進入了一個名為「女性救助」的聊天室。

裡頭已經有六個熟悉的代號了。沒有臉、沒有名字的女人，都來到網路上這個安全而匿名的避風港。她靜坐了一會兒，看著螢幕上出現的那些訊息。在心中傾聽著那些女人受傷的聲音，除了在這個虛擬空間之外，他們從未見過。

蘿莉四五：那你怎麼辦？

感恩：我跟他說我還沒恢復過來。我還是會回想起那些畫面。我說如果他關心我，他就會等。

心碎人：做得好。

眨眼九八：不要太急，只爲了配合他。

蘿莉四五：那他的反應是什麼？

感恩：他說我應該想開一點。好像我很軟弱似的。

眨眼九八：男人眞該嚐嚐被強暴的滋味！！！

心碎人：我花了兩年才恢復過來的。

蘿莉四五：我一年多。

眨眼九八：這些男人腦子裡只有他們的老二。一切都是以他們爲中心。他們只希望他們的那話兒得到滿足。

蘿莉四五：哎喲，你今天晚上火氣眞大呀，眨眼。

眨眼九八：或許吧。有時我覺得眞該割掉那種爛男人的命根子。

心碎人：眨眼拿出她的切肉刀了！

感恩：我不認爲他願意等。我想他放棄我了。

眨眼九八：你値得等待。你値得！

過了幾秒鐘，空白的訊息欄出現一行字：

蘿莉四五：哈囉，柯黛。很高興看到你回來。

凱薩琳也開始打字。

柯黛：我看到大家又在聊男人了。

蘿莉四五：是啊。我們怎麼老離不開這個老話題呢？

感恩：因爲傷害我們的就是男人。

大家又沉默了好一會兒。凱薩琳深吸了一口氣，然後打了字。

柯黛：我今天過得很不好。

蘿莉四五：告訴我們吧，小柯。發生了什麼事？

凱薩琳幾乎聽得到那種女性的輕柔低語從網路上傳來，溫柔、撫慰的輕聲說著。

柯黛：我今天晚上恐慌症發作了。我關在屋子裡，沒有人碰得到我，但我還是好恐慌。

眨眼九八：別讓他贏了。別讓他害你成爲囚犯。

柯黛：太遲了。我已經是個囚犯了。因爲今天晚上我明白了一件很可怕的事。

眨眼九八：什麼事？

柯黛：惡魔沒有死掉。永遠不會。他們只是換了一張新面孔，一個新名字。只因爲我們沾上過一次，並不表示從此就免疫而不會再受傷。我們有可能被閃電劈中兩次。

再也沒有人打字了，沒有人回應。

無論我們多麼小心，惡魔都知道我們住在哪裡，她心想。他知道怎麼找到我們。

而且我現在就感覺到了，他正在逼近我。

妮娜．裴頓哪裡都不去，什麼人都不見。她好幾個星期沒去上班了。今天我打電話到她位於布魯克萊的辦公室，她在那裡當業務代表，她同事說不曉得她什麼時候會回來上班。她就像一隻受傷的野獸，躲在自己的洞穴裡，嚇得半死，不敢踏入外頭的黑夜一步。她知道黑夜裡有什麼等著她，因爲她已經被黑夜的惡魔碰觸過，即使到現在，她還能感覺到它像蒸汽般滲透過牆壁，進入她家。她的窗簾緊閉著，但布料很薄，我看得到她在裡面走動。她的剪影弓著身，雙臂緊貼胸前，彷彿身體折疊了起來。她走來走去，動作不平穩而呆板。

她檢查了門上的鎖、窗子上的窗閂。試圖要把黑夜關在外面。

關在那棟小房子裡，她一定悶得快窒息了。夜裡熱得像蒸籠，她的窗子上頭也都沒裝冷氣。她一整晚都待在屋裡，窗户緊閉。我想像她滿身大汗，熬過了漫長的炎熱白天，進入夜晚，渴望開窗迎接新鮮的空氣，但又怕會有其他東西也伺機進入。

她又走過那扇窗前。停下來逗留片刻，框在那片長方形的光亮中。忽然間，窗簾撥開了，她伸手打開窗閂，滑開窗子。她站在窗前，渴望地大口吸著新鮮空氣。她終於向暑熱投降了。

對一名獵人來說，再也沒有比受傷獵物的氣味更令人興奮的了。我幾乎可以聞到那流血野獸、那骯污血肉的氣味飄出來。正當她呼吸著夜晚空氣之時，我也呼吸著她的氣味。她的恐懼。

我的心跳加快，伸手到隨身的袋子裡，撫摸著那些工具。就連那些鋼製工具，摸起來也是溫暖的。

她砰地一聲關上窗。深深吸幾口新鮮的空氣，已經是她能容許的極限了。現在，她又退回她那棟悶熱小屋的悲慘中。

過了一會兒，我只好接受這個失望的結果，離開那兒，留下她在那個烤箱般的臥室裡面，滿身大汗度過這個夜晚。

明天，據說還會更熱。

5

「這個不明嫌犯是典型的穿透癖患者，」羅倫斯．札克醫師說。「就是會用刀子，達到輔助的或間接的性快感。所謂穿透癖，就是用尖銳的物品刺入或切割，以重複穿透皮膚。刀子是陰莖的象徵——男性生殖器的替代品。我們的不明嫌犯不會進行一般的性交，而是讓他的受害者遭受痛苦和恐懼，因而獲得快感。讓他興奮的是權力。而最終極的權力，就是掌握他人的生死大權。」

珍．瑞卓利警探並不容易受到驚嚇，但札克醫師卻令她毛骨悚然。他看起來像男星約翰．馬可維奇，只不過是個蒼白而大塊頭的版本。他的嗓音總是充滿空氣的沙沙聲，簡直像女人，而且講話時手指舞動有如優雅的蛇。他是東北大學的犯罪心理學家，也是波士頓警察局的顧問。瑞卓利之前曾跟他在一宗兇殺案的調查中合作過，當時他也令她毛骨悚然。不光是他的外表，也是因爲他完全可以進入行兇者的內心。漫遊在那個惡魔世界裡，顯然帶給他愉悅。他很享受這種經驗。她聽得出他聲音中那種幾乎是潛意識的興奮顫抖。

她看了會議室裡面其他四名警探一眼，很納悶可有其他人被這個怪人嚇到，但她只看到一張張疲倦的表情，以及下午五點的各種陰影。

大家都很累。她自己昨天才睡了四小時。今天早上天沒亮她就醒了，腦子立刻直接打到四檔，像萬花筒似地迅速處理著一個個畫面和聲音。伊蓮娜．歐提茲的案子太深入她的潛意識了，因而在夢中，她和伊蓮娜還交談起來，不過都是沒有意義的蠢話。那些夢絲毫沒有超自然的啓示，沒有來自死者的線索，只是一堆腦細胞抽動所製造出來的影像。然而，瑞卓利還是覺得那些夢很有意義。因爲她因此明白這個案子對她有多麼重要。在一個備受矚目的兇案調查中，身爲主責警探就像是在走高空鋼索，而且底下沒有安全網。如果能逮到兇手，每個人都會替你鼓掌；但要是搞砸了，全世界都會看到你摔死。

這個案子現在已經備受矚目了。兩天前，當地小報的頭版頭條出現這樣的標題：「外科醫生再度動刀。」這是《波士頓先鋒報》給那個不明嫌犯取的綽號，現在就連警察也這麼喊了。**外科醫生**。

老天，她已經準備好要在高空走鋼索了，不成功便成仁。一個星期前，她以主責警探的身分走進伊蓮娜．歐提茲的公寓時，出於直覺，她就曉得這是一宗能成就她事業的案子，而且她急著要證明自己。

但事情變化得眞快。

才一天，這個案子的調查規模就擴大許多倍，改由兇殺組的馬凱特副隊長主持。伊蓮娜．歐提茲的案子已經跟黛安娜．史特林的案子合併，除了馬凱特之外，小組人馬也增爲五名警探：瑞卓利和她的搭檔巴瑞．佛斯特；摩爾和他壯碩的搭檔傑瑞．史力普；外加達倫．克羅。瑞卓利是唯一的女警；不過，反正兇殺組也只有她一個女性，而且某些男警從來不會讓她忘記這點。啊，她跟巴瑞．佛斯特相處得還不錯，儘管他的個性樂觀得令人心煩。傑瑞．史力普則是太遲鈍了，不會發現有任何人對他不爽，也不會對其他人不爽。至於摩爾——儘管一開始態度保留，但她其實開始喜歡他，也眞心尊重他低調而有條理的工作方式。最重要的是，他似乎也尊重她。只要她開口，他知道摩爾都會認眞聽。

她眞正處不來的，是第五個警察達倫・克羅。非常處不來。這會兒他隔著桌子坐在她對面，曬黑的臉上如常掛著奸笑。她從小就跟這樣的男孩一起長大。一身肌肉，女朋友很多。而且非常自我中心。

她和克羅是彼此瞧不起。

會議桌上傳著一疊紙。瑞卓利拿了一份，看到上頭是札克醫師剛剛完成的犯罪側寫。

「我知道你們有些人認為，我的工作是騙術，」札克說。「所以我就來解釋一下我的理由。有關我們的不明嫌犯，我們知道以下幾件事。他會從打開的窗子進入被害者的家裡，通常是在凌晨時分，介於半夜十二點和兩點之間。他會把床上的被害人嚇醒，立刻用氯仿迷昏她們。然後脫掉她們的衣服，用防水膠帶纏住她們的手腕和腳踝，固定在床上。另外也會綁住她們的大腿上部和軀幹中央。最後，他會用膠帶封住她們的嘴。完全控制住她們。等到被害人稍後醒來，就不能動，不能尖叫。那就像是全身癱瘓，可是還醒著，可以意識到接下來所發生的事情。

「而接下來所發生的，絕對是任何人最可怕的夢魘。」札克的聲音逐漸變小，沒有高低起伏。細節愈怪誕，他講話的聲音就愈小。每個人的身子都往前傾，仔細聽著他說的話。

「不明嫌犯開始動刀，」札克說。「根據驗屍報告，他不慌不忙，一絲不苟。他劃開下腹部，一層接一層。首先是外皮，然後是皮下層、筋膜、肌肉。他利用縫合線控制流血。只取出他要的器官。絕對不多拿。而他所要的，就是子宮。」

札克看了會議桌一圈，把所有人的反應看在眼裡，最後目光落在瑞卓利身上，因爲她是整個房間裡唯一有子宮的人。她瞪回去，很氣自己的性別吸引他的注意力。

「這點告訴我們什麼，瑞卓利警探？」他問。

「他恨女人，」她說，「所以割掉女人之所以爲女人的特有器官。」

札克點點頭，他的微笑讓她打冷顫。「開膛手傑克對安妮．查普曼就是這樣。藉著取走女性的子宮，他就把被害人的女性化特徵拿掉。他偷走她們的權力。他沒動她們的珠寶和錢。他只想要一樣東西，而一旦他拿到了戰利品，他就可以進行最後一幕了。不過首先，最後的高潮來臨之前，他會先暫停一下。兩位被害人的驗屍中都發現，他在這個時候停了下來。或許等了一小時，同時被害人還繼續慢慢流血。她們的傷口處都累積了一灘血。他在這段時間做什麼？」

「自得其樂。」摩爾輕聲說。

「你的意思是，在打手槍？」達倫．克羅說，以他慣有的粗野態度提出這個問題。

「兩個犯罪現場都沒有留下精液。」瑞卓利指出。

克羅以那種你可眞聰明的目光看了她一眼。「沒有精液，」他說，刻意把每個音節都拖長了說。「並不能排除打手槍的可能。」

「我不認爲當時他在自慰。」札克醫師說。「這位不明嫌犯不會在陌生的環境放棄這麼多控制權。我想他會等到他置身於安全的地方，才會獲得性滿足。犯罪現場的每一件事情，都明顯表明了他的控制力。他進行最後一幕時，充滿了自信和權威。他只用深深一刀，割開被害人的喉嚨。然後就進行最後的儀式。」

札克手伸進他的公事包，拿出兩張犯罪現場的照片，放在會議桌上。一張是黛安娜・史特林的臥室，另一張是伊蓮娜・歐提茲的臥室。

「他仔細折好她們的睡衣，放在屍體旁邊。我們知道他是在殺人之後才折衣服的，因爲衣服折起的內部，有噴濺的血跡。」

「他爲什麼要這麼做？」佛斯特問。「這象徵了什麼？」

「又是控制，」瑞卓利說。

札克點頭。「這當然是一部分。藉著這個儀式，他證明自己完全控制了犯罪現場。不過同時，這個儀式也控制了他。這可能是一種他抗拒不了的衝動。」

「那如果有什麼事情妨礙，讓他沒辦法進行這個儀式呢？」佛斯特問。「比方他被打斷了，無法完成呢？」

「那他就會感到挫折又憤怒。他可能會覺得必須立刻開始獵殺下一個被害人。但到目前爲止，他一直有辦法完成儀式。而且每次殺人的滿足感，都足以讓他度過很長一段時間。」札克看了室內一圈。「這種不明嫌犯，是我們所能碰到最糟糕的那類。兩次攻擊之間，相隔了整整一年——這種狀況非常罕見。這表示他可以等上好幾個月，才進行下一次獵殺。我們可能爲了找他而累得半死，但同時他只是耐心坐在那兒，等待下一次殺人。他很小心，很有條理。他不會留下太多線索，甚至沒有。」他看了摩爾一眼，尋求證實。

「在兩個犯罪現場，我們都沒採到指紋，也沒有DNA，」摩爾說。「我們唯一有的，就是在歐提茲的傷口找到的一根頭髮。還有窗框上採到了幾根深色的聚酯纖維。」

「我想，你們也沒有找到目擊證人吧。」

「我們在黛安娜．史特林的案子做過一千三百次訪談。沒有人看到入侵者。伊蓮娜．歐提茲的案子到目前則是訪談了一百八十人。也是沒人發現任何可疑人士。」

「不過我們倒是碰到有三個人自首，說是他們幹的，」克羅說。「全都是自己跑來的，我們記下了他們的自白陳述，然後就送走他們。」他笑了起來。「神經病。」

「這個不明嫌犯可沒有精神錯亂，」札克醫師說。「我猜想，他看起來完全正常。我認爲他是白人男性，三十歲上下。打扮得很整齊，智力在平均以上。幾乎可以確定他高中畢業，或許還讀了大學，甚至學歷更高。兩個犯罪現場之間的距離超過一哩，而且謀殺發生在公共交通工具稀少的時段。所以他是開車族。他的車子很乾淨，而且保養得很好。他大概沒有心理問題的病歷，但可能未成年時期有過竊盜或窺淫狂的前科。如果他有上班，他的工作應該是必須兼具智力和細心的。我們知道他這個人事前計畫周詳，因爲他犯案時帶著他的謀殺工具包——解剖刀、手術縫合線、防水膠帶、氯仿。另外還有個容器，可以把紀念品帶回家。這個容器有可能很簡單，只是個塑膠夾鏈袋而已。他的工作領域必須很注重細節。而因爲他顯然有解剖學上的知識，還有外科手術的技巧，所以他有可能是醫療專業人員。」

瑞卓利和摩爾互看一眼，兩個人都有同樣的想法：波士頓市人口中的醫師比例之高，大概是全世界之冠。

「因爲他很聰明，」札克說，「所以他知道我們會派人監視犯罪現場。他會抗拒跑回去的衝動，但這個誘惑還是在的，所以最好還是繼續監視歐提茲的住所，至少暫時不要撤走。」

「另外，以他的聰明，也曉得不要去找住在附近的人下手。他是我們所謂的『通勤型』，而不是『劫掠型』。他會去他居住區域以外的地方獵殺。目前我們的資料地點還太少，我沒辦法做地理側寫，沒辦法精確指出我們應該注意哪些區域。」

「我們需要多少個資料地點？」瑞卓利問。

「至少要五個。」

「意思是，至少五樁謀殺案？」

「我使用的犯罪地理定標程式，必須要有五個地點，才能有起碼的準確度。我用過四個資料地點去跑這個程式，有時你可以得到犯罪者的居住點，但是並不精確。我們必須知道嫌犯更多的移動資訊。他的活動空間在哪裡，他有哪些定位點。每個殺人犯都會在一個特定的舒適區域作案。他們就像掠食動物出獵，有自己的地盤，有自己的下手地點，他們會在這個區域找獵物。」

札克看了會議桌周圍那些警探無動於衷的臉。「我們對這個不明嫌犯的所知還不夠，沒辦法做任何預測。所以我們得把焦點放在被害者身上。她們是什麼樣的人？為什麼兇手會選擇她們？」

札克伸手從公事包裡拿出兩個資料夾，一個標示著史特林，另一個標示著歐提茲。他從裡頭拿出一打照片，攤在桌上。那是兩個女人生前拍的照片，有的還是小時候的。

「這些照片有的你們沒看過，是我跟她們的家人要來的，好讓你們對這兩個女人的過去有點概念。看看這兩張臉，研究一下她們是什麼樣的人。為什麼嫌犯挑上她們？他是在哪裡看到她們的？她們哪一點吸引了他的目光？笑聲？微笑？走路的姿態？」

他開始唸出一張打字的資料。

「黛安娜·史特林，三十歲。金髮，藍眼珠。一七〇公分，五十七公斤。職業：旅行社職員。工作地點：紐伯瑞街。住所：後灣區馬博洛街。史密斯學院畢業。父母親都是律師，住在康乃狄克州一棟兩百萬元的豪宅。男朋友：死亡時沒有。」

他放下那張紙，拿起另一張。

「伊蓮娜·歐提茲，二十二歲。西班牙語裔。黑髮，棕色眼珠。一五八公分，四十七公斤。職業：在南城區家族經營的花店當店員。住所：南城區的一戶公寓。教育程度：高中畢業。一輩子都住在波士頓。男朋友：死亡時沒有。」

他抬頭。「兩個女人都住在同一個城市，但活動的領域完全不同。她們在不同的商店購物，在不同的餐廳吃飯，而且沒有共同的朋友。這位不明嫌犯是怎麼發現她們的？在哪裡發現她們的。她們不光是彼此不同，也跟一般的性犯罪被害人不同。大部分加害者，會去攻擊那些容易傷害的人，比方妓女或搭便車的。就像出獵的食肉動物都會去找成群的牲畜下手。所以兇手為什麼要挑這兩個？」札克搖搖頭。「我不懂。」

瑞卓利看著桌上的照片，一張黛安娜·史特林的照片吸引了她的目光。上頭是一個笑得很燦爛的年輕女郎，穿著學士袍、戴著學士帽，參加史密斯學院的畢業典禮。天之驕女。身為天之驕女是什麼滋味？瑞卓利很好奇。她完全不曉得。她從小跟一個高傲的姊姊和兩個高大英俊的兄弟一起長大，是個渴望融入兄姊群中、卻沒人要理的小野丫頭。而黛安娜·史特林，擁有高貴的顴骨和天鵝般的頸項，她當然從來不曉得被拒絕、被排擠的滋味。她從來不曉得被忽視的感受。

瑞卓利的目光短暫停留在黛安娜脖子上的那個金墜子。她拿起那張照片，更仔細看了一下。

她的脈搏加速，掃視了房裡一圈，看其他警察是否注意到她剛剛所發現的，但沒有人看著她，也沒人看那張照片。他們的視線全都集中在札克醫師身上。

他正展開一張波士頓的大地圖，格子狀的街道圖上有兩塊深色區域，一塊在後灣區，另一塊在南城區。

「這是我們兩個被害人的活動區域。包括了她們居住和工作的地帶。我們所有人的日常生活，都傾向於在熟悉的區域進行。地理側寫專家之間有句老話：你知道些什麼，決定了你去哪些地方；而你去哪些地方，又決定你知道些什麼。對兩位被害人和加害人都是如此。從這張地圖，你們可以看到這兩個女人居住在兩個不同的世界，沒有重疊。沒有共同的定位點，生活中也沒有交叉的地方。這就是我最搞不懂的，也是偵查的關鍵。史特林和歐提茲之間有什麼聯繫？」

瑞卓利的目光回到那張照片上，看著懸吊在黛安娜脖子上的那個金墜子。說不定我搞錯了。眼前我什麼都不能說，要等到我確定了才行。不然達倫．克羅又會用這個來嘲笑我。

「你知道這個案子還有個意外的特點吧？」摩爾說。「凱薩琳．柯岱兒醫師。」

札克點點頭。「薩凡納那個倖存的被害人。」

「在安德魯．卡普拉的連續殺人事件中，有某些特定細節從來沒有公開過。比方兇手使用羊腸縫合線，還有折疊被害人的睡衣。但我們的這位不明嫌犯卻重演了這些細節。」

「殺人兇手會彼此聯絡，這是某種病態的兄弟情誼。」

「卡普拉死掉已經兩年了。他不可能跟任何人聯絡。」

「但是他在世的時候，有可能把這些可怕的細節告訴了我們的不明嫌犯。這是我們想要的解釋，因爲另一個解釋太令人不安了。」

「那就是，我們的不明嫌犯有辦法看到薩凡納警方的報告。」摩爾說。

札克點點頭。「這就表示，他是警方人員。」

整個會議室陷入一片沉默。瑞卓利忍不住看看周圍的同事——全都是男人。她想到會來當警察的那種男人。熱愛力量和權威的，喜歡槍和警徽的男人。有機會控制他人。完全就是我們的不明嫌犯所渴望的。

會議結束後，瑞卓利等到其他人都離開會議室，才走向札克醫師。

「我可以留著這張照片嗎？」她問。

「可以問一下爲什麼嗎？」

「有個直覺。」

札克露出他那種令人毛骨悚然的約翰·馬可維奇式微笑。「願意跟我分享嗎？」

「我從不分享我的直覺。」

「會倒楣？」

「只是要保護我的地盤罷了。」

「這是團隊調查啊。」

「團隊合作有一點很有趣。每次我分享我的直覺，就會有人搶走功勞。」她手裡拿著照片，走出會議室，立刻就後悔說了最後那句話。但那些男同事一整天都在刺激她，一些小小的評語和小小的怠慢，加起來形成一種鄙視的模式。令她終於不堪忍受的最後一件事，就是她和達倫·克羅去訪查伊蓮娜·歐提茲的隔壁鄰居。克羅不斷打斷瑞卓利的問題，改問自己的。等到她把克羅拉出房間，要他收斂一點時，他立刻以典型男性的羞辱言辭反擊：「我想，又到了每個月的那個時候了。」

不，她才不要分享她的直覺。如果這些直覺查不出結果，大家就沒辦法奚落她。而如果能查出結果，她也能名正言順得到功勞。

她回到自己的座位，坐下來更仔細看那張黛安娜·史特林的畢業照。正當她要去拿放大鏡時，視線忽然集中在她桌上慣常擺的那瓶礦泉水，等她看到裡頭塞的東西，火氣忽然冒上來。

不要有反應，她心想。別讓他們激怒你。

她沒理會那個水瓶和裡頭令人厭惡的東西，只是把放大鏡對準黛安娜·史特林的脖子。辦公室裡似乎反常地安靜。她幾乎可以感覺到達倫·克羅的目光，正在等著她爆發。

我才不會爆發呢，混蛋。這回我會保持冷靜的。

她盯著黛安娜的項鍊。這個細節她之前差點漏掉了，原先她只注意到她的臉，漂亮的顴骨，精緻的眉毛。現在她審視著那條精緻項鍊垂下的兩個墜子。一個是鎖的形狀，另一個是小鑰匙。

打開心房的鑰匙，瑞卓利心想。

她迅速翻了桌上的檔案，找到了伊蓮娜·歐提茲犯罪現場的照片。然後她拿著放大鏡，審視一張被害人軀體的特寫照片。隔著脖子上一層乾掉的血，她只能看到那條細線狀的金項鍊，兩個墜子很模糊。

她伸手去拿電話，撥了法醫辦公室的號碼。

「提爾尼醫師出門了，下午不會再回來。」他的秘書說。「有什麼我能效勞的？」

「是有關他上星期五的一次驗屍。伊蓮娜·歐提茲。」

「怎麼樣？」

「被害人送到停屍間時，戴著一件首飾。還在你們那邊嗎？」

「我去查一下。」

瑞卓利等著，一邊用鉛筆敲著桌面。那個水瓶就放在她面前，但她照樣不理會。她的怒氣已經不見了，這會兒滿心只有出獵的興奮感。

「瑞卓利警探？」

「我還在。」

「她的私人物品已經交還給家人了。有一對耳釘、一條項鍊，還有一個戒指。」

「簽收的是誰？」

「安娜·賈西亞，被害人的姊姊。」

「謝了。」瑞卓利掛斷電話，看了手錶一眼。安娜·賈西亞住在北邊的丹佛斯鎮。這表示要在交通尖峰時間開車過去……

「你知道佛斯特人在哪裡嗎？」摩爾問。

瑞卓利嚇了一跳，抬起頭，發現他站在她辦公桌旁。「不知道。」

「他不在局裡？」

「他脖子上又沒拴鏈子。」

他停頓了一下，然後問：「這是什麼？」

「歐提茲犯罪現場的照片。」

「不。我是說瓶子裡的東西。」

她又抬起頭，看到他皺著眉頭。「看起來像什麼？那是他媽的衛生棉條。我們隊上有個人真有幽默感呢。」她刻意地看了達倫．克羅一眼，克羅忍住了偷笑，別過頭去。

「我來處理。」摩爾說，然後拿起瓶子。

「嘿，嘿！」她厲聲說。「該死，摩爾。算了啦！」

他走進馬凱特副隊長的辦公室。隔著透明的玻璃大窗，他看到摩爾把裝了衛生棉條的瓶子放在馬凱特的桌上。馬凱特轉過頭來，朝瑞卓利的方向看。

又來了。這下子他們就會說，那個賤貨連個玩笑都開不起。

她抓了皮包，收拾那些照片，然後走出辦公區。

摩爾喊她的時候，她已經站在電梯口了。

「媽的不必你出面替我打仗，行嗎？」她兇巴巴說。

「你沒打仗，你只是坐在那兒，桌上擺著那個……那個玩意兒。」

「衛生棉條。你就不能好好大聲說出來嗎？」

「你生我氣幹嘛？我只是幫你出頭而已。」

「聽我說，聖人湯瑪士，現實世界裡面是這樣對待女人的。我正式提出申訴，倒楣的就是我。我的人員檔案裡面就會多一條註記：跟男人處不好。如果我再抱怨，那這個名聲就跟定我了。瑞卓利愛抱怨。瑞卓利是愛哭鬼。」

「如果你不申訴，那他們就贏了。」

「我試過你的方法，結果沒用。所以拜託別幫我了，行嗎？」她把皮包甩上肩，走進電梯裡。

電梯門在兩人中間關上時，她眞想收回那些話。摩爾不該遭受到這些指責的。他向來很有禮貌，向來是個紳士，而她一氣之下，當面喊了他的綽號。聖人湯瑪士。他從來不逾越界限，從來不講髒話，從來不會失去冷靜。

然後還有他私生活的悲慘遭遇。兩年前，他的妻子瑪麗因爲腦出血而昏倒，從此昏迷了六個月，但直到她眞正去世的那天，摩爾還在期待她康復，不肯放棄希望。即使到今天，瑪麗已經過世一年半了，他好像還是不能接受這個事實。他還戴著婚戒，桌上還放著瑪麗的相片。瑞卓利看過太多警察的婚姻破裂，見過同事辦公桌上的女人照片換來換去。但在摩爾的桌上，卻永遠是那張瑪麗微笑的臉。

聖人湯瑪士？瑞卓利悲觀地搖搖頭。如果世上眞有什麼聖人，那也絕對不會是警察。

一個希望他活，另一個希望他死，而兩個人都宣稱自己更愛他。賀曼・桂多斯基的兒子和女兒隔著父親的病床面對面，兩個人都不肯讓步。

「要照顧老爸的又不是你，」瑪瑞蓮說。「我幫他做飯，幫他打掃房子。我每個星期帶他去看醫生。你什麼時候來看過他了？老是有別的事情在忙。」

「拜託喔，我住在洛杉磯耶，」艾文兇巴巴地說。「我有個公司要忙啊。」

「你可以一年飛過來一次啊。這樣能有多難？」

「我現在就來了啊。」

「啊，是喔。大人物先生大駕光臨來拯救我們了。你之前根本懶得來看他，可是現在什麼都要照你的意思做。」

「我不敢相信你就這樣放棄他。」

「我不希望他再受罪了。」

「也或許你只是希望他別再害你花錢了。」

瑪瑞蓮臉上的每根肌肉都忽然繃緊了。「你這混蛋。」

凱薩琳聽不下去了，她插嘴：「這裡不是討論的地方。拜託，請兩位出去談吧？」

一時之間，這對兄妹沉默而敵意地瞪著對方，好像誰先作勢要離開，誰就輸了。然後艾文大步走出病房，穿著訂製西裝的身形令人生畏。他的妹妹瑪瑞蓮看起來完全就是個疲倦的郊區家庭主婦，她緊握了父親的手一下，然後也出去了。

到了走廊上，凱薩琳把冷酷的事實一一說出來。

「令尊出意外後就一直昏迷不醒。他的腎臟快要衰竭了，因爲他長期有糖尿病，腎臟本來就不好，車禍受傷又讓狀況更惡化。」

「有多少是因爲手術的關係？」艾文問。「你給了他多少麻醉劑？」

凱薩琳壓下往上冒的怒火，平靜地說：「他送到醫院時已經昏迷了，跟麻醉沒有關係。不過組織受損讓腎臟負擔更嚴重，他的腎臟已經快要停止運作。另外，他的攝護腺癌已經擴散到骨頭。就算他醒來，那些問題也還是存在。」

「你希望我們放棄，對吧？」艾文說。

「我只是希望你們再考量一下他的身體狀態。萬一他的心臟停止跳動，未必要進行急救。我們可以讓他平靜地走。」

「你的意思是，就讓他死掉。」

「沒錯。」

艾文冷哼一聲。「我告訴你我爸是個什麼樣的人。他不是輕易放棄的人，我也不是。」

「老天在上，艾文，這跟輸贏無關！」瑪瑞蓮說。「重點是什麼時候該放手。」

「你放手得可真快，對不對？」他說，轉過頭去面對她。「只要出現第一絲困難的跡象，小瑪瑞蓮就老是找老爸來救她。哼，老爸從來不會救我。」

瑪瑞蓮雙眼泛著淚水。「重點不在於老爸，對吧？重點在於你非贏不可。」

「才不是呢，重點是給他奮戰的機會。」艾文看著凱薩琳。「我要盡一切可能救我爸。希望你們完全理解，沒有任何疑問。」

瑪瑞蓮擦掉臉上的淚，看著她哥哥離開。「他從來沒來看過老爸，怎麼敢說他愛他？」她看著凱薩琳。「我不希望你們急救。能不能請你寫在病歷上？」

這是每一個醫師都擔心的道德困境。儘管凱薩琳贊成瑪瑞蓮，但剛剛艾文說的最後那句話，卻是很明確的威脅。

於是凱薩琳說：「我不能改變醫囑，除非你和你哥哥達成共識。」

「他永遠不可能同意的，你剛剛也聽到他的話了。」

「那麼你就得再去跟他談談，說服他了。」

「你擔心他會告你們，對不對？所以你不願意改變醫囑。」

「我知道他很生氣。」

瑪瑞蓮悲傷地點點頭。「他就是這樣贏的，他老是能贏。」

我可以縫合傷口，凱薩琳心想。但我沒法修補這個破裂的家庭。

半個小時後她走出醫院，這場痛苦而敵意的會面仍縈繞在心頭。這是星期五傍晚，眼前等著她的是一個自由的週末，但她駛出醫院停車場時，卻一點解脫的感覺都沒有。今天比昨天更熱，氣溫有三十幾度，她期待著公寓裡面的清涼，期待拿著一杯冰紅茶坐在沙發上，打開電視看Discovery頻道。

到了第一個十字路口，她停下來等著燈號轉綠，視線飄到交叉那條街道的街名。烏斯特街。就是伊蓮娜．歐提茲住的那條街。之前凱薩琳終於把《波士頓環球報》的報導找來看，裡頭提到過被害人的地址。

綠燈了。她一時衝動，轉入烏斯特街。之前她從來沒有理由走這條路線，但眼前卻覺得有股力量拉著她。她有一種不正常的渴望，就是想去看看兇手入侵的那個地方，想去看看她的夢魘發生在另一個女人身上的那棟建築物。她的雙手潮溼，而且隨著沿途門牌號碼逐步增加，她感覺自己的心跳也隨之加快。

到了伊蓮娜．歐提茲家的地址，她在路邊停下。

這棟建築物一點也不起眼，看不出有恐怖和死亡的痕跡。只不過是另一棟三層樓的紅磚建築物。

她下了車，瞪著樓上的窗子。伊蓮娜生前住的是哪一戶？有條紋窗簾的那戶？或是懸吊著一大片植物的？她走到前門，看著住戶的名牌。裡頭總共有六戶公寓；2A的住戶名是空的。伊蓮娜已經被抹去了，從生者的行列中被清除掉了。沒有人願意回想起死者。

根據《波士頓環球報》說，兇手是從防火梯爬上去的。凱薩琳退回人行道，看到建築物靠小巷的側邊有一道鋼梯曲折而上。她朝昏暗的巷子走了幾步，猛然停住，覺得頸背微微刺痛。然後她回頭望向街道，看到一輛卡車轟隆駛過，一個女人在慢跑，一對夫妻回到自己的車上。沒有一樣該讓她感覺受到威脅，但她無法忽視那種無聲的強烈恐慌感。

她回到車上，鎖上車門，抓著方向盤坐在那裡，重複告訴自己：「沒有什麼不對勁。沒有什麼不對勁。」冷風從通風口吹出來，她感覺到自己的脈搏也逐漸減緩。最後，她終於嘆了口氣，往後靠坐。

這時她才看到那輛汽車，停在巷子裡。她的目光集中在後保險桿上的車牌。

波西5。

她立刻伸手去翻皮包，找那個警探的名片，然後雙手顫抖地用車上的電話撥了他的號碼。

他接起時，一副公務的口吻。「我是摩爾警探。」

「我是凱薩琳・柯岱兒，」她說。「你幾天前來找過我。」

「是的，凱薩琳・柯岱兒。」

「伊蓮娜・歐提茲開的是一輛綠色本田汽車嗎？」

「什麼？」

「我要知道她的車牌號碼。」

「恐怕我不明白——」

「**告訴我**就是了！」她嚴厲的口氣嚇了他一跳，然後沉默了好久。

「我去查一下，」他說。她聽到背景有男人的交談聲、電話鈴響聲。然後他回來了。

「那是自選車牌，」他說，「我想那是參考她家開的花店。」

「波西五號，」她低聲說。

暫停一下。「是的，」他說，聲音出奇地安靜。充滿警戒。

「你前幾天來找我的時候，問過我是不是認識伊蓮娜・歐提茲。」

「你說你不認識。」

凱薩琳顫抖地呼出一口氣。「我錯了。」

6

她在急診室裡來回踱步，一臉蒼白而緊繃，濃密的紅銅色亂髮長度及肩。摩爾走進等候區時，她盯著他看。

「我猜對了嗎？」

他點點頭。「波西五號是她的網路代號。我們查過她的電腦了。現在告訴我，你是怎麼知道的。」

她看了喧鬧繁忙的急診室一圈，然後說：「我們找個待命室談吧。」

她帶他進去的那間是個小小的黑暗洞窟，沒有窗子，裡頭只有一張床、一把椅子，外加一張書桌。對於一個筋疲力盡、只想睡覺的醫師來說，這個房間完全足夠。但當門關上，摩爾強烈意識到這個空間有多小，那種不得已的親密感搞得他很不舒服，也很好奇她是否也有同感。他們兩個人都四下張望，想找地方坐。最後她坐在床邊，他則坐在椅子上。

「我其實沒見過伊蓮娜。」凱薩琳說。「我甚至不曉得她叫這個名字。我們都參加同一個網路聊天室。你知道聊天室是什麼吧？」

「就是在電腦上即時會話的一種方式。」

「沒錯。一群人如果同時上線，就可以在網際網路上交流。這是個私人聊天室，女性專屬的。你必須知道所有的關鍵字才進得去。而且你在電腦上只看得到代號。沒有真實姓名或臉孔，所以我們全都可以保持匿名。這讓我們覺得夠安全，可以分享我們的祕密。」她暫停一下。「你從來沒試過？」

「跟一堆沒有臉孔的陌生人講話，對我來說恐怕沒什麼吸引力。」

「有時候，」她輕聲說，「你唯一有辦法交談的對象，就是沒有臉孔的陌生人。」

他聽得出這句話裡深深的痛苦，想不出能說什麼。

過了一會兒，她深吸一口氣，眼睛沒看他，而是看著自己交疊在膝上的雙手。「我們每星期聚會一次，星期日晚上九點。我會先連上網，點了聊天室的圖像，然後先打PTSD，再打：女性援助，就進去了。我會透過網際網路，打字發訊息跟其他人溝通。這些訊息會出現在螢幕上，大家都可以看到。」

「PTSD？我想這是代表——」

「創傷後壓力症候群（post-traumatic stress disorder）。這個委婉的臨床用語，適用於那個聊天室裡頭成員的遭遇。」

「你指的是什麼樣的創傷？」

她抬起頭，直直看著他。「強暴。」

這個字眼好像在他們兩人之間懸了一下，聲音迴盪在空氣中。一個殘忍的音節，產生的力道就像一記重拳。

「你去那兒，是因爲安德魯．卡普拉，」他柔聲說。「因爲他對你做過的事。」

她的目光畏縮了，低下眼睛。「是的，」她輕聲說，再度看著自己的雙手。摩爾觀察著，很氣凱薩琳的遭遇，很氣卡普拉從她靈魂所奪走的一切。他很好奇那次攻擊前的她是什麼樣。比較溫暖？比較友善？或者她向來跟其他人保持距離，就像被霜凍結的花朵？

她挺直身子，又繼續說：「所以我就是在那裡碰到伊蓮娜·歐提茲的。當然，我不曉得她的眞實姓名，只看過她的螢幕代號，波西五號。」

「這個聊天室有多少人？」

「每個星期都不一樣。有些人會離開，少數幾個新名字又會加入。人數從三個到一打都有可能。」

「你們是怎麼知道這個聊天室的？」

「從一本給強暴受害人的小冊子。在全市各個女性診所和醫院都有發放。」

「所以在聊天室裡的這些女人，全都住在波士頓地區？」

「沒錯。」

「而波西五號，她都固定會出現嗎？」

「過去兩個月，斷斷續續。她不多話，但我會看到她的名字出現在螢幕上，知道她在。」

「她談過她被強暴的事嗎？」

「沒有。她只是旁觀。我們會打字跟她打招呼，她會回應我們的問候。但她不談自己。好像她很怕談，或者只是羞愧得什麼都不敢講。」

「所以你不知道她是不是被強暴過。」

「我知道她有。」

「怎麼知道的？」

「因為伊蓮娜．歐提茲在這個急診室治療過。」

他瞪著她。「你找到她的紀錄了？」

她點點頭。「我忽然想到，她被攻擊後可能需要治療。這是離她住址最接近的醫院。我查了我們醫院的電腦。這個急診室裡面治療過的每個病人都會留下紀錄。結果查到了她的名字。」她站起來。「我拿給你看。」

他跟著她走出待命室，回到急診室。這是星期五晚上，病患紛紛湧入。一大堆迎接週末的狂歡者，因為喝多了酒而動作笨拙，手抓冰袋敷在打腫的臉上。或是沒耐性的青少年，因為搶黃燈而出車禍。星期五夜裡瘀青流血的大軍，從夜色裡踉蹌走進來。朝聖者醫學中心是波士頓最忙碌的急診室之一，摩爾覺得自己好像走過混亂的中心，閃躲著護士和輪床，還跨過一灘剛濺出來的鮮血。

凱薩琳帶著他進入急診室的檔案室，那是一個大如櫥櫃的小房間，裡頭整牆的架子，放著三孔式資料夾。

「診斷評估表都暫時存放在這裡，」凱薩琳說。她拿下一個資料夾，上面標示著：五月七日－五月十四日。「急診室每診治一名病患，都會有一張評估表。通常只有一頁，裡頭有醫師的註記和治療說明。」

「沒有病歷表嗎？」

「如果他們只是來急診室一次，沒有回診，那麼就不會有病歷表。唯一的紀錄就是診斷評估表。這些表格最後會搬到醫院的醫療紀錄室，掃描後儲存在磁碟裡。」她打開「五月七日－五月十四日」的資料夾。「就在這裡了。」

摩爾站在她後方，隔著她的肩膀往前看。她頭髮的氣味一時令他失神，不得不強迫自己專心在那些資料上。看診的日期是五月九日上午一點整。病患姓名、地址、帳單資訊都打字列在最上方；表格的其他部分都是手寫的。醫療速記法，他心想，努力想搞懂那些字，但只能看懂第一段，是護士寫的：

二十二歲，西班牙語裔女性，兩個小時前遭受性攻擊。無藥物過敏，未服藥。血壓一〇五／七〇。脈搏一〇〇。體溫三七・二。

其他部分他猜不出來了。

「你得幫我翻譯才行。」他說。

她回頭看了他一眼，兩人的臉忽然靠得好近，他不禁憋住了氣。

「你看不懂？」她問。

「我看得懂輪胎印和血跡噴濺痕。但這個我看不懂。」

「這是肯恩・金博的筆跡。我認得他的簽名。」

「我還看不出這是英文呢。」

「另一個醫師來看，就能完全看得懂了。只是要搞懂專有代碼而已。」

「你們在醫學院就學這個？」

「還學了祕密握手方式和解碼戒指的操作方法。」

拿這麼嚴肅的事情開玩笑，感覺好奇怪，更奇怪的是那些打趣話是出自柯岱兒醫師的嘴巴。這是他第一次看到這個女人外殼底下的樣子——安德魯．卡普拉毀掉她之前的模樣。

「第一段是身體檢查，」她解釋。「他用了醫療素寫法。HEENT表示頭、耳、眼、鼻、喉。她左頰有一塊瘀血。肺部很乾淨，心臟沒有雜音或奔馬性節律。」

「意思是？」

「正常。」

「醫生不能直接寫：『心臟正常』嗎？」

「那你們警察為什麼要說『運輸工具』，不乾脆直接說『汽車』呢？」

他點點頭。「有道理。」

「腹部平坦、柔軟，沒有器官腫大。換句話說——」

「正常。」

「你學得很快。接下來他描述的是……骨盆檢查。這裡的狀況就不正常了。」她暫停一下。等到再度開口，她的聲音更柔和，毫無幽默感。她吸了口氣，好像要鼓起勇氣才能繼續說下去。「陰道口有血。兩邊大腿都有擦傷和挫傷。陰道四點鐘的位置有一道撕裂傷，表示這不是雙方同意的性交。這個時候，金博醫師說他停止了檢驗。」

摩爾看著最後一段。裡頭沒有醫療速記，他可以看懂。

病患開始激動。拒絕採集強暴證物袋。拒絕任何進一步的介入。在做過基本的愛滋病篩檢和梅毒檢驗的抽血後，她不等我們報警，就穿上衣服離去。

「所以這件強暴從來沒有報案過，」他說。「沒有陰道抹片樣本，也沒有收集DNA。」

凱薩琳沉默了。她低頭站在那兒，雙手抓著資料夾。

「柯岱兒醫師？」摩爾說，碰碰她的肩膀。她驚跳一下，好像被燙到似的，他趕緊縮回手。她抬頭，他看到她眼中有憤怒。那一刻，她散發出來的兇悍程度，一點也不亞於他。

「五月被強暴，七月被殺害，」她說。「對女人來說，這個世界真是美好啊，不是嗎？」

「我們跟她的每個家人都談過。沒人提到過強暴的事情。」

「那就是她沒告訴家人了。」

有多少女人保持沉默？他很好奇。多少女人有這樣痛苦的祕密，無法告訴她們所愛的人？他看著凱薩琳，想到她也曾向一群陌生人尋求慰藉的事實。

她把那張診斷評估表從資料夾裡拿下來，讓他去影印。他接過來時，目光落在上頭的醫師名字，然後忽然想到一件事。

「能不能談談金博醫師？」他說。「就是檢查伊蓮娜．歐提茲的那位？」

「他是很優秀的內科醫師。」

「他通常都值夜班嗎？」

「是的。」

「上星期四夜裡他有沒有值班，你知道嗎？」

她花了好一會兒，才了解這個問題的含意。他看得出來，她被這個問題隱含的暗示弄得很不安。「你不會眞以爲——」

「這只是個例行性的問題。我們會檢查被害人之前見過的所有人。」

但這並不是例行性問題，她也明白。

「安德魯．卡普拉是醫師，」她輕聲說。「你不會認爲另一個醫師——」

「我們想過這個可能性。」

她別開臉，顫抖著吸了口氣。「在薩凡納，其他女人被謀殺的時候，我只是假設我不認識兇手。我假設如果我眞見到他，我會知道，我會感覺得到。安德魯．卡普拉讓我明白，我這個想法有多麼大錯特錯。」

「平庸之惡。」

「我就是學到了這一點。惡魔可以這麼平凡。他可能是我每天見到、每天打招呼的人，還會朝我微笑。」她輕聲補充了一句：「但同時，他心裡卻在想著各式各樣殺害我的方法。」

摩爾走回車上時，已經是傍晚了，但柏油路面依然散發著白晝的熱氣。這會是另一個熱得難受的夜晚。在全市各地，女人們會開著窗子睡覺，以迎接任何一絲可能的微風，也可能招來夜間的惡魔。

他停下腳步，轉身面對醫院。他可以看到亮紅色的「急診室」燈號，像個燈塔似的發出光亮。希望與治療的象徵。

那就是你的獵場嗎？就在女人尋求治療的地點？

一輛救護車開進院區，閃著警示燈。他想到一天之內有多少人可能經過急診室。急救人員，醫師，護理員，工友。

*還有警察。*他一直不想考慮這個可能性，但也不能排除。對於那些想獵殺其他人類的人，執法人員這一行有莫名的吸引力。槍枝、警徽，都是令人興奮的主宰象徵。而一個人所能行使的最大控制權，莫過於凌虐、殺人。對於這樣的獵人來說，世界就是個充滿獵物的大平原。

到處都是小寶寶。瑞卓利站在充滿了臭酸牛奶和爽身粉氣味的廚房裡，等著安娜・賈西亞擦掉地板上的蘋果汁。一個學步的幼兒抓著安娜的一條腿；另一個幼兒從廚房櫃子裡抓出兩個鍋蓋來，像拿著鐃鈸似的對敲。還有一個嬰兒坐在一張高椅子上，滿臉沾著奶油菠菜微笑著。而在地板上，一個頭部乳痂嚴重的嬰兒爬來爬去，尋找任何危險的東西好放進他貪婪的小嘴裡。瑞卓利不喜歡小孩，身邊這麼多小孩搞得她很緊張。她覺得自己像是電影《法櫃奇兵》的主角印第安納・瓊斯掉進了蛇窟裡。

「有的不是我的小孩，」安娜趕緊解釋，同時一拐一拐走到水槽邊，那個學步的幼兒掛在她腿上，像個拴了鐵球的腳鏈。她擰乾了髒海綿，沖洗自己的雙手。「只有這個是我的。」她指著腿上的寶寶。「那個拿著鍋蓋的，還有坐在高椅子上的，是我妹妹露佩的。地上爬的那個是我表妹的。我是想，反正我要在家帶小孩，所以還不如再多帶幾個。」

是啊，瑞卓利心想，反正一個小孩搞得你頭痛，何妨再多痛一點？但有趣的是，安娜看起來似乎並不難受。事實上，她好像沒怎麼感覺到腳上的那個人形枷鎖，或是鍋蓋敲著地板的鏗鏘聲。處於這種會讓瑞卓利精神崩潰的狀況下，安娜卻一臉平靜，怡然自得。瑞卓利很好奇，伊蓮娜·歐提茲如果還活著，有一天是不是也會變成像這樣。一個媽媽在廚房裡，開心地擦著果汁和口水。

「有這些小傢伙在身邊，連要做件最小的事情都沒空。」安娜說。她抱起腿上的那個小孩，熟練地撐在一邊臀部。「好吧，我想一下。你來是爲了那條項鍊。我去拿首飾盒。」她走出廚房，瑞卓利發現只剩自己和三個小孩，一時間忽然覺得恐慌。一隻黏答答的手放在她的腳踝上，她低頭看到那個爬行的小孩正在咬她的褲腳。她把他甩開，趕緊離那張沒牙的嘴巴遠一點。

「就在這裡，」安娜說，拿著首飾盒回來，放在廚房的餐桌上。「我們不想把這個留在她公寓裡，因爲裡頭有那些陌生人進進出出在清理。所以我的哥哥們認爲我應該先保管這個盒子，再看大家要怎麼處理。」她打開盒蓋，一陣音樂開始叮咚響起。是〈情歸何處〉。那個音樂似乎讓安娜愣了一下。她坐著一動也不動，雙眼盈滿淚水。

「賈西亞太太？」

安娜吞嚥著。「對不起。一定是我先生上了發條。我沒想到會聽見……」

那旋律慢吞吞地響了最後幾個甜美的音符，然後停下。在寂靜中，安娜往下瞪著首飾盒，頭哀悼地低垂著。她傷心又不情願地打開其中一個鋪著天鵝絨的隔層，拿出項鍊。

瑞卓利從安娜手裡接過來那條項鍊，感覺得到自己的心跳加快。項鍊跟她記憶中在停屍間裡所看過伊蓮娜脖子上的一樣，細細的金鍊子上垂掛著一個小小的鎖和鑰匙。她把鎖轉過來，看到背後有十八K金的標記。

「這項鍊，你妹妹是從哪裡得到的？」

「我不知道。」

「你知道她擁有多久了嗎？」

「一定是新的。在那一天之前，我從來沒見過……」

「哪一天？」

安娜吞嚥著。然後輕聲說：「在停屍間拿到的那天。連同她其他的首飾領回來的。」

「她還戴了耳釘和戒指。你都見過嗎？」

「對，那些她都擁有很久了。」

「不過這條項鍊不是。」

「你爲什麼一直在問項鍊的事？它爲什麼這麼重要……」安娜暫停下來，眼中現出驚駭。「老天。你認爲是他幫她戴上的？」

坐在高椅子上那個小孩似乎感覺到有什麼不對勁，忽然大哭起來。安娜把自己的兒子放在地板上，衝過去抱起那個大哭的嬰兒。她摟緊了小孩，轉身背對著那條項鍊，彷彿要保護他別看到那個惡魔的符咒。「我不要那東西在我屋裡。」

瑞卓利把項鍊放進一個夾鏈袋。「我會寫張收據給你。」

「不用了，你拿走就是了！不用還給我也沒關係。」

瑞卓利還是寫了張收據，放在廚房桌上那一小盤奶油菠菜旁。「我得再問一個問題。」她柔聲說。

安娜不斷在廚房裡踱步，不安地輕搖著那個嬰兒。

「麻煩你檢查一下你妹妹的首飾盒，」瑞卓利說。「看是不是有什麼不見了。」

「你上星期就問過我。沒有東西不見了。」

「要看出少了什麼並不容易。相反地，我們通常會注意那些原來不該在的東西。我要拜託你再仔細檢查一次這個盒子，拜託。」

安娜艱難地吞嚥。然後不情願地坐下，把嬰兒放在膝上，瞪著首飾盒裡頭。她一件接一件把裡頭的東西取出，放在桌上。那是各式各樣廉價的小飾品。水鑽和水晶珠和仿珍珠。伊蓮娜的品味是偏向亮麗俗豔那一型的。

安娜拿出最後一件，是個綠松石的友誼戒指，放在桌上。然後她靜坐了一會兒，眉頭緩緩皺起。

「那個手環，」她說。

「什麼手環？」

「應該有一個手環的，上頭有幾個裝飾的馬形小墜子。她高中時每天都戴。當時伊蓮娜很迷馬……」安娜抬起眼睛，一臉震驚。「那根本不值錢！只是錫做的。他爲什麼要拿走？」

瑞卓利看著夾鏈袋裡的那條項鍊——現在她確定原本是屬於黛安娜・史特林的。同時她心想，我知道我們將會在哪裡找到伊蓮娜的手環：就在下一個被害人的手腕上。

瑞卓利站在摩爾家的前廊，勝利地揮動著夾鏈袋，裡面裝著那條項鍊。

「這條項鍊是黛安娜．史特林的。我剛剛跟她父母親談過，他們原先還沒發現不見了。」

他接過袋子，沒打開，只是拿在手裡，看著塑膠袋裡面那條盤繞的金鍊子。

「這是兩件案子的實際連結，」她說。「他從一個被害人身上取走紀念品，然後留在下一個被害人身上。」

「我不敢相信我們漏掉了這個細節。」

「嘿，我們沒漏掉啊。」

「你的意思是你沒漏掉。」他看了她一眼，那眼神讓她覺得自己高了十呎。摩爾不是那種會拍拍你的背或大聲說出讚美話的人。事實上，她不記得曾聽他大聲說過話，不論興奮或生氣都沒有。但當他那樣看著她，一邊眉毛讚許地揚起，彎起嘴巴露出半個微笑，那就是她唯一需要的讚美了。

她因爲開心而臉紅，彎腰提起她帶來的那袋外賣食物。「要吃晚餐嗎？我剛剛在前面街上的中華餐館買了點東西。」

「你不必這麼破費的。」

「啊，應該的。我想我該跟你道歉。」

「爲什麼？」

「爲了今天下午。那個衛生棉條的蠢事。你只是替我打抱不平，想當好人而已。我的反應太差勁了。」

接下來是一段尷尬的沉默。他們站在那兒，不曉得該說什麼，兩個彼此不熟悉的人正在努力，想度過友誼初期的障礙。

然後摩爾露出微笑，那張平常嚴肅的臉變得更年輕些。「我餓死了，」他說。「把吃的拿進來吧。」

她大笑，走進屋裡。這是她第一次來，她暫停下來四處張望，把種種女性化的風格看在眼裡。印花棉布窗簾，牆上的花卉水彩畫。她沒想到是這樣。要命，這裡比她的公寓還更女性化。

「我們去廚房吧，」他說。「我的資料都放在那兒。」

他帶著她穿過客廳，她看到那架小型鋼琴。

「哇，你彈鋼琴啊？」她問。

「不，那是瑪麗的。我是音盲。」

他用的是現在式。然後她才恍然大悟，爲什麼這棟房子感覺上那麼女性化，那是因爲瑪麗還是現在式，這房子一直沒有改變，還在等著女主人歸來。鋼琴上放著一張瑪麗的照片，曬紅的臉笑得很燦爛，頭髮被風吹亂了。瑪麗，她的印花棉布窗簾還掛在這棟她永遠不會回來的屋子裡。

到了廚房，瑞卓利把裝著食物的袋子放在桌上，旁邊是一疊檔案。摩爾翻了翻檔案夾，找到了他要找的。

「伊蓮娜·歐提茲的急診室報告。」他說，遞給了她。

「這是柯岱兒找到的？」

他露出諷刺的微笑。「我周圍好像全都是比我能幹的女人。」

她打開檔案夾，看到一張醫師鬼畫符字跡的影印本。「你有這玩意兒的譯本嗎？」

「差不多就是我在電話裡跟你講過的。強暴，沒報案。沒有證物蒐集袋，沒有DNA。就連伊蓮娜的家人都不曉得這事情。」

她闔上檔案夾，放在其他資料上。「老天，摩爾。這裡跟我的餐桌一樣亂。都沒地方吃飯了。」

「這案子也佔據你的生活了，對吧？」他說，把檔案拿走，清出地方吃晚餐。

「什麼生活？這個案子是我唯一的生活。睡覺，吃飯，工作。碰到運氣好的時候，上床前還可以看一下夜間脫口秀節目。」

「沒男朋友？」

「男朋友？」她嗤之以鼻，一邊把裝著食物的紙盒拿出來，又在桌上放了餐巾紙和筷子。「是喔，我還是萬人迷呢。」講完她才發現這話聽起來有多麼自憐——她完全沒有這個意思。她趕忙補充：「我可不是在抱怨。如果我週末得工作，也不會有個男人在那邊哀哀叫。我應付不了那種愛訴苦的人。」

「不意外，因為你自己就最不愛訴苦，你今天已經清楚跟我表明了這點。」

「哎喲，我剛剛已經道歉過了嘛。」

他從冰箱裡拿出兩瓶啤酒，然後坐在她對面。她從沒看過他這樣，襯衫袖子捲起來，看起來這麼輕鬆。她喜歡他這副模樣。不是嚴峻的聖人湯瑪士，而是一個她可以聊天、可以一起大笑的夥伴。而且如果他肯施展魅力，就可以迷倒女人。

「你知道，你沒必要老是比誰都兇悍的。」他說。

「不，有必要。」

「爲什麼？」

「因爲他們不認爲我兇悍。」

「誰啊？」

「男人啊，比方克羅。或是馬凱特副隊長。」

他聳聳肩。「總是會有少數人是這樣的。」

「那我怎麼老是碰到這種同事？」她開了啤酒，喝了一大口。「所以項鍊的事我才會第一個告訴你。你不會搶我的功勞。」

「要講到功勞是誰的，那就傷感情了。」

她拿起筷子，開始去夾那盒宮保雞丁。吃了一口，辣得嘴裡發燙，正就是她喜歡的滋味。講到吃辣，瑞卓利可是一點也不軟弱。

她說：「我在毒品和風化組碰到的第一個眞正大案子，組裡有五個男人，我是唯一的女人。破案時召開了一個記者會，來了一堆電視台的攝影機。結果猜猜怎麼著？他們提到隊裡每一個人的名字，就是不提我。該死，其他每個人的名字都提到了。」她又喝了一大口啤酒。「我要確保以後這種事情不會再發生了。你們男人啊，大可以把注意力全放在案子和證據上。但我光是爲了讓自己被注意到，就要浪費大把的力氣。」

「我注意到你了，瑞卓利，」

「這個改變眞不錯。」

「那佛斯特呢？你跟他相處有問題嗎？」

「佛斯特沒問題。」她皺了皺臉。「他老婆的家教很好。」

兩人都大笑起來。任何人只要不小心聽過巴瑞．佛斯特跟他老婆講電話，滿口溫順的是，親愛的；不，親愛的，都絕對不會懷疑誰才是他們家的老大。

「所以他的前途有限，」她說。「肚子裡沒有一把火。顧家好男人。」

「當個顧家好男人沒有錯。我眞希望自己以前能更顧家。」

她本來正挖著蒙古牛肉那一盒，這會兒抬起頭來看，看到他沒看她，而是看著那條項鍊。他聲音裡有一絲痛苦，她不曉得該說什麼好。於是覺得最好什麼都別說。

等到他把話題轉到案子的調查上頭，她鬆了口氣。在他們的世界裡，謀殺向來就是個安全的話題。

「這裡有點不對勁，」他說。「這個首飾的東西，我覺得說不通。」

「他拿走紀念品。這種事情不算少見啊。」

「可是如果又要把這紀念品送走，那拿了要幹什麼？」

「有的加害者會拿被害人的首飾，給他們自己的老婆或女朋友。看到它戴在女朋友的脖子上，而且自己是唯一知道項鍊眞正來源的人，就暗自覺得很刺激。」

「但我們這位老兄的行爲卻不太一樣。他把紀念品留在下一個犯罪現場。他沒法持續看見，也無法一再因此回想起自己殺人而感到興奮。我看不出他能得到什麼快感。」

「擁有權的象徵？就像一隻狗，到處撒尿標示自己的領土。只不過他用的是一件首飾，來標示他的下一個被害人。」

「不，不是這麼回事。」摩爾拿起那個塑膠夾鏈袋，放在手掌上，好像在推測它的目的。

「重要的是，我們了解這個模式了，」瑞卓利說。「我們很清楚下一個犯罪現場會出現什麼。」

摩爾看著她。「你剛剛回答了問題。」

「什麼？」

「他不是在標示被害人。而是在標示犯罪現場。」

瑞卓利暫停。剎那間，她搞懂其中區別了。「耶穌啊。他標示了犯罪現場……」

「這不是紀念品。也不是要標示所有權。」他放下那條曾碰觸過兩個死亡女人肌膚的金項鍊。

一陣寒意竄遍瑞卓利全身。「這是名片，」她輕聲說。

摩爾點點頭。「外科醫生是在對我們說話。」

一個風勢強大、潮水危險的地方。

伊笛絲・漢彌爾頓在其著作《神話》中如此描述希臘港口奧里斯。這裡有狩獵女神阿芾蜜絲的古代神廟遺跡。當年，就在奧里斯，一千艘希臘黑色大船聚集，要前去攻打特洛伊。但北風不斷吹襲，船隻無法航行。一天接一天，狂風不曾停歇，阿加曼農國王所統率的希臘軍隊也愈來愈憤怒又焦躁。一個預言者揭露了惡風的原因：阿蒂蜜絲生氣了，因爲阿加曼農殺掉了她心愛的野兔。所以她不會讓希臘人出航，除非阿加曼農獻上一件可怕的祭品：他的女兒伊菲格妮亞。

於是他派人去接伊菲格妮亞，宣稱他爲女兒安排了一門大好親事，要將她嫁給阿基里斯。她不知道自己其實是要去送死。

你我走在奧里斯附近的沙灘上那天，沒有猛烈的北風。那天很平靜，海水碧綠透明，腳下的沙子熱燙得有如白色灰燼。啊，我們多麼羨慕那些赤腳在烈日沙灘上奔跑的希臘男孩！儘管沙子燙得我們觀光客的蒼白皮膚很不舒服，但我們依然陶醉其中，因爲我們想要像那些男孩，腳掌有如強韌的皮革。只有透過疼痛，才能形成堅硬的老繭。

到了晚上，白晝的燠熱褪去，我們去了阿蒂蜜絲神廟。

我們在拉長的陰影中行走，來到伊菲格妮亞獻祭的祭壇。當年儘管她哀聲懇求，哭喊著：「父親，饒了我！」那些戰士仍把這姑娘帶到祭壇上。她躺在岩石上，在刀刃下露出白色的頸項。古希臘劇作家歐里庇得斯描述阿楚斯的士兵們與軍隊全員，人人都瞪著地上，不願意目睹她的處女之血流出。不願意見證這恐怖的畫面。

啊，但換了我就會看！換了你也一樣。而且跟我一樣渴望。

我想像那沉默的軍隊在昏暗中聚集。我想像鼓聲響起，不是慶祝婚禮的昂揚節奏，而是走向死亡的陰沉進行曲。我看到曲折的隊伍走進樹林。那個姑娘，雪白如天鵝，兩側圍繞著士兵和祭司。鼓聲停下。

他們抓著尖叫的她，來到祭壇。

在我想像的畫面中，持刀的是阿加曼農本人，因爲如果你不是執刀引出鮮血的人，那算什麼獻祭呢？我看到他走向祭壇，來到他躺著的女兒身邊，她柔軟的肌膚袒露在所有的目光之下。她懇求父親饒自己一命，但是沒有用。

祭司抓住她的頭髮往後拉，露出她的喉嚨。她的動脈在白色的肌膚下搏動，標示了下刀的位置。阿加曼農站在女兒旁邊，往下看著他心愛的那張臉。她的血管中流著自己的血，在她的眼中他看到了自己。割斷她的喉嚨，就等於割自己的肉。

他舉起刀。士兵們沉默地站著，像是那個神聖樹林裡的一尊尊雕像。那姑娘頸項的脈搏顫動著。

阿蒂蜜絲要求獻祭，所以阿加曼農非得動手不可。

他把刀子揮向女兒的頸部，深深割下去。

血流噴出來，像熱雨般濺上他的臉。

伊菲格妮亞還活著，雙眼恐懼得往後翻，同時血流從脖子湧出。人類身體內有五公升的血，要從一處割開的動脈流光，得花上一點時間。只要心臟還繼續跳動，血就會不停流出來。至少幾秒鐘，或許甚至一分鐘以上，腦部還繼續在運作，四肢抽動著。

伊菲格妮亞的心跳停止時，她看著天空變暗，感覺到自己溫熱的血噴到臉上。

古人說，當時北風幾乎立刻就停止吹襲。阿蒂蜜絲滿意了。希臘的軍船終於出海航行了，然後軍隊交戰，然後特洛伊城陷落。在更大的流血背景之下，殺掉一個年輕的處女根本不足爲道。

但我想到特洛伊戰爭時，我心裡浮現的，不是木馬或刀劍鏗鏘或一千艘黑船揚帆航行。不，我心中的畫面是一個姑娘的屍體，鮮血流光而全身泛白，她父親站在她旁邊，手拿著血淋淋的刀。

高貴的阿加曼農，雙眼含淚。

7

「它在搏動，」護士說。

凱薩琳瞪著躺在創傷診療檯上的那名男子，驚駭得嘴裡發乾。一根一呎長的鐵棒從他胸部直直伸出來。一個醫學院學生已經被這一幕嚇得昏倒了，三個護士張著嘴巴站在旁邊。那根鐵棒深深嵌入男子的胸部，隨著他的心跳節奏而上下搏動著。

「血壓是多少？」凱薩琳問。

她的聲音似乎把每個人震得動起來。有人把血壓計袖帶套上病人的手臂，開始量起血壓。

「七十／四十。脈搏高達一百五十！」

「兩個靜脈注射都開到最大！」

「打開一個胸廓切開術手術包——」

「找個人馬上去請法寇醫師過來。我需要幫手。」凱薩琳．柯岱兒穿上無菌手術袍，戴上手套。她的手掌已經被汗水沁得溼滑。從鐵棒搏動的事實，她知道棒子尖端的穿透處很接近心臟，或更糟糕，根本就穿過心臟。她所能做出最糟糕的事情，就是拔出鐵棒。那說不定會打開一個洞，幾分鐘內血就會流光。

趕到現場的救護車人員做了正確的決定：他們裝上了靜脈注射，幫被害人插管，然後沒動鐵棒，趕緊把人送到急診室來。其他的部分，就要看她了。

她伸手要拿解剖刀時，門打開了。她抬頭看到彼得・法寇走進來，不禁鬆了口氣。他停下腳步，看著病人的胸部，那根鐵棒突出來，像一根穿透吸血鬼心臟的木樁。

「這種事可不是天天能看到的，」他說。

「血壓掉到最低點了！」一個護士喊道。

「沒時間做繞道手術了。我要直接開胸，」凱薩琳說。

「我馬上就來幫忙。」彼得轉身說，以一副幾乎是輕鬆的口吻說。「麻煩幫我穿上手術袍，好嗎？」

凱薩琳迅速開了一個前側方切口，這樣可以最清楚看到胸腔的重要器官。現在彼得來了，她覺得自己比較冷靜了。不光是多了一雙熟練的手，也是因為彼得這個人。他走進手術室，只要看上一眼，就能評估出形勢。他在手術室從來不大聲，從來不會露出一絲恐慌。他在創傷外科第一線的經驗比她多了五年，而碰到眼前這種可怕的病例，正足以彰顯他的歷練。

他隔著診療檯在凱薩琳對面佔好了位置，藍色的眼珠看著那道切口。「好吧，玩得開心嗎？」

「開心得很呢。」

他立刻開始著手辦正事，他的雙手和凱薩琳的協調一致，兩人帶著幾乎是殘酷的暴力進攻胸腔。他和凱薩琳已經合作開刀過太多次，不必開口就曉得對方需要什麼，而且可以早早預料到對方的行動。

「這是怎麼回事？」彼得問。血噴了出來，他冷靜地用止血鉗夾住出血口。

「建築工人。在工地絆倒，害自己插進鐵棒裡。」

「這種事會毀掉你一整天。麻煩給我柏佛德牽開器。」

「來了。」

「輸血狀況呢？」

「正在等陰性O型血。」一個護士回答。

「村田醫師在院裡嗎？」

「他的繞道手術團隊正要趕來。」

「所以我們只要多爭取一點時間就好了。心律怎麼樣？」

「竇性心搏過速，一百五。有一點心室早期收縮——」

「收縮壓降到五十了！」

凱薩琳目光銳利地看了彼得一眼。「我們撐不到做繞道手術了，」她說。

「那就想辦法看能做什麼吧。」

他凝視著切口裡時，全場忽然安靜下來。

「啊老天，」凱薩琳說。「插進心房裡了。」

鐵棒的尖端刺穿了心壁，隨著每次心跳，穿刺處的周圍就噴出血來。胸腔裡已經累積了深深的一灘血。

「如果把鐵棒拉出來，就會製造出一個貨眞價實的自噴油井了，」彼得說。

「不必拉出來，他就已經血流不止了。」

護士說：「收縮壓快要量不到了。」

「好吧，」彼得說。聲音還是毫不恐慌，沒有絲毫懼怕。他對一個護士說：「麻煩幫我找一根十六號佛利導管，外加一個三十西西的氣球好嗎？」

「呃，法寇醫師？你說要佛利導管？」

「沒錯。就是導尿管。」

「另外還要一根注射器，裡頭裝十西西的食鹽水，」凱薩琳說。「準備好可以注射。」她和彼得不必跟對方解釋一個字，兩個人都曉得計畫是什麼。

佛利導管是一根用來插入膀胱以抽取尿液的管子，此時護士遞給了彼得。他們即將利用這根導管，去做原來用途之外的事情。

他看著凱薩琳。「準備好了嗎？」

「動手吧。」

她看著彼得抓住鐵棒，不禁心跳加快。他輕輕將鐵棒往外拉出心壁。一拉出來，鮮血立刻從穿刺處噴出。凱薩琳趕緊把導尿管尖端插入洞中。

「把氣球充滿！」彼得說。

那個護士立刻推下注射器，將十西西的食鹽水注入導管頂端的氣球中。

彼得把導管往回拉，讓氣球塞滿心房壁的內部。血流停止了。只剩小小一道在慢慢滲出。

「生命徵象？」凱薩琳喊道。

「收縮壓還是五十。陰性O型血來了，我們馬上開始輸血。」

凱薩琳還是心跳得好厲害，她望向彼得，看到他在護目鏡裡面朝她擠了擠眼睛。

「很好玩對吧？」他說，伸手去拿心臟持針鉗。「接下來你要接手嗎？」

「那當然。」

他把持針鉗遞給她，她將會把穿透傷的邊緣先縫合起來，再拉出導尿管，然後完全縫合整個洞。隨著她縫下的每一針，她可以感覺到彼得讚許的目光，也感覺自己的臉因爲成功而發紅。她內心深處已經感覺到：這個病人會活下去。

「這樣開始一天，眞是太棒了，對吧？」他說。「來個開膛手術。」

「我永遠不會忘記這個生日。」

「我今天晚上的提議還是有效。你意下如何？」

「我要待命。」

「我會找艾姆斯幫你代班。去嘛，晚餐加跳舞。」

「我還以爲你的提議是要搭你的飛機。」

「你想怎樣都行。老天，我們就做花生醬三明治吧。我負責帶花生醬。」

「哈！我就知道你是大凱子。」

「凱薩琳，我是認眞的。」

聽到他口氣變了，她抬眼，看到他堅定的眼神。忽然間，她發現整個房間安靜下來，其他每個人都在聽，等著要看高不可攀的柯岱兒醫師會不會終於屈服在法寇醫師的魅力之下。

她又縫了一針，同時想著自己有多麼喜歡彼得這個同事，兩人有多麼尊敬彼此。她不希望改變這個狀況。她不希望因為走向親密的那一步踏錯了，而危及這份珍貴的友誼。

但天哪，她好懷念可以出門開心玩一夜的日子！在那樣的日子裡，她會盼望夜晚的來到，而不是擔心。

房間裡依然安靜，大家都在等。

最後她終於抬起頭來看著他。「八點來接我吧。」

凱薩琳倒了一杯梅洛紅葡萄酒，站在窗邊啜飲著，一邊凝望著窗外的夜色。她聽得到笑聲，看得到人群走過下頭的聯邦大道。時髦的紐伯瑞街就在一個街區外，在星期五夏夜的後灣區這一帶，吸引了來自各地的遊客。凱薩琳選擇住在後灣區也是因為這個原因；知道身邊有許多人圍繞會讓她安心，即使是陌生人。音樂聲和笑聲表示她並不孤單，並不孤立無援。

但她卻站在緊鎖的窗子後頭，喝著葡萄酒，試圖說服自己相信：她已經準備好要加入外頭的世界了。

安德魯．卡普拉從我手裡偷走的世界。

她一手壓在窗上，弓起手指按著，好像想打破玻璃，衝出這個沒有生氣的牢籠。

她不顧一切喝光酒，把玻璃杯放在窗台上。我不會繼續當個被害人，她心想。我不會讓他贏。

她走進臥室，檢視衣櫃裡的衣服，然後拉出一件綠色的絲洋裝，穿上身，拉好拉鍊。她有多久沒穿過這件洋裝？想不起來了。

另一個房間傳來一個歡欣的聲音：「你有新的來信！」是她的電腦。她沒理會，走進浴室裡化妝。戰士油彩，她心想，一邊刷了睫毛膏、塗了口紅。這是一副勇氣的面具，幫助她面對這個世界。隨著化妝刷塗抹的每一筆，她就增添一分自信。她幾乎不認得鏡中的女人了，那是久違兩年的自己。

「歡迎回來，」她喃喃道，露出微笑。

她關掉浴室的燈，走到客廳，雙腳再度溫習高跟鞋折磨人的滋味。彼得遲到了，現在已經八點十五分。她想起剛剛在臥室聽到「你有新的來信」，於是走到書房裡的電腦前，點了信箱的圖標。

有一封寄自「精明醫師」的來信，主旨是：「檢驗報告」。她打開信。

柯岱兒醫師，

附件是你會感興趣的病理學照片。

信末沒有署名。

她把游標移到「下載檔案」的圖標上，然後猶豫起來，手指懸在滑鼠上。她不認識這個寄件人「精明醫師」，通常她不會下載陌生人寄來的檔案。但這封信顯然跟她的工作有關，抬頭還寫了她的姓。

她點了「下載」。

一張彩色照片出現在螢幕上。

她倒抽一口氣，像是被燙到似的跳離座位，椅子往後翻倒。她踉蹌後退，一手掩著嘴巴。然後她奔向電話。

湯瑪士．摩爾站在她門口，緊緊盯著她的臉。「照片還在螢幕上嗎？」

「我沒動過。」

她站開來，他進門，一副警察公事公辦的姿態。他的注意力馬上就轉到站在電腦旁的那名男子。

「這位是彼得．法寇醫師，」凱薩琳說。「我醫院的同事。」

「法寇醫師，」摩爾說，兩人握了手。

「凱薩琳和我本來打算要一起出去吃晚餐，」彼得說。「但是我在醫院耽擱了，剛剛才趕到這裡，結果……」他暫停一下看著凱薩琳。「我想晚餐是取消了？」

她虛弱地點了個頭。

摩爾坐在電腦前。螢幕保護程式已經啓動，鮮豔的熱帶魚游過螢幕。他輕推一下滑鼠。下載的照片出現了。

凱薩琳立刻別過頭，走到窗邊，站在那兒抱住自己，試圖擋掉她剛剛在螢幕看到的那個影像。她聽到摩爾在她身後敲著鍵盤，然後打了個電話說：「我剛剛把檔案轉寄過去了。收到了沒？」她窗下的黑暗陷入一片奇異的沉寂。已經這麼晚了嗎，她心想。望著底下空蕩的街道，她簡直不敢相信，才一個小時前，她已經準備好要跨出去，進入那片黑夜，重新回到外頭的世界。

現在她只想鎖上門躲起來。

彼得說：「什麼人會寄這種東西給你?太病態了。」

「我不想談這個。」她說。

「你以前收到過這種東西嗎?」

「沒有。」

「那爲什麼警方會介入?」

「拜託別問了，彼得。我不想談!」

彼得暫停了一下。「你的意思是，你不想跟我談。」

「現在不要，今天晚上我沒法談。」

「可是你會跟警方談?」

「法寇醫師，」摩爾說。「麻煩你離開吧，這樣會比較好。」

「凱薩琳?你怎麼說?」

她聽到他聲音裡的受傷，但她沒回頭看他。「我希望你離開，拜託。」

他沒回答。直到門關上，她才曉得彼得離開了。

接下來沉默了好久。

「你沒跟他說過薩凡納的事?」摩爾問。

「對。我就是提不起勇氣告訴他。」強暴是個太私密、太丟臉而無法啓齒的話題。即使是對一個關心你的人，也說不出口。

她問：「照片裡的那個女人是誰？」

「我本來還希望你能告訴我呢。」

她搖搖頭。「我也不曉得是誰寄來的。」

他站起來，椅子發出咿呀聲。她感覺他一手放在自己的肩上，他的溫暖穿透了綠色絲洋裝。她沒換衣服，還是一身要赴約的光鮮盛裝。走出門到城裡玩的這個念頭，現在想來太可悲了。她在想什麼？以為自己可以回到從前，就跟其他人一樣？以為自己可以回復完整嗎？

「凱薩琳，」摩爾說。「你得跟我談談這張照片的事情。」

他放在她肩頭的手指握緊了些，她忽然意識到他喊自己的名。他站得很近，她可以感覺到他溫暖的氣息吹在自己的頭髮上，但她卻不感覺到威脅。任何其他男人的碰觸，都似乎像是一種侵犯，但摩爾的碰觸，卻是真誠又撫慰。

她點點頭。「我會盡力的。」

他拉了另一張椅子過來，兩個人一起坐在電腦前。她逼自己看著那張照片。

照片裡的女人有一頭捲髮，像螺旋錐般披散在枕頭上。她的雙唇被一條銀色的防水膠帶封住了，但雙眼睜開且有意識，視網膜在相機的閃光燈下映出血紅色。照片拍攝到她腰部以上的畫面。她被綁在床上，赤裸著身子。

「你認得她嗎？」摩爾問。

「不認得。」

「這張照片有什麼讓你覺得熟悉的嗎？這個房間，或是家具？」

「沒有。可是……」

「什麼？」

「他也對我這樣過，」她輕聲說。「安德魯・卡普拉也拍過我的照片。把我綁在床上……」

她吞嚥著，整個人被羞辱淹沒，彷彿是她自己的身體暴露在摩爾的目光下。她不自覺地雙臂交抱在胸前，要護住自己的胸部，免得遭受進一步侵犯。

「這個檔案是下午七點五十五分送出的。寄件人的名字，精明醫師，你認得嗎？」

「不認得。」她再度看著照片中的女人，那兩顆血紅的瞳孔瞪著鏡頭。「她醒了。她知道他接下來會做什麼。他就在等這個。他希望你醒著，感覺到痛苦。你非得醒著不可，否則他就無法享受……」儘管她是在談安德魯・卡普拉，卻不自覺地用起了現在式，彷彿卡普拉還活著。

「他怎麼會知道你的電子郵件網址？」

「我連他是誰都不知道。」

「他把這張照片寄給你，凱薩琳。他知道你在薩凡納所發生的事。你想得出誰可能會寄這照片給你嗎？」

只有一個人，她心想。但他已經死了。安德魯・卡普拉已經死了。

摩爾的手機響了。她差點從椅子上驚跳起來。「耶穌啊，」她說，心臟狂跳，然後又坐回去。

他打開手機。「是的，我現在跟她在一起……」他聽了一會兒，然後忽然看著凱薩琳。他的目光讓她警覺起來。

「怎麼回事？」凱薩琳問。

「是瑞卓利警探。她說她追蹤到這封電子郵件的來源了。」

「是誰寄的？」

「你寄的。」

那句話就像迎面給她的一記耳光。她只能搖頭，震驚得說不出話來。

「『精明醫師』這個名字是今天晚上才新設定的，利用你在『美國線上』的帳號。」他說。「可是我有兩個不同的帳號。一個是我自己私人使用——」

「另一個呢？」

「是給同事的，我是在……」她暫停一下，「辦公室才使用的。他用了我辦公室的電腦。」

摩爾把手機貼回耳朵上。「你聽到沒，瑞卓利？」暫停一下，然後：「我們在那邊會合。」

瑞卓利警探就在凱薩琳的辦公區外頭等著他們。走廊裡已經聚集了一小群人馬——一個大樓警衛、兩個警察，還有幾個穿便服的男子，凱薩琳心想應該是警探。

「我們已經搜索過辦公室了，」瑞卓利說。「他早就走了。」

「所以確定他來過這裡？」摩爾問。

「兩台電腦都開著。精明醫師的名字，還在美國線上的登入畫面。」

「他是怎麼進去的？」

「門沒有強行進入的跡象。有個外包的清潔公司負責打掃這些辦公室，所以他們有幾把鑰匙。再加上這個辦公區的幾名員工。」

「我們有一個會計，一個接待員，還有兩個診間助理。」

「還有你和法寇醫師。」

「是的。」

「所以又多了六把鑰匙，可能搞丟或被借走，」瑞卓利直率地說。凱薩琳不喜歡這個女人，同時猜想對方也不喜歡她。

瑞卓利朝辦公區比了個手勢。「好吧，我們帶你巡一趟裡頭各個房間，柯岱兒醫師，看有沒有搞丟什麼東西。反正什麼都別碰，好嗎？不要碰門，不要碰電腦。我們晚一點要採指紋。」

凱薩琳看著摩爾，他伸手攬住她的肩膀以示保證。他們走進了辦公區。

她只匆匆看了病患等候室一眼，就走進行政人員工作的接待區。記帳電腦開著。A槽是空的；闖入者沒有留下任何磁碟片。

摩爾拿著筆碰了一下電腦滑鼠，好讓螢幕保護程式解除，於是「美國線上」的登入畫面出現。「選擇代號」的空格上還填著「精明醫師」。

「這房間有什麼看起來不一樣嗎？」瑞卓利問。

凱薩琳搖頭。

「好吧。我們去你的辦公室。」

凱薩琳沿著走廊往前，心臟跳得更快了。她走進自己的辦公室，目光立刻投向天花板，然後倒抽一口氣，往後急退，差點撞到摩爾。他抓住她的手臂，把她扶穩。

「我們進來的時候就是這樣了，」瑞卓利說，指著從天花板燈垂下來的聽診器。「就掛在那兒。我想原先你不是放在那兒的。」

凱薩琳搖著頭。她開口了，聲音因爲震驚而壓低了：「他以前就來過這裡。」

瑞卓利銳利的目光盯著他。「什麼時候？」

「過去幾天。我一直發現東西不見了，或者換了地方。」

「什麼東西？」

「聽診器，還有我的醫師袍。」

「你看一下這房間，」摩爾輕聲哄著她往前。「有什麼改變嗎？」

她審視著書架、辦公桌、檔案櫃。這是她的私人空間，每一吋都是她親手整理過的。她知道東西該放在哪裡，也知道哪些東西出現在不該出現的地方。

「電腦開著，」她說。「我下班前一向會關上的。」

瑞卓利碰了一下滑鼠，「美國線上」的畫面出現了，上頭有凱薩琳的螢幕代號，登入欄塡了「柯黛」。

「她就是因此曉得你的電子郵件網址的，」瑞卓利說。「只要打開你的電腦就行。」

凱薩琳瞪著鍵盤。你在這些鍵上頭打過字，還曾坐在我的椅子上。

摩爾的聲音嚇了她一跳。「有什麼不見了嗎？」他問。「可能是些小東西，私人性質的東西。」

「你怎麼知道？」

「這是他的模式。」

所以這種事情也發生在其他女人身上過，凱薩琳心想。還有其他被害人。

「有可能是你穿戴的東西，」摩爾說。「只有你會用的。比方首飾、梳子，或是鑰匙圈。」

「啊老天。」她立刻伸手去拉開辦公桌最上方的抽屜。

「嘿！」瑞卓利說。「我說過什麼都不要碰的。」

但凱薩琳已經把手伸進抽屜，在一堆鉛筆和原子筆間搜尋。「不在這兒了。」

「什麼東西。」

「我這裡放了一套備份鑰匙。」

「上頭有什麼鑰匙。」

「我的車鑰匙，醫院儲物櫃的鑰匙……」她頓了一下，忽然覺得喉頭發乾。「如果他白天去開過我的儲物櫃，我的皮包就放在裡頭。」她抬頭看著摩爾。「那他就拿得到我家的鑰匙了。」

摩爾回到凱薩琳的辦公區時，鑑識人員已經採好指紋了。

「你哄她去睡覺了？」瑞卓利問。

「她會睡在急診室的待命室。在確定她家安全之前，我不希望她回去。」

「你要親自換掉她家的每一道鎖？」

他皺眉，看著她的表情，心裡不太高興。「你有意見嗎？」

「她長得很漂亮。」

我知道接下來會說到哪裡去，摩爾心想，疲倦地嘆了口氣。

「有點受傷。有點無助，」瑞卓利說。「老天，這讓男人想趕緊衝過去保護她。」

「這不就是我們的職責嗎？」

「職責所在，如此而已？」

「我不想談這個話題，」他說，然後走出辦公區。

瑞卓利跟著他進了走廊，像隻鬥牛犬似地在他腳後頭猛叫。「她是這個案子的核心，摩爾。我們不曉得她是不是跟我們說了實話。拜託可別告訴我，說你跟她有曖昧。」

「我沒有。」

「我又不是瞎子。」

「那你看到了什麼？」

「我看到你看她的眼神。我看到她看你的眼神。我看到一個警察失去了他的客觀。」她頓了一下才說。「這樣下去，你會受到傷害的。」

要是她拉高嗓門，要是她講話帶著敵意，他可能也會以同樣的態度回敬。但她講得很冷靜，弄得他沒了火氣，也就沒辦法兇回去。

「這種話我不是隨便跟什麼人都說的，」瑞卓利說。「但我認爲你是好人。如果換了克羅，或者其他混蛋，我會說請便，讓你去傷透心吧，我才不鳥呢。但我不希望看到這種事發生在你身上。」

他們彼此打量了一會兒。然後摩爾感覺到一絲羞愧，無法忽視瑞卓利的坦白。無論他多麼激賞她的機智、她對成功毫不停歇的追求，他的目光總是只注意到她平庸的臉和毫無曲線的長褲套裝。就某些層面來說，他也並不比達倫．克羅高明，並不比那些把衛生棉條塞進她水瓶裡的混蛋高明。他不配得到她的欣賞。

他們聽到有人清了清喉嚨，於是轉頭，看到一名犯罪現場鑑識人員站在門口。

「沒有指紋，」他說。「兩部電腦都刷過粉了。鍵盤、滑鼠、磁碟槽。全都擦得乾乾淨淨。」

瑞卓利的手機響了。她打開時喃喃說：「你還希望怎樣？這傢伙又不是智障。」

「那門呢？」摩爾問。

「有幾枚局部指紋，」那鑑識人員說。「不過這裡進出的人太多了——病人、工作人員——我們恐怕是查不出任何身分。」

「嘿，摩爾，」瑞卓利說，關上了她的手機。「走吧。」

「去哪兒？」

「總部。布若迪說他要讓我們看看畫素的奇蹟。」

「我把那個圖像檔放進Photoshop程式裡，」尙恩．布若迪說。「那個檔案有三ＭＢ，這表示裡頭有很多細節。這位老兄給的照片可一點都不模糊。他寄來的這張品質很高，連被害人的睫毛都一清二楚。」

布若迪是波士頓警察局的鬼才技師，只有二十三歲，一張麵團狀的臉，這會兒駝背坐在電腦螢幕前，一隻手簡直是黏在滑鼠上了。摩爾、瑞卓利、佛斯特、克羅站在他身後，全都盯著螢幕看。布若迪的笑聲很討人厭，像胡狼的叫聲，他處理螢幕上的影像時，不時會得意笑個兩聲。

「這是整張照片，」布若迪說。「被害人綁在床上。醒著，眼睛睜開，閃光燈造成的紅眼現象很嚴重。看起來嘴巴貼了防水膠帶。現在看好了，在照片左下角，照到了床頭桌的邊緣，你們看得到兩本書上頭放了個鬧鐘。拉近看，看到時間沒？」

「兩點二十，」瑞卓利說。

「沒錯。現在的問題是，上午還下午？我們再往上到照片的頂端，這裡可以看到窗子一角。窗簾拉上了，但可以看得到這裡有一道小小的縫隙，兩邊的窗簾布沒有完全密合。這道縫隙沒有陽光透進來。如果鬧鐘上的時間正確，這張照片就是在凌晨兩點二十分拍攝的。」

「是啊，問題是哪一天？」瑞卓利說。「這可能是昨天晚上，也可能是去年拍的。要命，我們甚至不曉得這張照片是不是外科醫生拍的。」

布若迪氣惱地看了她一眼。「我還沒說完呢。」

「好吧，還有什麼？」

「照片再往下移一點。看看這個女人的右手腕。上頭貼了防水膠帶，變得有點模糊。不過看到那裡有個暗色的小污點嗎？你想那是什麼？」他指著點了一下，細節部分放大了。

「還是看不出來是什麼啊，」克羅說。

「好吧，那我們再放大。」他又點了一下。那塊黑色的隆起處看起來成形了。

「耶穌啊，」瑞卓利說。「看起來像一隻小馬。那是伊蓮娜·歐提茲的手鍊！」

布若迪笑著回頭看她一眼。「我很厲害吧？」

「是他沒錯，」瑞卓利說。「是外科醫生。」

摩爾說：「回去看床頭桌吧。」

布若迪把畫面回復到整張照片，然後把箭頭指向左下角。「你想看什麼？」

「鬧鐘告訴我們是兩點二十分。另外鬧鐘底下還有兩本書。看看書背。看到上面那本書的書衣反光嗎？」

「看到了。」

「那是保護書的透明塑膠套。」

「好吧……」布若迪說，顯然不明白這個話題要走到哪裡去。

「把上面那本書的書背放大，」摩爾說。「看能不能看清書名。」

布若迪移動滑鼠點了一下。

「看起來是兩個字，」瑞卓利說。「我看到the這個字。」

布若迪又點了一下滑鼠，放得更大。

「第二個字是S開頭，」摩爾說。「另外看看這裡。」他碰了螢幕一下。「看到書背下端這個白色小方塊嗎？」

「我曉得你的用意了！」瑞卓利說，聲音忽然變得很興奮。「書名。拜託，我們得查出書名！」

布若迪又點了最後一下。

摩爾瞪著螢幕，看到書背的第二個字。他忽然轉身去拿電話。

「你們在講什麼啊？」克羅問。

「書名是《麻雀》（*The Sparrow*），」摩爾說，在手機上按完了鍵。「書背上的那個白色小方塊——我敢說是索書號。」

「那本書是從圖書館借來的，」瑞卓利說。

電話裡傳來一個聲音。「查號台。」

「我是波士頓警局的湯瑪士·摩爾警探。我要查波士頓公共圖書館的緊急聯絡電話。」

「太空中的耶穌會人士，」坐在後座的佛斯特說。「那本書寫的是這個。」

他們正快速駛向中央街，摩爾開車，一路閃著警示燈。兩輛巡邏車在前面開路。

「我老婆參加了一個讀書會，」佛斯特說。「我記得她談過《麻雀》這本書。」

「所以是本科幻小說了？」

「不是，比較像是深入的宗教書。探討上帝的本質是什麼？諸如此類的。」

「那我就不必讀了。」瑞卓利說。「所有的答案我都知道。我是天主教徒。」

摩爾看了十字路口一眼說：「快到了。」

他們要找的地方位於牙買加平原，是位於西波士頓的一個地帶，夾在富蘭克林公園和鄰接的布魯克萊之間。那個女人名叫妮娜·裴頓。一星期前，她在波士頓公立圖書館的牙買加平原分館借了一本《麻雀》。在大波士頓地區所有借走這本書的讀者中，妮娜．裴頓是唯一在凌晨兩點沒接電話的人。

「就是這裡了，」摩爾說，看著他們前面那輛巡邏車右轉上了艾留特街。他緊隨著行駛了一個街區，然後跟著停下來。

當摩爾、瑞卓利、佛斯特進了院子外頭的柵門，走向屋子時，巡邏車的車頂警示燈在黑夜中發出不真實的藍色閃光。在屋裡，只有一盞微弱的燈亮著。

摩爾朝佛斯特看了一眼，佛斯特點點頭，繞到屋子後面。

瑞卓利敲了敲前門喊道：「警察！」

他們等了幾秒鐘。

瑞卓利又敲門，更用力了。「裴頓小姐，我們是警察！請開門！」

接著停了三拍，佛斯特的聲音忽然從他們的對講機裡傳來：「後頭有一面紗窗被撬開了！」

摩爾和瑞卓利互看一眼，半個字都不必講，就一致下了決定。

摩爾用手電筒的尾端敲破前門旁那扇窗子的玻璃，然後伸手進去拉開門閂。

瑞卓利領頭進了屋子，舉槍半蹲著掃了個弧。摩爾緊跟在後，看著一連串畫面，腎上腺大量分泌。木頭地板。開放式櫥櫃。正前方是廚房，右邊是客廳。一張靠牆的小几上亮著一盞孤燈。

「臥室，」瑞卓利說。

「上。」

他們進入走廊，瑞卓利領頭，頭轉向左邊和右邊，經過了浴室、客房，兩間都是空的。走廊盡頭那扇門微開；裡頭的臥室一片黑，什麼都看不到。

摩爾握著槍的雙手汗溼，心臟狂跳，逐漸走進那扇門。他用腳輕輕推門。血的氣味湧出來，溫熱而腥濁。他找到開關，開了燈。在燈亮之前，他就已經知道自己會看到什麼，但那種駭人的程度，還是令他猝不及防。

那女人的腹部被割開了。一圈圈小腸湧出來，像怪誕的彩帶垂掛在床側。鮮血從割開的頸部傷口流出，在地板上形成愈來愈大的一片。

摩爾好半天難以消化自己所看到的。等他完全看清種種細節後，才明白其中的重要性。那些血還很新鮮，還在往下滴流。牆上沒有動脈噴出的血濺痕。地上那灘愈來愈擴大的血顏色很深，幾乎是黑色的。

他立刻衝到屍體旁，鞋子踩過血。

「嘿！」瑞卓利喊道。「你污染了現場！」

他手指按著被害人頸部沒割到的那一側。

屍體睜開了雙眼。

上帝啊，她還活著。

8

凱薩琳在床上抽搐著繃緊了身子，她的心臟狂跳，全身每條神經都因爲恐懼而發麻。她瞪著一片黑暗，努力想壓下心頭的恐慌。

有人敲著待命室的門。「柯岱兒醫師？」凱薩琳認出那是一名急診室護士的聲音。「柯岱兒醫師？」

「什麼事？」凱薩琳說。

「我們有個創傷病人快送到了！大量失血，腹部和頸部有傷口。我知道今天晚上應該是艾姆斯負責支援創傷病人，但他遲到了。金博醫師需要你幫忙！」

「告訴他我馬上來。」凱薩琳開了燈，看著時鐘。現在是凌晨兩點四十五分。她只睡了三個小時。那件綠色的絲洋裝還搭在椅子上。看起來好陌生，好像是屬於別人的衣服，不是她的。

她穿著睡覺的刷手服已經被汗沁得潮溼，但是沒時間換衣服了。她把亂糟糟的頭髮綁成馬尾，到水槽潑了點水到臉上。鏡中瞪著她的那個女人是個茫然無措的陌生人。*專心，現在該拋開恐懼、去工作了。*她赤裸的雙腳穿上從醫院置物櫃裡拿來的運動鞋，然後深深吸了口氣，走出待命室。

「估計抵達時間是兩分鐘後！」急診室櫃檯職員喊道。「救護車說病人的收縮壓已經降到七十！」

「柯岱兒醫師，他們在一號外傷診療室準備了。」

「有哪些人？」

「金博醫師和兩個實習醫師。幸好你已經在醫院了。艾姆斯醫師的汽車突然故障，沒辦法趕到……」

凱薩琳推門進入一號外傷診療室。才看一眼，她就知道大家已經準備好迎接最壞的狀況。三個靜脈注射架上吊掛著乳酸林格氏液；盤繞的靜脈注射管準備要連接到病人身上。一個傳遞員正等著要把抽出來的血樣趕緊送到檢驗室。兩個實習醫師站在診療檯兩側，手裡抓著靜脈注射導管，而在急診室值班的金博醫師則已經拆開了一袋剖腹手術包。

凱薩琳戴上手術帽，雙手穿進手術袍的袖子。一個護士幫她在身後繫好手術袍，然後打開第一隻手套。隨著專業服裝逐一穿戴上身，權威感隨之增加，她也覺得更強壯、更能控制局面了。在這個房間裡，她是救助者，而非被害者。

「病人出了什麼事？」她問金博。

「被攻擊。頸部和腹部有創傷。」

「槍傷嗎？」

「不，刀傷。」

凱薩琳正要戴上第二隻手套，頓了一下，忽然覺得胃裡打結。頸部和腹部。刀傷。

「救護車到了！」一個護士在門口喊道。

「準備上戰場了，」金博說，走出去接病患。

已經穿上一身消毒過服裝的凱薩琳則待在原處。診療室裡忽然陷入沉默，無論是站在診療檯兩側的實習醫師，還是準備要遞送手術器具給凱薩琳的刷手護士，全都一言不發。大家的注意力都放在門外的動靜上。

他們聽到金博醫師喊道：「快，快，快。」

門打開，輪床推進來。凱薩琳看了一眼，床單被血染透了，一個女子的褐色頭髮黏著血，臉上貼著膠帶，好將氣管插管的位置固定。

隨著「一、二、三」的喊聲，他們把病人搬到診療檯上。

金博拉開床單，露出被害人的軀體。

在診療室的一片混亂中，沒人聽到凱薩琳猛吸了一口氣，沒人注意到她踉蹌著後退一步。她瞪著被害人的頸部，按壓傷口的敷布已經浸透爲深紅色了。她又看腹部，另一塊原先蓋上的敷布已經揭開了，鮮血淌下赤裸的身軀。正當其他人都趕忙連接靜脈注射管和心臟監視器的電極片、把氧氣打進被害者的肺臟，凱薩琳卻驚駭得站在那邊不動。

金博拿掉腹部的敷布。一圈圈小腸滾出來，紛紛掉在診療檯上。

「收縮壓降到六十，快要測不到了！竇性心搏過速——」

「我的靜脈注射管插不進去！她的靜脈塌陷了！」

「試試看鎖骨下靜脈！」

「能不能再給我一根導管？」

「狗屎，這一整片都被污染了……」

「柯岱兒醫師？柯岱兒醫師？」

凱薩琳依然處於恍惚中，轉向跟她講話的那個護士，看到對方戴了口罩的臉朝自己皺起眉。

「你要剖腹墊嗎？」

凱薩琳呑嚥著。然後深吸了一口氣。「是的，剖腹墊。還有抽吸管……」她重新聚焦在病患身上。一個年輕女子。她腦中浮現出另一個急診室的畫面，在薩凡納的那一夜，她自己就是躺在診療檯上的那名女子。

我不會讓你死。我不會讓他奪走你。

她從手術工具盤上抓起一把棉墊和一根止血鉗。她現在全神貫注了，專業精神又控制住局面。這些年來的外科手術訓練自動開始運作。她首先把注意力集中在頸部傷口，揭開了按壓的敷布。深色鮮血緩緩流出，濺到地板上。

「頸動脈！」一個實習醫師說。

凱薩琳用一塊棉墊壓住傷口，然後深吸了一口氣。「不。不是，如果是頸動脈，她早就死了。」她看著刷手護士。「解剖刀。」

解剖刀交到她手上。她停頓一下，穩住自己，好面對接下來的精密任務，然後她把解剖刀尖端放在頸部，刀子壓入傷口，靈巧地朝下頜割開皮膚，露出頸靜脈。「他割得不夠深，沒傷到頸動脈，」她說。「但是割到了頸靜脈。這一端往上縮回了軟組織裡。」她放下解剖刀，抓起一把直鉗。「實習醫師？我要你來用棉墊，輕一點！」

「你要重新接合血管？」

「不，只要把血管結紮起來就好。她的血管會形成側枝分流的。我得讓靜脈露出更多，才能縫合起來。血管鉗。」

工具立刻交到她手上。

凱薩琳用血管鉗夾住露出的血管。然後呼出一口氣，看了金博一眼。「出血點解決掉了，稍後我會再結紮起來。」

她把注意力轉到腹部。此時金博和另一個實習醫師已經用抽吸管和剖腹墊將腹部清理完畢，傷口完全露出。凱薩琳輕輕將一圈圈腸子撥開，看著打開的切口，覺得滿腹怒氣。

她看著診療檯對面金博震驚的雙眼。

「誰會這樣做啊？」他輕聲問。「我們面對的是哪號人物？」

「是個惡魔。」她說。

「被害人還在開刀。她還活著。」瑞卓利關上手機，看著摩爾和札克醫師。「我們現在有了個目擊證人。不明嫌犯變得粗心大意了。」

「不是粗心大意，」摩爾說。「是因爲太匆忙了。他沒時間完成工作。」摩爾站在臥室門邊，打量著地板上的血。血還很新鮮，還會發亮。還來不及乾掉。外科醫生剛剛才離開。

「那張照片在下午七點五十五分寄給柯佌兒，」瑞卓利說。「照片裡的時鐘顯示是兩點二十分。」她指著床頭桌上的時鐘。「上頭的時間是正確的。這表示他一定是在昨天夜裡拍了那張照片。他讓那個被害人活著，在這棟屋子裡，活了超過二十四小時。」

延長他的愉悅感。

「他變得太驕傲了，」札克醫師說，聲音裡有一種令人不安的欣賞口吻，似乎在承認這是個值得尊敬的對手。「他不光是讓被害人活了一整天，中間還一度把她留在這裡，去寄那封電子郵件。這位老兄在跟我們玩心理戰。」

「或者是在跟凱薩琳・柯岱兒玩。」摩爾說。

被害人的皮包放在梳妝台上。摩爾雙手戴了手套，檢查裡面有什麼東西。「皮夾裡有三十四元。兩張信用卡。美國汽車協會卡。羅倫斯科學設備公司業務部的員工證。駕駛執照，妮娜・裴頓，二十九歲，一六三公分，五十九公斤。」他翻到背面。「同意器官捐贈。」

「我想她才剛捐贈過，」瑞卓利說。

他拉開一個側袋的拉鍊。「有個日誌本。」

瑞卓利轉過來充滿興趣地看著他。「然後呢？」

他把本子翻到這個月的部分，是空白的。然後他往前翻，直到出現一筆紀錄，是在將近八個星期前：繳房租。他又繼續往前翻，看到更多筆：席德的生日。送乾洗。演唱會八點。員工會議。生活中的種種世俗瑣事。爲什麼八個星期前忽然不再記錄了？他想著寫下這些字的女人，用藍筆寫著整齊的字跡。這個女人大概曾看著十二月的空白頁，想像聖誕節和下雪，當時她有種種理由相信自己會活著看到這些。

他闔上日誌本，難過得一時無法言語。

「床單上什麼都沒留下，」佛斯特蹲在床邊說。「沒有剪斷的手術線，沒有工具，什麼都沒有。」

「如果他是匆忙離去的，」瑞卓利說，「那他還收拾得眞乾淨。而且你看，他還有時間把睡衣折疊好。」她指著椅子上一件整齊折疊好的棉質睡袍。「看起來，這不符合趕時間的狀況。」

「可是他離開時，被害人還活著，」摩爾說。「這是最不應該犯的錯誤。」

「這說不通啊，摩爾。他把睡袍折疊好，又把東西收拾乾淨。可是他卻這麼粗心大意，留下了活口？他太聰明了，不會犯這種錯誤的。」

「就算最聰明的人，也會失手的。」札克說。「泰德．邦迪到最後也是變得粗心大意。」❷

摩爾看著佛斯特。「之前是你打電話給被害人的？」

「是啊。我們拿到圖書館給我們的電話號碼清單，就一個個打過去。我打來這裡，大約是在兩點、兩點十五分的時候。結果電話轉到答錄機。我沒留話。」

摩爾看了房裡一圈，沒看到答錄機。他走出去到客廳，看到了小几上的電話。上頭有個小小的來電顯示螢幕，記憶鍵上頭有血跡。

他用一根鉛筆的尖端按了鍵，上一個來電者的身分顯示出來。

波士頓警察局，上午兩點十四分。

札克醫師也跟著進了客廳，「就是這通電話把他嚇跑的嗎？」他問。

「佛斯特打電話來的時候，他人就在這裡。來電者身分的按鍵上頭有血跡。」

❷ Ted Bundy，美國一九七〇年代知名的連續殺人狂，被捕後承認犯下三十件兇殺案，但實際數字可能更高。

「所以電話響了。我們這位不明嫌犯還沒辦完事。他還沒完全滿足。但是半夜的一通電話一定驚動了他。他出來客廳這裡，看到顯示螢幕上頭的來電者身分。發現是警察打來要聯繫被害人的。」札克暫停一下。「換了你會怎麼做？」

「我會趕緊離開這裡。」摩爾說。

札克點點頭，唇邊浮現出微笑。

這一切對你來說，都只是一個遊戲，摩爾心想。他走到窗邊，看著外頭的街道，現在被不停閃爍的藍色警示燈照成一片鮮亮的萬花筒。半打巡邏車停在屋前。媒體也趕來了，他可以看到當地電視台的轉播車正在架天線。

「他沒有享受到。」札克說。

「他已經切除掉子宮了。」

「不，那只是小小的紀念品，讓他記得這次來訪而已。他來這裡，不光是要收集一枚人類器官，而是爲了最終極的興奮：感覺到一個女人的生命逐漸流逝。但這回他沒達到目的。他被打斷了，因爲怕警察快要趕到而分心。他沒法留在這裡，目睹被害人死掉。」札克暫停一下。「下一個被害人很快就會出現。我們的不明嫌犯很挫敗，這種壓力他會受不了。這表示他已經在尋找新的被害人了。」

「或者已經挑好了，」摩爾說。同時心想：凱薩琳·柯岱兒。

黎明的第一絲曙光照亮天空，摩爾已經將近二十四小時沒睡了，而且夜裡大部分時間都全力工作，只喝了咖啡。但當他抬頭看著發亮的天空時，感覺到的卻不是筋疲力盡，而是新生的不安。凱薩琳和外科醫生之間有某種他不明白的連結。有一條看不見的線，把她和那個惡魔聯繫在一起。

「摩爾。」

他回頭看瑞卓利，立刻發現她眼中發出興奮的光芒。

「性犯罪組剛剛打電話來，」她說。「我們的被害人非常不幸。」

「什麼意思？」

「兩個月前，妮娜．裴頓遭到性攻擊。」

這個消息讓摩爾愣住了。他想到被害人日誌本裡面的那些空白頁。八個星期前，紀錄停止了。當時妮娜．裴頓的人生忽然緊急煞車。

「有報案嗎？」札克問。

「不光是報案，」瑞卓利說。「還收集了強暴證物袋。」

「兩個強暴被害人？」札克說。「有這麼簡單嗎？」

「你認爲，是當初的強暴犯又回來殺掉她們？」

「這一定不只是碰巧而已。有百分之十的連續強暴犯，在犯案之後還會跟被害人聯絡。這是加害者延長折磨、延長執迷的方式。」

「謀殺的前戲就是強暴。」瑞卓利厭惡地冷哼一聲。「好極了。」

摩爾忽然有了個新想法。「你剛剛說，當時收集了強暴證物袋。所以有陰道抹片了？」

「對。DNA檢測還沒有結果。」

「抹片是誰收集的？她去過急診室嗎？」他幾乎可以確定瑞卓利會說：朝聖者醫院。

但瑞卓利搖搖頭。「沒去急診室。她去了森林丘女子診所。就在這條路上。」

診所等候室的一面牆上，貼了一張全彩的女性生殖器官海報，最上方的標題是：女人。驚人之美。儘管摩爾同意女人的身體是造物的奇蹟，但看著那張清楚的圖，害他覺得自己像個齷齪的窺淫狂。他注意到等候室裡的那幾個女人看他的眼神，就像一群瞪羚看著掠食動物般。即使瑞卓利跟他同行，似乎也改變不了他是個外來男性的事實。

最後接待員終於說：「兩位警探，她現在可以見你們了。就在右邊最後一間。」摩爾才鬆了一口氣。

瑞卓利帶頭進了走廊，經過你的伴侶虐待你的十個跡象和你怎麼知道這是不是強暴？的海報。隨著每前進一步，摩爾就覺得彷彿身上多沾上一塊男性罪惡感的污點，像是被泥巴弄髒衣服似的。瑞卓利完全感覺不到這些，因爲這裡是她熟悉的女性領土。她敲了門，門上有字樣：「莎拉．戴利，護理診斷師。」

「請進。」

站起來迎接他們的那個年輕女人看起來很時髦。白袍底下穿著藍色牛仔褲和黑色T恤，男孩氣的髮型更凸顯了深色的頑皮眼珠和精緻的顴骨。但摩爾忍不住盯著直看的，是她左邊鼻孔上的小金環。這次談話的大半時間，他覺得自己好像都在對著那個鼻環講話。

「你打電話過來之後，我又把她的病歷找出來看，」莎拉說。「我知道警方那邊有報案紀錄。」

「我們看過了，」瑞卓利說。

「那你們來這裡的原因是？」

「妮娜・裴頓昨天夜裡被攻擊，在她家裡。到現在還沒脫離險境。」

莎拉的第一個反應是震驚，然後緊接著是狂怒。摩爾是從她昂起的下巴和發光的眼睛看出來的。「是他幹的嗎？」

「他？」

「強暴她的那個男人。」

「我們認爲有這個可能性，」瑞卓利說。「很不幸的是，被害人現在是昏迷狀態，沒有辦法告訴我們。」

「別稱呼她被害人。她有名字的。」

瑞卓利的下巴也昂起來了，於是摩爾知道她很火大。這樣開始一場訪談，可不是好事。於是他搶著開口，「戴利女士，這個罪行殘酷得難以置信，我們必須——」

「要是談到男人對女人所做的事情，」莎拉反駁，「沒有什麼是難以置信的。」她從桌上拿起一個檔案夾遞給他。「這是她的醫療紀錄。她被強暴後的那天早上，來到這個診所。我是當時照顧她的人。」

「你也負責幫她做檢驗嗎？」

「所有事都是我負責的。訪談、骨盆檢查。我幫她做陰道抹片，確定顯微鏡下有精子。我梳刷陰毛，採集到指甲碎片，放進強暴證物袋。然後給她事後避孕藥。」

「她沒去急診室做其他檢驗嗎？」

「走進我們大門的強暴被害人，一切該做的事情，都會在這棟屋子裡、由一個人負責完成。她最不需要的，就是到處跑來跑去，看到不同的面孔。所以我抽了血，送到檢驗室。如果被害人想報警的話，就由我打電話給警方。」

摩爾打開那個資料夾，看到了病患資訊表。上頭列了妮娜．裴頓的出生日期、地址、電話號碼，還有雇主。他翻到下一頁，看到上頭塡滿了小而緊湊的字跡。第一筆紀錄的日期是五月十七日。

主訴：性攻擊

現病史：二十九歲白人女性，相信她被性攻擊。昨夜在感恩酒館喝酒時覺得暈眩，記得自己走到洗手間。她不記得接下來所發生的事……

「她在家裡醒來，發現自己躺在床上，」莎拉說。「她不記得是怎麼回到家的，不記得脫掉了衣服，當然也不記得撕開了自己的開襟襯衫。但她人就在那兒，衣服都脫掉了。她的大腿上有結塊，她認爲是精液。她一眼腫起來，兩邊手腕都瘀血。她很快就明白發生了什麼事。而她的反應就像其他強暴被害人一樣。她心想：『是我的錯。我不該這麼不小心的。』但女人就是這樣。」她直直看著摩爾。「我們什麼都怪自己，即使加害的明明是男人。」

面對這樣的怒氣，摩爾沒法說什麼。他低頭看那份病歷，閱讀身體檢查的部分。

病患外表凌亂而沉默，講話音調沒有高低起伏。她沒有人陪，獨自從家裡走到診所……

「她一直在講她的汽車鑰匙，」莎拉說。「她被毒打，一隻眼睛腫得睜不開，可是她唯一關心的，就是她搞丟了車鑰匙，要趕緊找到，不然就沒辦法開車去上班。我花了好一會兒才讓她停止講那些重複的話，讓她跟我談。這個女人一輩子沒有碰到過什麼太壞的事情。她受過不錯的教育，很獨立。是羅倫斯科學設備公司的銷售代表，每天都要跟不同的人打交道。但她來到這裡時，幾乎是癱瘓了，只想找到她的蠢鑰匙。最後我們打開她的皮包，搜遍所有袋子，找到了鑰匙。接下來，她才有辦法專心看著我，告訴我發生了什麼事。」

「那她說了什麼？」

「她九點左右到感恩酒館跟一個女性朋友碰面。那個朋友始終沒來，於是妮娜在那邊逗留了一會兒。喝了杯馬丁尼調酒，跟幾個男人說了話。那地方我也去過，每天晚上都很熱鬧。女人在那邊會覺得很安全。」她又憤世嫉俗地補了一句：「其實現在根本沒有安全的地方。」

「她還記得帶她回家的那個男人嗎？」瑞卓利問。「我們真正想知道的是這個。」

莎拉看著她。「一切都是跟罪犯有關，對吧？那兩個性犯罪組的警察也只想問這件事。大家都只注意到加害人。」

摩爾可以感覺到瑞卓利的脾氣也上來了，趕緊說：「那兩個警探說，她說不出強暴她的人是什麼樣。」

「他們訪談她的時候，我也在場。她要求我留下，所以我聽過她敘述整個故事兩次。他們一直問他長得什麼樣，但她就是回答不了。她真的一點都記不起來了。」

摩爾翻到病歷的下一頁。「你又見了她第二次，在七月。就是一個星期前。」

「她回來做後續的血液檢測。如果感染了愛滋病毒，要六個星期之後才會呈陽性反應。這真是殘忍到極點。先是被強暴，接著又發現攻擊你的人把致命的疾病傳染給你。對這些女人來說，那是六個星期的痛苦煎熬，等著搞清楚自己是不是染上了愛滋病。不曉得這個敵人是不是已經在你體內，在你的血液中複製。她們回來做後續檢測時，我都得幫忙加油打氣。而且發誓我一拿到檢測結果，就會立刻打電話給她們。」

「你們這裡不做檢測分析嗎？」

「對。我們都送到『通道檢驗中心』去。」

摩爾翻到病歷的最後一頁，查閱檢驗結果單。愛滋篩檢：陰性。VDRL（梅毒）：陰性。那張紙很薄，是複寫的表格。他心想，我們生命中最重要的消息，往往是用這麼薄薄一張紙傳遞的。電報。考試成績。血液檢測。

他闔上檔案夾，放在桌上。「你第二次見到妮娜，就是她來做後續的血液檢測時，對她有什麼印象？」

「你是指，她是不是還有精神創傷？」

「我相信一定還有。」

他平靜的回答，似乎把莎拉膨脹的怒氣泡泡刺破了。她往後靠坐，好像失去怒氣之後，就失去了不可或缺的燃料。她思索了一會兒。「我第二次看到妮娜的時候，她像是行屍走肉。」

「怎麼說？」

「她就坐在瑞卓利警探現在坐的那把椅子上，我感覺簡直可以看穿她，好像她是透明的。她被強暴後就沒去上班了。我想她很難再去面對其他人，尤其是男人。她被這些陌生的恐懼症搞得整個人停擺了。她變得很怕喝自來水，或任何沒封起來的飲料。她只敢喝沒開瓶的瓶裝水或罐裝飲料，才不會被下藥。她很怕男人看到她，會看穿她被侵犯過。她相信強暴她的人在她的床單和衣服上留下精液，每天要花好幾個小時一再清洗。無論妮娜．裴頓以前是什麼樣，那個人都已經死了。我在她身上看到的，只是一個鬼魂。」莎拉的聲音愈來愈小，而且身子坐得很直，瞪著瑞卓利，好像在那張椅子上看到另一個女人。一連串的女人，不同的臉，不同的鬼魂，一整排被毀掉的靈魂。

「她有提到過被跟蹤之類的嗎？有關那個攻擊者又出現在她的生活中？」

「強暴犯從來不會從你的生活中消失。只要你活著，你永遠就是他的財產。」莎拉暫停一下，然後恨恨地補充。「或許他只是又跑來，取走他所擁有的。」

9

北歐維京人獻祭的不是處女，而是娼妓。

西元九二二年，阿拉伯外交官伊本．法德蘭就在他稱之爲「羅斯人」的包圍之下，親眼目睹了這樣一場獻祭。他描述羅斯人是一群高大而體格完美的金髮男子，從瑞典遷徙而來，順著俄羅斯的河流而下，來到可薩汗國和阿拉伯帝國的南方市集，用琥珀和毛皮交換拜占庭的絲綢和白銀。就在這條貿易路線上，位於窩瓦河彎曲處一個叫保加爾的地方，一名死去的維京大人物即將展開他前往英靈天堂的最後旅程。

伊本．法德蘭見證了這場葬禮。

死者的船被拖上岸，放在樺木柱上。甲板上搭起一座大涼亭，裡頭有一張長榻，上頭鋪著希臘織錦緞墊褥。然後將已經埋葬十天的屍體掘出。

讓伊本．法德蘭驚訝的是，發黑的屍身並不臭。

剛挖出來的屍體被穿上精緻的衣物：褲子、長統襪、靴子、古羅馬式短袖束腰外衣，加上一件織錦緞質料、有金釦子的阿拉伯式長袖束腰長袍。他們把他放在涼亭內的墊褥上，用靠墊撐起呈坐姿，又在他周圍放了麵包、肉和洋蔥，以及酒和芳香植物。他們殺了一隻狗、兩隻馬、一隻公雞和一隻母雞，然後都擺在涼亭裡，以供他在英靈天堂之需。

最後，他們把一名年輕女奴帶過來。

之前死者被埋在土裡的十天，這名女奴就被送去四處性交。喝了酒而昏茫的她被帶到一個個帳篷，以服務營地裡的每個男人。她雙腳張開，躺在一個接一個流汗、悶哼的男人身子底下，飽受蹂躪的身軀成了部落裡所有男人播種的容器。於是她就這樣被玷污，她的肉體變得不潔，也就準備好要獻祭了。

到了第十天，她被帶到船上，連同一名被稱爲「死亡天使」的老婦。年輕女奴脫下手鍊和戒指，喝了很多酒把自己灌醉。然後被帶到死者坐著的涼亭內。

於是，就在罩著織錦緞的墊褥上，她再度被玷污。六次，六個男人，她的身體就像一塊共食的肉在他們之間傳遞。事畢之後，那些男人滿足了，女奴就躺在死去主人的旁邊。兩個男人抓住她的雙腳，另外兩個抓住她的雙手，接著死亡天使在女奴的頸上套一個繩圈。當那些男人把繩子拉緊時，死亡天使便舉起她的寬刃短刀，插入女奴的胸膛。

刀子一次又一次落下，鮮血湧出有如悶哼的男人播種般，那短刀重演了之前的強暴過程，尖銳的金屬刺入柔軟的肌膚。

隨著最後一次插入，殘忍的交配帶來死亡的狂喜。

「她需要大量輸血，還有新鮮冷凍血漿。」凱薩琳說。「她的血壓穩定了，不過還是處於昏迷狀態，而且還連接著呼吸器。你也只能耐心點了，警探。希望她會醒來。」

凱薩琳和達倫．克羅警探站在妮娜．裴頓的外科加護病房外，看著心臟監視器上劃過的三條線。之前病患推出開刀房時，克羅就等在門外，一路守在她床邊，先是送到恢復室，接著又轉入加護病房。他的角色不光是保護而已；也是因爲急著要取得病人的說法。過去幾個小時，他守在加護病房的隔間外，動輒問起病人的進展，已經搞得自己變成一個討厭鬼了。

這會兒，他再次重複他問了一早上的老問題：「她能活下去嗎？」

「我唯一能告訴你的，就是她的生命徵象很穩定。」

「我什麼時候可以跟她談？」

凱薩琳疲倦地嘆氣。「你好像不明白她的狀況有多麼危險。她還沒送到前，失血量就超過三分之一了，有可能造成她的大腦循環不良。要是她眞能恢復意識，也可能什麼都不記得了。」

克羅看著玻璃隔板。「那麼她對我們來說，就沒有用處了。」

凱薩琳愈加厭惡地瞪著他。從頭到尾，他都沒表達過對妮娜・裴頓的關心，只把她當成一個可以利用的證人。一整個上午，他都沒提到過她的名字。只稱呼她是被害人或目擊證人。他看著病房隔間裡，看到的不是一個女人，而只是一個要達到目的的手段而已。

「她什麼時候會移出加護病房？」他問。

「現在談這個還太早。」

「可以把她轉到私人病房嗎？如果我們把門關上，限制人員進出，那麼她沒法講話這件事，就不會傳出去了。」

凱薩琳立刻曉得他的用意。「我不會讓我的病人去當誘餌。她必須留在這裡，二十四小時觀察。你看到監視器上的那些線路嗎？那是心電圖、中央靜脈壓，以及動脈壓。我必須隨時掌握她的各種狀況變化，只有在這個病房才能辦得到。」

「如果不趕快阻止他的話，我們能救幾個人？你有沒有想過這點？柯岱兒醫師，這些女人受過什麼罪，你應該比誰都明白。」

她氣得全身僵硬。他一拳命中她最脆弱的要害。安德魯．卡普拉對她做過的事情太個人、太私密了，因而她連對自己的父親都沒法談。但克羅警探卻把那個傷口狠狠撕開。

「她可能是我們逮到他的唯一方法了。」克羅說。

「你最好的辦法就是這個？利用一個昏迷的女人當誘餌？邀請一個殺人狂來醫院，也不管會危害到其他病人？」

「你怎麼曉得？他說不定已經在這裡了。」克羅說，然後轉身離開。

已經在這裡了。凱薩琳忍不住看了加護病房一圈。她看到護士們在病人間奔忙。一群外科住院醫師聚集在一排監視器前面。一名抽血的護理師拿著一盤裝了血的試管和皮下注射器。每天有多少人進出這家醫院？其中她眞正了解的有多少人？一個都沒有。安德魯．卡普拉教會了她這一點：一個人心中潛藏著什麼，她永遠無法眞正知道。

加護病房的職員說：「柯岱兒醫師，電話。」

凱薩琳走到護士站，拿起電話。

是摩爾打來的。「我聽說你把她救回來了。」

「是，她還活著。」凱薩琳直率地說。「但也不是，她還沒法講話。」

暫停一下。「我想現在打過去的時機不對。」

她坐進一張椅子。「對不起。我剛剛才跟克羅警探談過，心情不太好。」

「他好像對女人都會造成這種效果。」

兩個人都笑了起來，疲倦的笑聲化解了兩人之間的所有敵意。

「你還撐得下去吧，凱薩琳？」

「中間有點棘手，不過我想我讓她穩定下來了。」

「不，我問的是你。你還好吧？」

那不光是禮貌的問候而已，他的口氣是眞的關心，搞得她不知道該說什麼。她只知道有人關心感覺很好。他的話讓她臉紅了。

「你不會回家，對吧？」他說。「要先等到你家的鎖都換了。」

「這搞得我好生氣。他搶走了我感覺最安全的地方。」

「我們會再讓你家變得安全的。我會找個鎖匠過去。」

「星期六你找得到？你眞會變出奇蹟。」

「不，我只是有個很棒的通訊錄。」

她往後靠坐，肩頭的緊繃感消退了。在她周圍，外科加護病房一片忙碌的嗡嗡聲，但她的注意力完全集中在電話中這個撫慰她、讓她安心的男人。

「那你怎麼樣？」她問。

「恐怕我的一天才剛開始。」他暫停一下，去回答某個人的問題，是有關裝袋證物的。背景裡有其他人講話的聲音。她想像他在妮娜．裴頓的臥室裡，周圍都是那些可怕的證物。但他的聲音卻平靜而鎭定。

「等她一醒來，你就會打電話給我吧？」摩爾問。

「克羅警探已經像隻禿鷹似的守在這裡。我很確定他會比我更早知道。」

「你想她會醒來嗎？」

「要講實話嗎？」凱薩琳說。「我不知道。我一直這麼告訴克羅警探，但他也不接受。」

「柯岱兒醫師？」妮娜．裴頓的護士從病房裡喊她。她的口氣立刻引起凱薩琳的警覺。

「什麼事？」

「請你過來看一下。」

「有什麼不對勁嗎？」摩爾在電話裡問。

「等一下，我去看看。」她放下聽筒，走進病房隔間。

「我剛剛用毛巾在幫她清理污垢，」那個護士說。「她從開刀房出來以後，全身都還結著血塊。我把她翻到側面才看到的。就在她的左大腿。」

「讓我看吧。」

那護士抓住病人的肩膀和臀部，把她翻爲側躺。「在那裡，」她輕聲說。

凱薩琳當場被恐懼攫住。她瞪著妮娜．裴頓皮膚上那行黑色麥克筆寫的字：

生日快樂。你喜歡我的禮物嗎？

摩爾在醫院的自助餐廳裡找到她。她坐在一張角落的桌旁，背對著牆壁，那位置就是一個知道自己遭受威脅的人，希望能看到任何即將來臨的攻擊。她還穿著外科醫師的刷手服，頭髮在腦後紮成馬尾，露出她稜角分明的五官，樸素的臉，晶亮的雙眼。她大概跟他一樣累壞了，但恐懼讓她提高了警覺性，於是她就像野貓一樣，觀察著他走近的一舉一動。她面前放著一杯半滿的咖啡。續杯多少次了？他心想，看到她顫抖著手去拿杯子。那不是外科醫師平穩的手，而是一個恐懼女人的手。

他坐在她對面。「我們會派一輛巡邏車，在你家外頭守一整夜。你拿到新鑰匙了嗎？」

她點點頭。「鎖匠送來了。他說他裝了最好的嵌鎖。」

「你不會有事的，凱薩琳。」

她低頭看著自己那杯咖啡。「那個訊息是要給我看的。」

「這個很難講。」

「昨天是我生日。他知道了。而且他知道我排定要在急診室待命。」

「那不見得是他寫的。」

「別哄我了。你知道明明是他。」

摩爾沉默了一下，然後點點頭。

他們相對無言了好一會兒。此時下午已經過半，大部分桌子都是空的。在櫃檯後面，自助餐廳的工作人員收拾起裝菜的盤子，一縷縷蒸汽升起。一個收銀員打開一袋硬幣，裝進收銀台抽屜裡。

「我的辦公室呢？」她問。

「他沒留下指紋。」

「所以你們沒查到他的任何資料。」

「對。」他承認。

「他像空氣一樣，進出我的生活。沒有人看到他。沒有人知道他長什麼樣。我可以在我所有的窗子上裝鐵窗，可是照樣會嚇得睡不著覺。」

「你不必回家，我可以送你去住旅館。」

「我躲在哪裡根本沒差別，他會知道我在哪裡的。出於某種原因，他選中了我。他已經告訴我，我是下一個了。」

「我不認爲是這樣。他要是警告他的下一個被害人，那就太蠢了。外科醫生可不是笨蛋。」

「那他爲什麼要跟我聯絡？爲什麼要寫那些字在……」她吞嚥著。

「那可能是要對我們提出挑戰。是嘲笑警方的一種方式。」

「那他就該寫給你們啊！」她的聲音好大，一個正在倒咖啡的護士轉過頭來看她。

凱薩琳臉紅了，她站起來。這樣發飆害她覺得好丟臉，她沉默地跟摩爾一起走出醫院。他想握住她的手，但猜想她只會甩開，還會以爲他是同情她而已。他最不希望的，就是讓她以爲自己是同情。在他畢生認識的所有女人中，她是最能贏得他尊重的。

坐在他的汽車裡，她靜靜地說：「我在裡頭失控了。對不起。」

「處在你的狀況下，任何人都會失控的。」

「你就不會。」

他諷刺地笑了。「當然了，因為我從來沒失控過。」

「是啊，我注意到了。」

這是什麼意思？他納悶著，開車往後灣區駛去。她以為一般人心中的那些情緒風暴，他都不會有嗎？為什麼頭腦清晰有邏輯，就意味著缺乏感情呢？他知道自己兇殺組的同事背後都說他是「平靜的聖人湯瑪士」。當狀況變得火爆、需要冷靜的聲音時，大家就會來找他。他們不知道另一個湯瑪士．摩爾，夜裡會站在亡妻的衣櫃前，吸著她衣服逐漸淡去的香味。他們只看到他的面具。

她憤慨地說：「你要平靜當然很容易。他糾纏的人又不是你。」

「我們試著理性點看待這件事情吧——」

「看待我自己的死亡？我當然可以很理性了。」

「外科醫生已經建立起一個他感覺自在的模式。他在夜間攻擊，不會在白天。他內心裡其實很懦弱，無法在平等的狀態下面對女人。他希望他的獵物脆弱無助，在床上睡覺，無法反擊。」

「所以我就該永遠不睡覺？這個解決方式還真簡單啊。」

「我的意思是，他會避免在白天攻擊，因為這時被害人可以捍衛自己。天黑之後，一切就改變了。」

他停在她家前面。儘管這棟大樓缺乏聯邦大道上那些古老紅磚住宅的魅力，但優點是地下停車場外頭有一道門把關，裡頭照明充足。要進入這棟大樓得有兩把鑰匙，還要輸入保全密碼。

他們進入大廳，四周裝設了鏡子，大理石地板擦得亮晶晶。很優雅，但是乏味，冷漠。安靜得令人不安的電梯把他們送到二樓。

到了她那戶公寓的門口，她猶豫著，手裡拿著新鑰匙。

「我可以先進去看看，這樣你或許會覺得安心些。」摩爾說。

她似乎把他的建議當成一種對她的侮辱。於是她把鑰匙插入鎖孔，開了門走進去。就好像她得向自己證明外科醫生沒有贏。證明她仍然能掌控自己的人生。

「要不要我們一起檢查每個房間，」他說。「確定一下東西都沒被動過。」

她點點頭。

他們一起走過客廳，廚房。最後來到臥室。她知道外科醫生曾從別的女人那裡取走紀念品，於是仔細檢查了首飾盒、梳妝台抽屜，尋找任何有人動過的跡象。摩爾站在門口，看著她逐一翻查過襯衫和毛衣及內衣。忽然間，另一個女人衣服的不安記憶襲來，沒那麼精緻的衣服，折疊在一個行李箱裡。他想起一件灰毛衣，還有一件褪色的粉紅色開襟襯衫。一件棉睡袍上有藍色的矢車菊。沒有全新的，沒有昂貴的。為什麼他從沒幫瑪麗買過什麼奢華的東西？他們這麼節省是要做什麼？當初怎麼也沒想到，後來錢都花在醫師和療養院的帳單及物理治療師上頭了。

他離開臥室門口，走到客廳，坐在沙發上。向晚的太陽照進窗裡，那光芒好刺眼。他揉揉眼睛，頭埋進雙手裡，因爲一整天都沒想到瑪麗而滿心罪惡感。他覺得很羞愧，更羞愧的是，當他抬起頭看到凱薩琳時，所有關於瑪麗的思緒迅即消失。他心想：這是我見過最美的女人。

也是我見過最勇敢的女人。

「沒東西搞丟，」她說。「至少我看不出來。」

「你確定你要待在這裡？我很樂意帶你去找家旅館住。」

她走到窗前往外看，夕陽的金光照亮了她的輪廓。「我過去兩年都在害怕，把整個世界鎖在外頭。我老是檢查門後面和櫥櫃裡。我受夠了。」她回頭來看著他。「我要搶回我的人生。這回我不會讓他贏。」

這回，她這麼說，好像這是漫長戰爭中的一次戰役。好像外科醫生和安德魯・卡普拉已經融爲一體，兩年前她曾短暫征服，但從沒眞正擊敗過。卡普拉。外科醫生。同一個惡魔的兩個頭。

「你之前說過，今天晚上外頭會有一輛巡邏車。」她說。

「沒錯。」

「你保證？」

「那當然。」

她深吸一口氣，勇敢地朝他微笑。「那我就沒什麼好擔心的了，不是嗎？」她說。

那天晚上，罪惡感促使他開車到牛頓市，而不是直接回家。他對柯岱兒的感覺讓自己心煩意亂，也很困擾自己竟然滿腦子都是她。瑪麗過世這一年半以來，他一直過得像個隱修士，對女人一點興趣都沒有，所有的熱情都被悲痛澆熄了。他不曉得如何應付眼前這種新升起的欲望。他只知道，在目前的狀況下，那是很不適當的。而且那也是一種徵兆，表示他不忠於自己曾深愛過的瑪麗。

於是他開車到牛頓市去修正。去安撫自己的良心。

他拿著一把雛菊，走進前院，回頭拴上鐵柵門。帶花來其實是多此一舉，他心想，看著還沒全黑的花園。每回他來訪，這個小小的空間似乎總是擠滿了更多花。牽牛花藤和蔓性玫瑰已經爬滿了屋子側邊，整個花園似乎也跟著往天空擴張。這麼小小一把雛菊，讓他覺得簡直是丟臉。但雛菊是瑪麗最愛的，到現在他幾乎已經習慣挑雛菊買。她愛雛菊的活潑與單純，白色花瓣環繞著檸檬黃的花蕊。她愛雛菊的花香——不像其他花那樣甜美得發膩，而是刺鼻的氣味，很堅定。她愛雛菊總是在荒地和路邊盛開，讓我們明白：真正的美是自然生長且無法壓抑的。

就像瑪麗自己。

他按了門鈴。過了一會兒，門打開了，朝他微笑的那張臉好像瑪麗，他感覺到一股熟悉的痛苦。羅絲．康納利有她女兒的藍眼珠和圓臉頰，儘管頭髮幾乎已經全白，歲月也在她臉上鐫刻下深深的皺紋，但那種相似處，仍可確定是瑪麗的母親無疑。

「看到你真高興，湯瑪士，」她說。「你好一陣子沒來了。」

「真抱歉，羅絲。最近一直抽不出時間。我常常連今天星期幾都不曉得。」

「我一直在注意電視上那個案子。真是太可怕了。」

他走進屋裡，把雛菊遞給她。「其實你已經有很多花了。」他苦笑著說。

「花永遠不嫌多的。而且你知道我有多喜歡雛菊。要不要喝冰紅茶？」

「好，謝謝。」

他們坐在客廳，啜飲著冰紅茶。茶的滋味甜美而陽光，是羅絲出生的南卡羅萊納州風格。一點也不像摩爾從小在新英格蘭這一帶喝的那種陰鬱的沖泡法。這個房間也很甜美，就波士頓的標準而言，是老派得無可救藥。太多印花棉布，太多小裝飾品。但老天，這一切都讓他想起瑪麗！她無處不在。她的照片掛在牆上。她的游泳獎盃展示在書架上。她童年的鋼琴放在客廳裡。那彈琴小孩的鬼魂還在，在她長大的這棟房子裡。羅絲也在這裡，她守護著火焰，看起來好像她女兒，因而摩爾有時會覺得，瑪麗是透過羅絲的藍眼珠在看自己。

「你看起來好疲倦，」她說。

「是嗎？」

「你都沒去度假，是吧？」

「被打電話叫回來了。我都已經上了車，往北要上緬因高速公路了。我帶了釣魚竿，又買了新的釣魚組。」他嘆了口氣。「我想念那個湖，已經盼了一整年。」

瑪麗也總是盼望去那個湖。他瞥了書架上的那些游泳獎盃一眼。瑪麗一直是個堅決的小美人魚，要是生來有魚鰓，她眞會一輩子開開心心活在水中。他還記得有一回她俐落又充滿力量地游泳橫渡那個湖，又想起同樣的那對手臂在療養院中消蝕得多麼細瘦。

「等到破案以後，」羅絲說，「你還是可以去那個湖的。」

「不曉得案子能不能破。」

「聽起來一點也不像你。這麼沮喪。」

「這個案子不太一樣，羅絲。犯罪的人我一點也摸不著頭緒。」

「你總是有辦法搞清楚的。」

「總是？」他搖搖頭微笑。「你太抬舉我了。」

「瑪麗以前都這麼說的。她喜歡吹噓你的事情，你知道。他總是能逮到眞兇。」

但付出了什麼樣的代價？他心想，笑容消隱了。他想起在犯罪現場消磨的那些夜晚，錯過的那些晚餐，還有那些滿心只想著工作的週末。還有瑪麗，耐心等待他的注意。如果能挑一天重新來過，每一分鐘我都會守著你。在床上擁著你，蓋著溫暖的床單，在你耳邊細訴祕密。

但老天不會給他第二次機會。

「她好以你爲榮。」羅絲說。

「我也以她爲榮。」

「你們一起度過了二十年好時光。比大部分人都強了。」

「我很貪心，羅絲。我還想要更多。」

「所以你很生氣自己得不到。」

「沒錯，我想是吧。我很氣她得了動脈瘤。很氣醫師們救不了她。而且很氣——」他停下來，深深吐了口氣。「對不起，那眞的很難熬。最近一切都變得好難熬。」

「我也有同感，」她柔聲說。

他們沉默地注視彼此。是啊，對守寡的羅絲來說，當然更難熬，因爲她失去了她唯一的孩子。他很好奇如果自己再婚，她是否能夠諒解。或者她會覺得那是一種背叛？形同把她女兒的回憶，送進一個更深的墳墓？

忽然間，他發現自己無法承受她的目光，於是帶著罪惡感別開眼睛。那天下午稍早，他看著凱薩琳．柯岱兒，感覺到自己清楚無誤的欲望騷動時，也曾有這樣的罪惡感。

他放下空杯子，站了起來。「我該走了。」

「又要回去忙工作了？」

「在逮到他之前，都沒辦法鬆懈的。」

她送他到門口，站在那兒看著他走過小小的花園到前柵門。他回頭說：「把門鎖好，羅絲。」

「啊，你老是這麼說。」

「而且我都是認真的。」他揮揮手離開了，心想：尤其是今晚。

我們所知道的，決定了我們的去向；而我們的去向，決定了我們知道些什麼。

珍．瑞卓利坐在她的公寓裡，瞪著牆面大軟木塞板上的那張波士頓地圖時，這首詩像一首煩人的兒歌不斷在她腦袋裡重複。伊蓮娜．歐提茲的屍體發現後，她就把地圖釘上去。隨著調查的進行，她在地圖上釘了愈來愈多彩色圖釘。有三種不同的顏色，代表三個不同的女人。白色代表伊蓮娜．歐提茲。藍色代表黛安娜．史特林。綠色代表妮娜．裴頓。每個圖釘都標示著這個女人活動範圍中的一個已知地點。她的住處，她上班的地方，親密朋友或家人的家，去的醫療機構。簡單說，就是獵物的棲息地。在每個女人日常活動的世界裡，都跟外科醫生的世界有一個交會點。

我們所知道的，決定了我們的去向；而我們的去向，決定了我們知道些什麼。

那外科醫生去向哪裡？她很想知道。他的世界是由什麼構成的？

她正在吃她冷掉的晚餐，一個鮪魚三明治和洋芋片，配上啤酒，邊嚼邊研究著那張地圖。地圖就掛在她餐桌旁邊的牆上，每天早上喝咖啡、晚上吃晚餐——如果她能到家吃晚餐——之時，她的目光就不自覺轉到那些彩色圖釘上。其他女人可能會在牆上掛花卉圖片或漂亮的風景或電影海報，但她則是瞪著一張死亡地圖，上頭追溯著死者的移動痕跡。

她的生活已經變成這樣了：吃、睡，還有工作。到現在她已經在這戶公寓住了三年，但牆上還是沒什麼裝飾。沒有植物（誰有時間澆水啊？），沒有愚蠢的小擺設，連窗簾都沒有。窗戶上只有百葉簾。就像她的生活，她的家也爲了配合工作而設計得簡單有效率。她愛自己的工作，也爲這份工作而活。自從十二歲那年，一個女警探在「職業介紹日」來他們學校那天起，她就曉得自己想當警察。那天，全班先聽了一個護士和一個律師介紹，然後是一個麵包師和一個工程師。學生們愈來愈吵。橡皮筋射來射去，小紙團也滿天亂飛。然後那個女警站起來，腰間皮套裡插著手槍，全班忽然安靜下來。

那一幕瑞卓利永遠忘不了。她永遠記得，當時就連班上的男生，都敬畏地看著一個女人。現在她也成爲那樣的女警了，而儘管她可以贏得十二歲小男生的敬畏，卻還是得不到成年男子的尊重。

成爲最優秀的是她的策略。工作上勝過他們，比他們更出色。於是她就變成現在這樣，連吃晚餐時都還在工作。兇殺案配鮪魚三明治。她喝了一大口啤酒，然後往後靠坐，瞪著地圖。看著這張人類的死亡地圖，有點令人毛骨悚然。死者以往在這些地方生活，那些地點對她們很重要。昨天開會時，犯罪心理學家札克醫師講了一些罪犯側寫的專有名詞。定位點。活動節點。目標背景。唔，她不需要札克那些花俏名詞和電腦程式，也知道自己在看什麼，曉得如何解譯。看著地圖，她所想像的是一片充滿獵物的無樹大草原。彩色圖釘界定了三隻不幸瞪羚的個人領域。黛安娜·史特林的領域在北邊的後灣區和烽火台丘。伊蓮娜·歐提茲的領域在南城區。妮娜·裴頓則是在西南邊的郊區牙買加平原。三個分離的棲息地，沒有重疊。

那你的棲息地在哪裡？

她試圖透過兇手的眼睛看這個城市。看著摩天大樓以及都市街道。綠色的公園就像一片片牧草地。街道上一群群愚蠢的獵物移動著，不曉得有個獵人正在觀察他們。一隻漂泊的掠食動物穿越距離和時光，下手殺戮。

電話鈴響，她驚跳起來，碰翻了啤酒。狗屎。她抓起一捲紙巾，擦拭流出來的啤酒，一面接起了電話。

「我是瑞卓利。」

「哈囉，小珍？」

「喔。嘿，媽。」

「你從來不回我電話。」

「啊？」

「我前兩天打給你。你說你會再打給我，結果根本沒有。」

「我忘了。我工作忙昏了。」

「法蘭克下星期要回家。是不是太棒了？」

「是啊。」瑞卓利嘆了口氣。「太棒了。」

「你一年才見到你哥哥一次，就不能表現得高興一點嗎？」

「媽，我累了。日夜在忙著辦這個外科醫生的案子。」

「警察抓到他了沒？」

「我就是警察啊。」

「你知道我的意思啦。」

是啊，她的確知道。她母親大概想像小珍負責接電話、端咖啡給那些重要的**男性警探**。

「你會回來吃晚飯，對吧？」她母親說，話題馬上又撇開珍的工作。「下個星期五。」

「我不確定。要看案子辦得怎麼樣。」

「啊，你可以為你哥哥回來一趟的。」

「如果到時候真的忙，我可能就得改天了。」

「我們不能改天。麥克已經答應星期五要開車南下了。」

是啊當然。我們就配合麥克老弟吧。

「小珍？」

「好啦，媽。就星期五。」

她掛掉電話，悶了一肚子氣，這種感覺她太熟悉了。老天，她的童年是怎麼熬過來的？

她拿起啤酒，喝掉裡面剩下的幾滴，然後又抬頭看著地圖。那一刻，對她而言，逮到外科醫生的重要性更是前所未有。多年來身為被忽視的妹妹，身為不重要的女孩，讓她把怒氣對準了他。

你是誰？你在哪裡？

她僵立不動好一會兒，瞪著眼睛思索。然後她拿起那包圖釘，挑了個新顏色。紅的。她把一個釘在聯邦大道上，另一個釘在南城區的朝聖者醫院上。

紅色圖釘標示出凱薩琳．柯岱兒的棲息地。和黛安娜．史特林與伊蓮娜．歐提茲的棲息地交會。柯岱兒就是她們的共同元素。她移動的軌跡，經過了兩個被害人的世界。

而第三個被害人妮娜．裴頓的性命，現在就掌握在她手中。

10

即使是星期一傍晚，感恩酒館依然很熱鬧。此時是七點，單身上班族紛紛下了班，準備好要在城裡玩一玩。這裡是他們的遊戲場。

瑞卓利坐在靠入口的一張桌子旁，每次門一開，她就感覺到一陣陣溫熱的城市空氣吹進來，隨之進來的男男女女，不是GQ雜誌的複製品，就是穿著三吋高跟鞋的芭比娃娃辦公室系列。瑞卓利則穿著她平常沒有曲線的長褲套裝和務實的平底鞋，感覺自己像個高中的監護老師。她看到兩個女人走進來，優雅如貓，留下一股混合的香水味。瑞卓利從不擦香水。她只有一管唇膏，連同一根乾掉的睫毛膏和一瓶粉底液，放在浴室櫥子的深處。她是五年前在一家百貨公司的化妝品專櫃買來這些東西的，當時以為或許有了正確的工具，就連她都能像封面女郎伊麗莎白・赫莉。那個專櫃小姐幫她又擦又刷，又畫又描，等到化妝完畢之後，她得意地將鏡子遞給瑞卓利，微笑問道：「你對你的新造型覺得怎麼樣？」

瑞卓利瞪著鏡中的自己，心中好恨伊麗莎白・赫莉給了女人虛假的期望。殘酷的眞相是，有的女人永遠不會變美，而瑞卓利認為自己就是其中之一。

所以她就在沒人理睬的狀況下，坐在那兒喝著薑汁汽水，觀察著酒館裡逐漸塞滿了人。這些人很吵，嘈雜的談話和冰塊碰撞的叮噹聲不絕於耳，他們的笑聲有點太響，有點太刻意了。

她站起來，走向吧檯。把警徽亮給酒保看，同時說：「我要請教幾個問題。」

他幾乎沒看她的警徽，兀自在收銀機上按了一杯酒的金額。「好吧，請說。」

「你記得在這裡見過這個女人嗎？」瑞卓利把一張妮娜．裴頓的照片放在吧檯上。

「見過，你不是第一個來問起她的警察。大概一個月前吧，另一個女警探也來過。」

「性犯罪組的嗎？」

「結果呢？」

「應該是吧。她問我有沒有看到誰去勾搭照片上的那個女人。」

他聳聳肩。「在這裡，每個人都想勾搭個床伴。我不會特別去注意的。」

「可是你記得見過這個女人嗎？她叫妮娜．裴頓。」

「我見過她來這裡幾次，通常是跟一個女性朋友。我不曉得她的名字。她好一陣子沒來了。」

「你知道爲什麼嗎？」

「不知道。」他拿起一條抹布，開始擦吧檯，注意力已經轉到別的地方去了。

「我來告訴你爲什麼，」瑞卓利說，憤怒地抬高嗓門。「因爲有個混帳決定要找點樂子。所以他來這裡找被害人下手。他四處看看，看到妮娜．裴頓，心想：這娘兒們不錯。他看著她的時候，眼裡看到的不是人類。他只看到一個可以利用完再丟掉的東西。」

「哎，你不必告訴我這個。」

「不，有必要。而且你非聽不可，因爲當初事情就發生在你眼前，可是你選擇不去看。有個渾球把一顆藥偷放進一個女人的酒裡面。沒多久她就不舒服，腳步不穩進了洗手間。那個渾球後來攙著她出去，結果你什麼都沒看到？」

「對，」他反擊。「我什麼都沒看到。」

整個酒館安靜下來。瑞卓利看到大家瞪著她看。她沒再說話，只是大步走回自己那桌。過了一會兒，大家又恢復交談了。

她看著酒保把兩杯威士忌滑到一個男人面前，看到那男人把其中一杯遞給一個女人。她看著有人把瑪格麗特調酒舉到唇邊，舔掉杯口的鹽，還看到有人仰頭喝著伏特加和龍舌蘭酒及啤酒。然後她看著一個個男人盯著一個個女人。她喝著自己的薑汁汽水，忽然覺得腦袋發昏，不是因爲酒精，而是因爲怒火。她一個人坐在角落，可以清楚看出這個地方的本質。這是掠食者和獵物群聚的酒吧。

她的呼叫器響了起來。是巴瑞．佛斯特呼叫她。

她用手機回電。「你那邊怎麼那麼吵？」佛斯特的聲音幾乎聽不見。

「我坐在一家酒吧裡。」她轉身瞪著旁邊一桌爆出笑聲的人。「你剛剛說什麼？」

「……一個在馬博洛街的醫生。我拿到她醫療紀錄的影本了。」

「誰的醫療紀錄？」

「黛安娜．史特林的。」

瑞卓利立刻往前弓身，每一分注意力都集中在佛斯特微弱的聲音上頭。「再講一遍。那個醫生是誰，爲什麼史特林去看他？」

「是個女醫生。邦妮．格雷思皮，馬博洛街的一個婦科醫生。」

又一陣吵雜的笑聲淹沒佛斯特的話。瑞卓利手摀著耳朵，好聽清他接下來的話。「爲什麼史特林去看她？」她朝手機裡喊道。

但其實她已經知道答案了。她瞪著酒吧，那一幕就在她眼前，兩個男人圍著一個女人，就像兩隻獅子在逼近一隻斑馬。

「性攻擊，」佛斯特說。「黛安娜·史特林也被強暴過。」

「三個人都是性攻擊的受害者，」摩爾說。「但是伊蓮娜·歐提茲或黛安娜·史特林都沒報案。我們會發現史特林被強暴，是因爲我們清查了本地的婦女診所和婦科醫師，看她是不是去治療過。史特林甚至沒跟父母提過自己被攻擊。我今天早上打電話過去問，他們聽了很震驚。」

現在上午才過了一半，但圍著會議桌那一張張臉看起來都累壞了。他們忙得睡眠不足，但眼前還有漫長的一天要應付。

馬凱特副隊長說：「所以唯一知道史特林被強暴的，就是馬博洛街的這位婦科醫師？」

「邦妮·格雷思皮醫師。黛安娜·史特林只去過一次，是因爲擔心自己會感染上愛滋病。」

「格雷思皮醫師對於那個強暴事件知道些什麼？」

佛斯特開口回答，因爲之前是由他去訪談這位醫師的。他打開資料夾，裡面放著黛安娜·史特林的醫療紀錄。「格雷思皮醫師是這麼寫的：三十歲白人女性要求做愛滋病篩檢。六天前進行沒有保護措施的性行爲，不確定伴侶是否帶原。詢問她的伴侶是否爲高風險族群，病患變得激動且掉淚。顯示此性行爲並非自願，她不知道攻擊者的名字，也不願意報案。拒絕轉診做強暴諮詢。」佛斯特抬起頭。「這是格雷思皮醫師從她身上得到的所有資訊。她做了骨盆檢查，還進行了梅毒、淋病、愛滋病篩檢，然後叫病人兩個月後回來進行後續的愛滋病血液檢測。但病人沒回去過，因為她死了。」

「她收集了強暴證物袋嗎？有沒有採到精液？」

「沒有。病人，呃……」佛斯特尷尬得臉紅了。有的話題就連已婚的佛斯特都覺得難以啟齒。「她在攻擊之後，就趕緊灌洗了幾次。」

「能怪她嗎？」瑞卓利說。「狗屎，換了我也想用陰道灌洗液。」

「三個強暴被害人，」馬凱特說。「這不是巧合。」

「那個強暴犯，」札克醫師說。「我想就是你們要找的不明嫌犯。妮娜．裴頓身上採到的DNA狀況怎麼樣？」

「正在加速趕工，」瑞卓利說。「檢驗室已經拿到精液樣本將近兩個月了，什麼都沒做。所以我趕緊催他們。我們就祈禱這個加害人的資料已經在聯合DNA索引系統裡頭了吧。」

聯合DNA索引系統（Combined DNA Index System）簡稱CODIS，是聯邦調查局的全國DNA檔案資料庫。這個系統才剛開始發展，還有五十萬名已定罪攻擊者的基因檔案尚未輸入系統。想查到一個資料符合的已知攻擊者，機會非常渺茫。

馬凱特看著札克醫師。「我們的不明罪犯先是性攻擊被害人。後來又回來殺掉她？這合理嗎？」

「對我們來說，未必要合理。」札克說。「只要他覺得合理就行了。強暴犯回去第二度攻擊被害人，這種事並不稀奇。這牽涉到一種所有權的意識。他們已經建立了一種伴侶關係，無論有多麼病態。」

瑞卓利冷哼一聲。「你說這是伴侶關係？」

「建立在加害人和被害人之間的。聽起來很病態，但確實存在。這是基於權力建立起來的。首先他奪走她的權力，讓她比較不像個人類。她現在只是個物品。他知道這點，而且更重要的是，她也知道。她已經損壞了，被羞辱了，這個事實可能會刺激他回來找她。首先他用強暴在她身上留下記號，然後他回來索取最後的所有權。」

損壞的女人，摩爾心想。那就是這幾個被害人之間的共同連結。他忽然想到，凱薩琳也是其中之一。

「他從來沒強暴過凱薩琳．柯岱兒，」摩爾說。

「但她是強暴被害人。」

「攻擊她的人已經死掉兩年了。外科醫生怎麼會發現她是被害人？甚至怎麼會知道她這個人的存在？她從不談那樁攻擊事件，跟任何人都不談的。」

「她在網路上談過，不是嗎？那個私人聊天室……」札克暫停。「耶穌啊，他有可能是在網路上找到他的被害人嗎？」

「我們研究過這個可能性，」摩爾說。「妮娜．裴頓根本沒有電腦。柯岱兒在那個聊天室裡從來沒跟任何人透露過自己的名字。所以我們又回到原來的問題了：爲什麼外科醫生要瞄準柯岱兒？」

札克說：「他好像迷上她了。還特地嘲弄她。他冒了很多險，只是爲了要用電子郵件寄那張妮娜·裴頓的照片給她。這爲他引來一連串災難事件。那張照片讓警方找到妮娜家。他匆忙離開，沒有完成殺人，沒有達到滿足。更糟的是，他還留下一個目擊證人。這是最糟糕的錯誤。」

「那不是錯誤，」瑞卓利說。「他是故意要留下活口的。」

聽了這句話，會議桌旁的一張張臉都露出狐疑的表情。

「不然，這樣的錯誤還能有什麼解釋？」她繼續說。「他寄給柯岱兒的那張照片，是故意要引我們介入的。他寄出去，然後等著我們。等到我們打電話到被害者家裡。他知道我們要趕過去了。然後他割了她的喉嚨但沒割好，因爲他就是要我們發現她還活著。」

「喔是啊，」克羅冷哼道。「這全都是他的計畫。」

「那他這麼做的原因是什麼？」札克問瑞卓利。

「原因就寫在被害人的右大腿。妮娜·裴頓是獻給柯岱兒的禮物。用意是要把她給嚇死。」

大家沉默了片刻。

「如果是這樣，那他達到目的了，」摩爾說。「柯岱兒嚇壞了。」

札克往後靠，思索著瑞卓利的觀點。「爲了要嚇一個女人，他可眞是冒了很多險啊。這是自大狂的徵兆，可能顯示他逐漸喪失心理的防禦能力。殺人狂傑佛瑞·達默和泰德·邦迪最後就是這樣。他們無法控制自己的幻想。他們變得大意，然後就開始犯錯了。」

札克站起來，走向牆上的一張圖表。上頭有三個被害人的名字。在妮娜·裴頓的名字底下，他寫下第四個名字：凱薩琳·柯岱兒。

「她現在還不是他的被害人。但是出於某種原因，他把她視爲有興趣的目標。他是怎麼挑上她的？」札克看了會議室裡一圈。「你們訪談過她的同事嗎？有任何人讓你們特別警覺嗎？」

瑞卓利說：「我們已經排除掉急診室醫師肯恩．金博。妮娜．裴頓被攻擊的那天晚上，他正在值班。我們也訪談過大部分的男性醫療員工，還有住院醫師。」

「那柯岱兒的搭檔法寇醫師呢？」

「法寇醫師還沒排除。」

這下子瑞卓利吸引到札克醫師的注意了，他盯著她，雙眼有種奇怪的光芒。兇殺組的警探們都稱之爲神經病醫師的眼神。「再多說點詳情吧。」他輕聲說。

「法寇醫師的學經歷看起來很漂亮。麻省理工學院畢業，主修航空工程學。哈佛醫學博士。曾在彼得．班特．布萊根醫院擔任外科住院醫師。由單親媽媽撫養長大，一路努力上大學、讀完醫學院。擁有一架飛機，他自己開。長得也不錯。不是梅爾．吉勃遜那種大帥哥，但是會吸引人多看兩眼的。」

達倫．克羅大笑。「嘿，瑞卓利用長相來評估嫌疑犯哩。女警都是這樣的嗎？」

瑞卓利狠狠瞪著他。「我的意思是，」她繼續，「這個人可以輕鬆吸引到一打女人。但我聽護士說，他唯一有興趣的女人就是柯岱兒。他一直約她出去，已經不是祕密了。但她也一再拒絕。或許他開始有點不高興了。」

「我們得好好留意法寇醫師。」札克說。「不過先不要太早縮小範圍。現在我們先回到柯岱兒醫師身上。外科醫生挑上她，有其他原因嗎？」

摩爾把這個問題從根源扭轉過來。「如果她不是一連串獵物中的其中之一呢？如果他眞正的目標，一直就是她呢？這些攻擊都重演了喬治亞州那幾樁案子的模式，也就是柯岱兒差點遇害的那個模式。我們始終不明白，他爲什麼要模仿安德魯．卡普拉。我們始終不明白，爲什麼他要瞄準卡普拉手下唯一的倖存者。」他指著名單。「其他這幾個女人，史特林、歐提茲、裴頓，如果都只是替代品，用來暫時代替主要的目標呢？」

「這是報復性目標的理論，」札克醫師說，「你沒辦法殺掉你眞正痛恨的那個女人，因爲她的力量太強大了，太有威脅性了。所以你殺掉一個替代品，代表那個目標。」

佛斯特說：「你的意思是，他眞正的目標，從一開始就是柯岱兒？可是他又怕她？」

「艾德蒙．肯培就是這樣，他殺害了好幾個大學女生，到最後才殺掉他的母親。」札克說。「他鄙視的其實是她，她才是眞正的目標。但他把怒氣發洩在其他人身上。隨著每次攻擊，他都象徵性地摧毀一次他的母親。一開始，他沒辦法眞的殺了她，因爲她在他眼中太有權威了。在某種層面上，他怕她。但隨著每次殺人，他都更增加了信心和力量。到最後，他終於達成目標。他敲碎了他母親的頭骨，把她的頭割下來，強暴她。最後爲了要羞辱她母親，還把她的喉頭割下來，塞進廚餘處理器中。他怒氣的眞正目標終於死了，於是他停止了殺人，然後向警方自首。」

巴瑞．佛斯特通常是犯罪現場最容易嘔吐的人，他現在想到肯培殘忍的收場屠殺，又有點要吐的樣子。「所以前面這三樁攻擊，」他說，「有可能只是暖場而已？」

札克點點頭。「沒錯，眞正的重頭戲，就是殺掉凱薩琳．柯岱兒。」

凱薩琳走進候診室，摩爾看到她臉上迎接的笑容，簡直是心痛，因爲他知道自己等一下要問的問題，一定會摧毀這份歡迎。這會兒看著她，他看到的不是一個受害人，而是一個溫暖的美麗女子，她立刻伸出雙手握住他的手，而且似乎捨不得放開。

「希望現在找你談，不會造成不方便。」他說。

「我永遠都會爲你撥出時間的，」然後又露出那迷人的笑容。「要不要喝杯咖啡？」

「不用了，謝謝。我很好。」

「那就到我辦公室吧。」

她坐在辦公桌後頭，期待他帶來的消息。過去幾天，她已經學得信賴他，此刻她的眼神毫不防備，好容易受攻擊。他已經成爲她的朋友，爭取到她的信任，但現在他就要摧毀這份信任了。

「現在每個人都覺得很明顯，」他說，「外科醫生的焦點是集中在你身上。」

她點點頭。

「我們想知道的是爲什麼。爲什麼他要重演安德魯．卡普拉的罪案？爲什麼你會變成他注意的目標？你知道答案嗎？」

她雙眼中現出迷惑。「我不知道。」

「我們覺得你知道。」

「我怎麼會曉得他的想法？」

「凱薩琳，他可以追蹤波士頓的任何女人。他可以挑一個沒準備的，不曉得自己被追獵的。去追逐容易下手的被害人，對他來說要合理得多。你是他所能選擇最困難的獵物，因爲你已經會提防有人攻擊。而且他還警告你，嘲弄你，讓這場追獵更困難。為什麼？」

她眼中再也沒有歡迎之意了。她的肩膀忽然挺直，雙手在辦公桌上握成拳。「我一直跟你說，我不知道！」

「你是安德魯．卡普拉和外科醫生之間唯一的實際連結。」他說。「你是他們共同的受害人。那就像是卡普拉還活著，從他中斷的地方重新接續下去。而他中斷的地方，就是你。逃脫掉的人。」

她往下看著辦公桌，看著檔案整齊堆放在不同的收件和送出盒子裡。看著她以緊密而精確的字跡寫的醫學筆記。雖然她坐著完全不動，但手指的指節突出，明顯得像象牙。

「有關安德魯．卡普拉，你有什麼沒告訴我的？」他柔聲問。

「我沒瞞著你任何事。」

「他攻擊你的那一夜，為什麼要去你家？」

「這有什麼相關的？」

「在幾個被害人中，你是卡普拉唯一認識的人。其他被害人都是陌生人，是他在酒吧裡勾搭上的女人。但你不同。他選擇了你。」

「他當時——可能一直很氣我。」

「他當時去找你，是要談工作上的事情，談他犯的一個錯。你當初是這麼跟辛格警探說的。」

她點點頭。「不只是一個錯而已。而是一連串的錯。醫學上的錯誤。另外他碰到血液檢測結果異常，也沒有採取進一步行動。他老是粗心大意。那天稍早在醫院，我就當面跟他談過了。」

「你跟他說了什麼？」

「我告訴他，他應該換另一個專科發展。因爲我不會推薦他實習第二年了。」

「他威脅你了嗎？或者表達他的憤怒？」

「沒有。怪的就在這裡。他只是接受，而且還……對我微笑。」

「微笑？」

她點點頭。「好像他其實不在乎似的。」

想到那個畫面，摩爾不寒而慄。當時她不可能知道卡普拉的微笑，只是要掩飾他深不可測的憤怒。

「那天晚上，在你家，」摩爾說，「他攻擊你的時候——」

「我已經從頭到尾講過了。都在我的陳述裡，那裡頭全都有。」

摩爾停頓一下，不情願地又進逼。「有些事情你沒告訴辛格，你漏掉了。」

她抬頭看，憤怒得雙頰漲紅。「我沒有遺漏什麼！」

他眞恨自己必須用更多問題逼她，但實在沒辦法。「我重新看過卡普拉的驗屍報告，」他說。「跟你給薩凡納警方的陳述並不一致。」

「我把事情經過全都告訴辛格警探了。」

「你說你當時身子探出床邊，伸手到床下拿槍。然後你就在那個位置瞄準卡普拉開槍。」

「那是眞的，我發誓。」

「根據驗屍報告，子彈往上經過他的腹部，穿過胸背脊椎，讓他癱瘓了。這部分符合你的陳述。」

「那你爲什麼說我撒謊？」

摩爾又暫停一下，簡直滿心反感得不想再問、不想再傷害她了。「問題出在第二顆子彈，」他說。「那是近距離射出的，正中他的左眼。但他當時躺在地上。」

「那想必是他身體往前彎時，我開了槍。」

「想必？」

「我不知道。我不記得了。」

「你不記得開了第二槍？」

「對。不對……」

「哪個是眞的，凱薩琳？」他輕聲說，但沒辦法撫平他尖銳的問題。

她猛地站起來。「我不要這樣被人問話。我是被害人啊。」

「而我想設法保住你的命。我得知道眞相。」

「我已經告訴你實話了！現在我覺得你該走了。」她走到門邊，用力拉開，忽然驚訝得倒抽一口氣。

彼得．法寇就站在門外，一手舉起來正要敲門。

「你還好吧，凱薩琳？」彼得問。

「一切都好得很，」她兇巴巴地說。

彼得目光淩厲地看著摩爾。「這怎麼回事，警察來騷擾你嗎？」

「我正在問柯岱兒醫師幾個問題，如此而已。」

「我在外頭聽起來不像這樣。」彼得看著凱薩琳。「你要我送他出去嗎？」

「我自己可以處理。」

「你沒有義務回答任何問題。」

「這點我很清楚，謝謝。」

「好吧。但如果你需要我，我就在這裡。」彼得最後又警告地狠狠瞪了摩爾一眼，然後轉身回到自己的辦公室；而在走廊另一頭，助理海倫和另一個會計都正盯著她看。她慌忙又把門關上。有好一會兒，她背對著摩爾。然後她挺直背脊，回過頭來面對他。她現在不回答，以後也是要回答，問題不會消失的。

「我沒瞞著你什麼，」她說。「如果我沒把那天晚上發生的事情全都告訴你，是因為我不記得了。」

「所以你向薩凡納警方陳述的內容，不完全是實話。」

「我說出那份陳述時，還在住院治療。辛格警探徹底跟我談過，幫我拼湊出事情的經過。我告訴他的，都是當時我以為正確的。」

「但是現在你確定嗎？」

她搖搖頭。「很難搞清哪些記憶是真實的。好多事情我不記得，因為卡普拉給我吃的那個藥。羅眠樂。每隔一陣子，我腦袋裡就會閃出當時的一段畫面。有可能是真的，也有可能不是。」

「那些畫面，到現在還是會突然出現嗎？」

「昨天晚上就有一次。是好幾個月來的第一次。我本來以爲自己已經拋開了。我以爲那些記憶都過去了。」她走到窗前往外看。那片視野被旁邊大樓的陰影籠罩著。她的辦公室面對著醫院，看得到一排排病房的窗子。那是病人和垂死之人的私密世界。

「對一般人來說，兩年好像很久，」她說。「久得足以忘記了。但其實，兩年根本不算什麼。一點也不久。那一夜之後，我沒法回到自己住的房子裡，根本沒法踏入事發的那個地點。我父親只好幫我收拾東西，搬到新住處。當時我是住院總醫師，見慣了流血和內臟。但只要想到進入那條走廊，打開我以前臥室的門——我就全身冒冷汗。我父親試圖理解，但他是陸軍老兵，他受不了軟弱的人。他認爲那件事不過像是作戰受傷，傷口會痊癒，然後你就繼續過自己的人生。他叫我別那麼幼稚，看開一點。」她搖搖頭笑了。「看開一點。聽起來好容易。他不曉得光是每天早上要走出家門，走到我的汽車，暴露在外，對我來說有多麼困難。過了一陣子，我就沒再跟他聯絡了，因爲我知道他很嫌惡我的軟弱。我已經好幾個月沒打電話給他了……

「我花了兩年，才終於控制住我的恐懼。過著還算正常的生活，不會覺得經過的每個樹叢都會有人忽然跳出來。我找回了自己的生活。」她一手撫過雙眼，迅速而憤怒地擦掉淚水。她的聲音變得只剩氣音。「但現在我又失去了……」

她努力忍著不哭，全身顫抖，雙手交抱，手指深深嵌進手臂。他從椅子上站起來，走向她。站在她旁邊，他不曉得如果自己碰觸她，她會有什麼反應。她會避開嗎？光是男人的手碰一下她，會讓她反感嗎？他無奈地看著她整個人縮成一團，覺得她就要在自己面前崩潰了。

他輕輕碰觸她的肩膀。她沒瑟縮，沒躲開。他把她轉向自己，雙手環抱著她，拉進自己懷裡。她的痛苦之深令他震驚，他感覺得到她全身都在顫抖，就像一場風暴不斷吹襲著搖晃的橋。儘管她沒發出聲音，但他感覺到她顫抖著吸氣，強忍著哽咽。他的唇印在她頭髮上。他忍不住，她的需求令他深有所感。他捧起她的臉，吻她的前額，她的眉毛。

她在他懷裡一動也不動，他心想：我越過界線了，然後趕緊放開她。「對不起，」他說。「我不該那樣的。」

「是啊，是不應該。」

「你可以忘了這件事嗎？」

「那你可以嗎？」她輕聲說。

「可以。」他站直身子。然後又更堅定說了一次，好像要說服自己。「可以。」

她低頭看著他的手，他知道她在看什麼。他的婚戒。「為了你太太著想，我希望你忘得掉。」她說，故意要引起他的罪惡感，也的確達到目的了。

他看著自己的婚戒，這個簡單的金色戒環他戴了好久，久得像是嵌進他的肉裡了。「她叫瑪麗，」他說。他知道凱薩琳怎麼以為：他背叛自己的妻子。現在他幾乎是拚命想解釋，好挽回自己在她心中的形象。

「事情發生在兩年前。她腦部出血，但沒有立刻死掉。有六個月之久，我一直祈禱，等著她醒來……」他搖搖頭。「醫師說她處於長期的植物人狀態。老天，我真恨這個詞，植物人。好像她是一棵菜或一棵樹，在那邊嘲笑她以前的樣子。她過世的時候，我都認不出她了。瑪麗以前的樣子一點也不剩。」

她的碰觸出乎他的意料，他自己反倒瑟縮了。在窗外透進來的灰色光線中，他們沉默相對，他心想：任何親吻和擁抱，都無法讓我們比此刻更靠近了。兩個人所能分享最親密的感情，不是愛也不是欲望，而是痛苦。

對講機的嗚聲打破沉默。凱薩琳眨眨眼，好像忽然想起身在何處。她轉向自己的辦公桌，按了對講機的鍵。

「什麼事？」

「柯岱兒醫師，外科加護病房剛剛打電話來。他們要你馬上過去。」

凱薩琳瞥了摩爾一眼，從她的眼神中，摩爾知道兩人都在想同一件事：**妮娜．裴頓有動靜了。**

「是有關第十二床嗎？」凱薩琳問。

「對。病人剛剛醒了。」

11

妮娜．裴頓驚惶的雙眼睜得好大。四條約束帶把她的手腕和腳踝繫在床邊欄杆上，她奮力想掙脫雙手，手臂的筋腱突出，像一根根繩子。

「她大概五分鐘前恢復意識，」外科加護病房的護士史黛芬妮說。「我先是注意到她的心跳加快，然後看到她睜開眼睛。我一直想讓她冷靜下來，但是她一直想掙脫束縛。」

凱薩琳看著心臟監視器，看到心跳雖然很快，但是沒有心律不整。妮娜的呼吸也很急促，中間偶爾還夾雜著一陣陣痰排出氣管的猛喘。

「是因為氣管插管，」凱薩琳說。「害她很恐慌。」

「要我給她一點鎮靜劑嗎？」

摩爾站在門口說：「我們需要她保持清醒。如果她又失去意識，我們就沒法讓她回答問題了。」

「她現在插著氣管，反正也不能講話。」凱薩琳看著史黛芬妮。「上次的血液氣體分析狀況怎麼樣？能不能幫她拔管？」

史黛芬妮翻著病歷表上的一張張紙。「都在邊緣。氧分壓六十五。二氧化碳分壓三十二。我們插管輸送的是百分之四十的氧氣。」

凱薩琳皺起眉，眼前的選項她一個都不喜歡。她希望妮娜醒著，能讓警察盡量訪談，但現在她同時要擔心太多事情。一根管子插在喉嚨，任何人都會因此恐慌，而妮娜更是焦慮得手腕都已經擦傷了。可是拔管也有風險。開刀後，她的肺部可能有液體累積，儘管她都在吸百分之四十的氧氣——含氧量是一般空氣的兩倍——但她的血氧飽和度還是遠遠不足。這就是爲什麼凱薩琳還是讓插管留在原處。如果他們拔管，就會失去安全的緩衝地帶。如果不拔管，病人就會繼續恐慌而掙扎。如果給她打鎮靜劑，摩爾的問題就得不到回答了。

凱薩琳看著史黛芬妮。「我要幫她拔管。」

「你確定？」

「如果有任何惡化狀況，我再插管就是了。」凱薩琳說，看到史黛芬妮眼中的表情是說得倒是容易。插管幾天之後，咽喉組織有時會腫起來，再度插管就會變得很困難。到時候，就只能採用緊急氣管切開術了。

凱薩琳繞到病人頭部後方，輕輕捧著她的臉。「妮娜，我是柯岱兒醫師。我要把管子拔出來。這是你希望的嗎？」

病人拚命猛點頭。

「我要你完全不能動，好嗎？這樣才不會傷到你的聲帶。」凱薩琳抬頭看了一眼。「面罩準備好了嗎？」

史黛芬妮舉起塑膠的氧氣面罩。

凱薩琳鼓勵地捏了一下妮娜的肩膀，然後撕開固定管子位置的膠帶，將氣球狀充氣套囊內的空氣排出。「深吸一口氣，然後吐出來。」凱薩琳說。她看著妮娜的胸部膨脹，接著等妮娜吐氣時，凱薩琳就把管子拉出來。

隨著管子出來，妮娜又咳又喘地噴出一陣黏液。凱薩琳撫摸她的頭髮，輕輕在她耳邊說話，同時史黛芬妮把一個氧氣面罩幫她繫好。

「你做得很好，」凱薩琳說。

但心臟監視器上顯示的心跳速度還是很快。妮娜驚恐的目光一直盯著凱薩琳，好像視她爲救生索，不敢移開目光。凱薩琳看著病人的雙眼，感覺到一種不安的熟悉感閃過心頭。*這就是兩年前的我。在薩凡納的醫院裡醒來。脫離了一個夢魘，又進入另外一個……*

她看著綁住妮娜手腕和腳踝的約束帶，想起被綁著的感覺有多麼可怕。她當初就是被安德魯·卡普拉這樣綁住的。

「幫她解開約束帶，」她說。

「但她可能把身上的管線拉掉。」

「解開就是了！」

被她這麼一兇，史黛芬妮漲紅了臉，一言不發解開約束帶。她不明白；沒人能明白，除了凱薩琳——即使在薩凡納事件兩年之後，她仍然受不了袖口被束緊。隨著最後一條約束帶解開，她看到妮娜的嘴唇嚅動，無聲發出一個訊息。

謝謝。

逐漸地，心電圖的嗶嗶聲減緩了。在心跳聲持續的韻律中，兩個女人凝視彼此，如果凱薩琳從妮娜的雙眼中認出了一部分的自己，那麼妮娜也一樣，似乎在凱薩琳的雙眼中認出了自己。那是被害者之間無言的姐妹之情。

我們的人數遠超過任何人所知。

「兩位警探，你們現在可以進來了。」護士說。

摩爾和佛斯特走進加護病房的隔間裡，發現凱薩琳坐在床邊，握著妮娜的手。

「她要求我留下，」凱薩琳說。

「我可以找個女警來。」摩爾說。

「不，她要的是我。」凱薩琳說。「我不會離開的。」

她雙眼直視摩爾，眼神毫不讓步，於是他明白，這已經不是他兩個小時前擁在懷中的那個女人了；眼前是她的另一面，兇猛又防備，在這件事情上，她不會退讓的。

他點點頭，坐在床邊。佛斯特放好錄音機，然後退到床尾一個不顯眼的位置。摩爾會挑選佛斯特進來協助訪談，就是因爲他沉穩、安靜，又有禮貌。眼前妮娜·裴頓最不需要的，就是一個太有侵略性的警察。

她的氧氣面罩已經取下來，代之以氧氣鼻導管，空氣嘶嘶從管子輸入她的鼻孔。她的目光驚惶地投向兩個男警探，對於任何威脅、任何突來的姿勢都很警覺。摩爾小心翼翼地保持溫和的口氣，先介紹自己和巴瑞·佛斯特。他引導她講完開場白，確認她的名字和年齡及地址。這些資訊他們都已經知道了，但要求她對著錄音機說出來，可以證實她的精神狀態正常，也可以表明她的清醒，有能力做這份陳述。她回答的聲音沙啞、沒有高低起伏，而且怪異地缺乏情緒。她的冷漠讓他不安；他覺得自己好像是在聽一個死人說話。

「我沒聽到他進我屋子，」她說。「一直到他站在我床邊朝下看，我才醒來。我不該讓窗子開著的。我不該吃那些藥……」

「什麼藥？」摩爾輕聲問。

「我一直失眠，因爲……」她的聲音愈來愈小。

「因爲強暴的事情？」

她別開眼睛，躲掉他的目光。「我一直作惡夢。去了診所，他們給我一些藥丸。好幫助我入睡。」

結果一個惡夢，活生生的惡夢，就走進她的臥室了。

「你看到他的臉嗎？」他問。

「當時很黑。我聽得到他的呼吸聲，但我沒辦法動，也沒辦法尖叫。」

「你已經被綁住了？」

「我不記得他動手綁我。我不記得是怎麼被他綁住的。」

氯仿，摩爾心想，趁她還沒完全醒來，先把她迷昏。

「接下來發生了什麼事，妮娜？」

她的呼吸加快。在她病床上方的監視器上，心跳的嗶嗶聲變快了。

「他坐在我床邊的一把椅子上。我看得到他的影子。」

「他做了什麼？」

「他——他跟我說話。」

「他說了什麼？」

「他說……」她吞嚥著。「他說我很骯髒。被玷污了。他說我應該被自己的污穢搞得很噁心。而他——他要割掉被污染的那部分，讓我恢復純淨。」她暫停，然後用氣音說：「那一刻我知道，我死定了。」

儘管凱薩琳的臉色發白，但病人的臉看起來卻奇異地鎮定，彷彿她是在談另一個女人的夢魇，不是她自己的。她再也不看摩爾了，而是瞪著他後方的某個點，像是透過遠方一個綁在床上的女人看出去。而在一張暗處的椅子上，有個男人低聲描述著他接下來要做的恐怖事情。摩爾心想，對外科醫生來說，這是前戲。讓他興奮、讓他滋長的就是這個：一個女人的恐懼氣味。他坐在她床邊，以種種死亡的畫面灌輸她的心。她的皮膚冒出汗水，散發出驚恐的酸味。這是他渴望的誘惑香水。他吸進去，變得興奮起來。

「接下來呢？」摩爾說。

沒有回答。

「妮娜？」

「他把燈轉過來，照著我的臉。就正對著我的眼睛，所以我看不到他。我唯一能看到的，就是燈的強光。然後他拍了我的照片。」

「然後呢？」

她看著他。「然後他走了。」

「他把你一個人留在屋裡？」

「不是。我聽得到他，走來走去。還有電視——一整夜，我都聽到電視的聲音。」

兇手的模式改變了，摩爾心想，和佛斯特交換了震驚的眼神。外科醫生現在更有自信，也更大膽了。他這回沒在短短兩三個小時內完成殺人，而是拖得很久。一整夜，還有次日的白天，他就讓他的獵物綁在床上，讓她想著即將到來的苦刑。他不管其中的種種風險，把她恐懼的時間拉長。也延長自己的愉悅。

監視器上的心跳速度又加快了。儘管她的聲音聽起來單調而死板，但在平靜的表面之下，她其實還是很害怕。

「然後呢，妮娜？」他問。

「到了下午的某個時間，我一定是睡著了。等我醒來時，四周又是一片黑暗。我好渴。我唯一想得到的，就是好想喝水……」

「他中間離開過你嗎？讓你單獨在屋子裡？」

「我不知道。我只聽得到電視的聲音。後來他關掉的時候，我知道。我知道他又要回我房間了。」

「接著他做了什麼？他開了燈嗎？」

「對。」

「你看到他的臉嗎？」

「只有眼睛。他戴了口罩，就是醫師們戴的那種。」

「但是你看到了他的眼睛。」

「對。」

「你認得他嗎？你這輩子見過這個人嗎？」

她沉默許久。摩爾心臟怦怦跳，希望能等到自己要的答案。

然後她輕聲說：「沒見過。」

他往後沉坐回椅子裡，病房裡的緊張氣氛忽然消除。對這個被害人來說，外科醫生是個陌生人，一個無名男子，他爲什麼挑上她，依然是個謎。

他掩飾著自己的失望，又開口：「描述一下他的樣子，妮娜。」

她深吸一口氣，閉上眼睛，彷彿要召喚回憶。「他……留著短髮。剪得很整齊……」

「什麼顏色？」

「褐色。一種淡褐色。」

符合他們在伊蓮娜．歐提茲的傷口裡發現的那根頭髮。「所以他是白人了？」摩爾問。

「對。」

「眼珠呢？」

「一種淡的顏色。藍色或灰色。我不敢直接看他的眼睛。」

「那他的臉型呢？圓的？橢圓的？」

「窄窄的，」她暫停一下。「很普通。」

「身高和體重？」

「我實在很難——」

「你就盡量猜一下。」

她嘆了口氣。「中等吧。」

中等，普通。這個惡魔看起來就跟其他人一樣。

摩爾轉向佛斯特。「讓她看一下嫌犯檔案照相簿。」

佛斯特遞給他第一本，這種照片集每頁有六張照片。摩爾把相簿放在一張附滾輪的床邊側桌上，然後把桌子推到病人面前。

接下來半小時，他們看著她不停地翻閱著相簿，心中的希望也一路往下沉。沒有人講話，只有氧氣的嘶嘶聲和翻閱相簿的聲音。這些照片是已知性犯罪者的檔案照，當妮娜一頁接一頁翻過去，摩爾覺得這些臉孔好像漫長得沒有盡頭，好像這一張張臉代表著每個男人的黑暗面，代表人類面具底下卑劣的獸性衝動。

他聽到有人輕敲著病房的窗子。抬頭一看，珍．瑞卓利跟他打了個手勢。

他走出去找她。

「指認出任何人了嗎？」她問。

「不會有的。他當時戴了外科手術面罩。」

瑞卓利皺起眉頭。「爲什麼要戴口罩？」

「可能是他儀式的一部分，讓他興奮的一部分。在自己的夢想中扮演醫師。他跟她說，他要割掉她被玷污的器官。他知道她被強暴過。他切除掉什麼？就是子宮。」

瑞卓利看著病房內，輕聲開了口：「他戴著那個口罩的原因，我想到了一個。」

「什麼？」

「他不希望她看到他的臉。他不希望她認出他。」

「但那就表示……」

「就是我從一開始在講的。」瑞卓利把頭轉回來。「外科醫生本來就打算要讓妮娜・裴頓活著。」

我們對人類心靈的所知，實在是太少了。凱薩琳心想，一邊審視著妮娜・裴頓胸部的X光片。站在半黑暗中，她凝視著夾在燈箱上的片子，研究著骨頭和內臟投下的影子。胸廓，像彈簧床一般的橫膈，以及最上方的心臟。心臟不是靈魂的所在之處，只是一個肌肉構成的泵浦，並不比肺臟或腎臟具有更多神祕的功能。但就連凱薩琳這樣受過扎實科學訓練的人，當她看著妮娜・裴頓的心臟，也很難不被它象徵的意義所感動。

那是倖存者的心。

她聽到隔壁房間傳來人聲。是彼得，正在問檔案職員一個病人的片子。過了一會兒，他走進X光判讀室，看到她站在看片台前時，他暫停了一下。

「你還在這裡？」他說。

「你也是啊。」

「但是我今天晚上待命，你又沒有。怎麼不回家呢？」

凱薩琳轉回去看妮娜的胸部X光片。「我想先確定這個病人穩定下來再說。」

他走過去站在她旁邊，好高，好壯碩，因而她差點忍不住避開一步。他看了一下那張片子。

「除了一點氣胸，我看不出有什麼好擔心的。」他看到了片子角落的名字是「無名氏女子」。「這是十二號病床的那個女人嗎？一大堆警察老守著不走的那個？」

「對。」

「聽說你幫她拔管了。」

「兩個小時前，」她不情願地說。她不想談妮娜．裴頓，不想透露自己跟這個案子有個人牽扯。但彼得一直在追問。

「她的血液氣體分析還好吧？」

「都還可以。」

「其他一切也都穩定？」

「對。」

「那你就回家吧，我可以幫你處理的。」

「我想自己盯著這個病人。」

他一手放在她肩膀上。「從什麼時候開始，你不再信任你自己的工作搭檔了？」

被他一碰，她立刻全身僵住。他也感覺到了，於是抽回手。

沉默一會兒之後，彼得走到一旁，開始把他那幾張X光片放到燈箱上，迅速推好位置。他帶來的是一套腹部的電腦斷層掃描，那些片子佔用了一整排夾子。等到他都放好了，他直直站著不動，X光影像映在他的眼鏡上，看不到他的雙眼。

「我不是你的敵人，凱薩琳，」他輕聲說，沒看著她，而是看著燈箱。「我眞希望能讓你相信這點。我一直在想，我一定是做了什麼，說了什麼，才會改變我們之間的一切。」最後他終於轉過頭來看著她。「我們以前都習慣依賴對方的。至少是以工作搭檔的身分。要命，才前兩天，我們簡直是在那個男人的胸腔裡攜手合作！但現在你連讓我幫你照顧一個病人都不肯。認識這麼久，你難道對我還不夠熟悉，還不能信任我嗎？」

「我最信任的外科醫師，就是你了。」

「那到底是怎麼回事？我早上去辦公室，才發現有人闖入過，可是你卻不跟我談這件事。我問你有關十二號床的病人，你也不肯跟我談。」

「警方要求我不要談。」

「這幾天警方好像控制了你的生活。爲什麼？」

「我不能跟別人討論這件事。」

「我不光是你的工作夥伴，凱薩琳。我還以爲我是你的朋友。」他朝她走了一步。他的體型很魁梧，光是走近就忽然害她覺得喘不過氣來。「我看得出你很害怕。你把自己鎖在辦公室裡，看起來像是好幾天沒睡覺。我再也看不下去了。」

凱薩琳把妮娜．裴頓的X光片拉下燈箱，放進封袋內。「事情跟你沒有關係。」

「有，只要影響到你，就跟我有關係。」

她的防衛心立刻轉變爲憤怒。「我們就把事情說清楚吧，彼得。沒錯，我們一起工作；沒錯，我尊敬你的醫術。我喜歡你這個工作夥伴，但我們並不分享彼此的生活，也絕對不分享彼此的祕密。」

「爲什麼不？」他輕聲說。「你怕告訴我的是什麼？」

她凝視他，被他聲音裡的溫柔搞得心慌。在那一刻，她最想做的就是卸下身上的重擔，把自己在薩凡納所發生的種種丟臉細節都告訴他。但她知道這樣坦白的後果。她明白被強暴就是永遠被玷污，永遠都是受害者。她無法容忍憐憫。尤其不能是彼得的憐憫，他的尊重對她太重要了。

「凱薩琳？」他伸出手。

她雙眼泛淚，望著他舉起的那隻手。然後就像一個溺水的人選擇了黑暗的大海而非被救援，她沒去握。

反之，她轉身走出去。

12

無名氏女子換病房了。

我手裡握著一管她的血，很失望摸起來是冷的。因爲放在試管架上太久了，裡面原來儲存的體溫已經隔著玻璃發散而出，消失在空氣中。冷冷的血是死掉的東西，沒有力量和靈魂，也無法感動我。我留意的是上頭的標籤，貼在玻璃管上那張長方形的白紙，上頭印著病人的名字、病房號碼、醫院號碼。儘管名字是「無名氏女子」，但我知道這管血其實是誰的。她已經不在外科加護病房了，現在移到了五三八號——那是外科病房。

我把試管放回去，架子上還有兩打其他試管，上方是藍、紫、紅、綠各色橡膠瓶塞，每種顏色代表不同的處理程序。紫色瓶塞是要做血球計數檢驗，藍色瓶塞是凝血檢測，紅色瓶塞是血液生化分析。某些紅色瓶塞的管子裡，血液已經凝結成深色的膠狀。我翻了那一疊檢驗單，找到了無名氏女子那一張。今天早上，柯岱兒醫師要求檢驗兩項；全血球計數和血清電解質。我又去翻昨天晚上的檢驗單，找出另一張有柯岱兒醫師名字的複寫紙。

「緊急動脈血氣分析，拔管後。鼻導管輸入兩公升氧氣。」

妮娜．裴頓已經拔管了。她現在是自行呼吸，不需要機器輔助，喉嚨沒有管子了。

我在工作站前靜坐不動，想的不是妮娜．裴頓，而是凱薩琳．柯岱兒。她以爲她贏了這一回合。她以爲她是妮娜．裴頓的救星。現在該是教她搞清自己的位置，該是讓她學著謙卑的時候了。

我拿起電話，打到醫院膳食部。一個女人接了電話，她的聲音很匆忙，背景有餐盤碰撞的聲音。晚餐時間快到了，她沒時間浪費在閒聊上。

「這裡是五樓西翼，」我撒謊說。「我想我們可能搞混了兩個病人的餐。你能不能告訴我，你們那邊五三八號病房是訂什麼餐？」

她停頓一下，敲著鍵盤，叫出資訊。

「清流質，」她回答。「對嗎？」

「對，沒錯。謝謝你。」我掛斷電話。

今天早上的報紙上有報導，說妮娜．裴頓依然昏迷，尚未脫離險境。結果不是，她已經醒了。

凱薩琳．柯岱兒救了她的命，我早就知道了。

一名抽血的護理師來到我工作的位置，把裝滿血液試管的架子放在櫃檯上。我們彼此微笑，一如每天慣例，兩個友善的同事都自動把對方想得很好。她很年輕，堅實挺立的胸部在白色制服下像兩顆甜瓜般突起，還有一口整齊健康的白牙。她拿起一疊空白的檢驗申請單，搖搖手，然後走出去。我很好奇她的血嚐起來是不是鹹的。

機器的嗡嗡聲和咕嚕聲持續響著，催人欲眠。

我來到電腦前，叫出五樓西翼的病人名單。那一區有二十個病房，排列成H形，護士站位於中間的橫槓上。我逐一看著病患名單，總共有二十三個人，我閱讀他們的年齡和診斷狀況，然後停在第十二個名字，五二一號房。

「賀曼．桂多斯基先生，六十九歲。主治醫師：凱薩琳．柯岱兒醫師。診斷：多重腹部創傷，已動過緊急剖腹手術。」

五二一號房所在的那條走廊，跟妮娜．裴頓病房的那條平行。從五二一號房，看不到妮娜的病房。

我點了桂多斯基先生的名字，叫出他的檢驗流程表。他已經住院兩個星期，他的流程表很長。我可以想像他的雙臂，上頭的靜脈血管充滿了針孔和瘀血。從他的血糖濃度，我發現他有糖尿病。他的白血球數很高，則顯示他有某種感染。另外我也發現，他有個待驗的培養，是從他腳上一個傷口採樣的。糖尿病已經影響到他四肢的循環，他腳上的組織已經開始壞死。還有一個待驗的培養，是從他中央靜脈導管的插入部位採樣的。

我的注意力放在電解質。他的鉀濃度持續增高。兩星期前是四．五。上星期是四．八。昨天是五．一。他已經老了，有糖尿病的腎臟設法要排出每天累積在他血液中的毒素——比方鉀。要把他弄死，眞是輕而易舉。

我從來不認識賀曼．桂多斯基先生——至少沒有面對面見過。我去找放在櫃檯上的血液試管架，看著上頭的標籤。這個試管架是五樓東翼和五樓西翼的血樣，裡頭放了二十四根試管。我找到五二一號房的一根紅蓋子試管，裡頭是桂多斯基先生的血。

我拿起那根試管，在燈下旋轉著審視。裡頭沒有凝結，顏色深濃，看起來很鹹，彷彿刺入桂多斯基先生靜脈的那根針是刺入了一口壅塞的井。我打開瓶塞嗅嗅看，聞到了老年人的尿臊味，還有感染的羶甜味。我聞到一具已經開始腐壞的身體，儘管腦子仍不肯承認周圍的軀殼即將死亡。

用這個方式，我認識了桂多斯基先生。

這段友誼將不會持續太久。

安潔拉．羅賓斯是個認眞負責的護士，賀曼．桂多斯基十點該注射的抗生素還沒送來，讓她很不高興。她去找五樓西翼的病房職員，「我還在等桂多斯基的靜脈注射藥品。你能不能再打電話幫我催一下藥劑處？」

「你去檢查過藥劑部推車了嗎？是九點送來的。」

「裡頭沒有給桂多斯基的。他現在就需要靜脈注射的哌拉西林。」

「啊，我現在才想到。」那職員站起來，走到另一個櫃檯的收件箱。「有個四樓西翼的助理剛剛把這個送上來。」

「四樓西翼？」

「這一袋送錯樓了。」那職員檢查上頭的標籤。「桂多斯基，五二一A。」

「沒錯，」安潔拉說，接過那個小小的靜脈注射袋。回到病房的路上，她檢查袋子上的標籤，確認病人姓名、開藥醫師，還有加入鹽水袋中的哌拉西林劑量。結果都正確。十八年前，安潔拉剛加入這一行時，註冊護士只要走到病房的供應室，拿起一袋靜脈注射液，加入必要的藥劑就行了。但後來少數幾個精神欠佳的護士犯了錯，引起幾樁轟動的訴訟，一切都改變了。現在就連一袋生理食鹽水加鉀，都得由醫院的藥劑部送出。使得本來就已經很複雜的醫療體系上多一層管理，多一道手續。她眞討厭這樣，因爲這袋靜脈注射液因而遲到了一個小時。

她把桂多斯基的靜脈注射管換到新的這袋，再將袋子掛上注射架。從頭到尾，桂多斯基先生都躺著沒動。他已經昏迷兩星期了，也開始散發出死亡的氣味。安潔拉當了護士這麼久，已經認得出那種氣味，就像發酸的汗，那是最後一程的序曲。每回她一聞到，就會跟其他護士低聲說：「這一個撐不過去了。」她現在就這麼想著，把靜脈注射率開大，檢查病人的生命徵象。*這一個撐不過去了。*不過她還是盡力做好自己的工作，給予每個病人一視同仁的照顧。

該幫病人擦澡了。她端了一盆溫水到床邊，浸溼一條毛巾，開始幫桂多斯基擦臉。他嘴巴張著，舌頭乾得發皺了。眞希望他們能放手。眞希望他們能讓他脫離這個悲慘的苦海。但那個兒子連急救模式都不肯更改，於是這個老人繼續活著，心臟在逐漸腐朽的軀體裡繼續跳動。而其實，這樣根本不算活著了。

她脫掉病人身上的袍子，檢查中央靜脈導管的插入處。傷口看起來稍微發紅，讓她有點擔心。病人的兩隻手臂都快要沒有地方插針了。現在這裡是他們唯一的靜脈入口，安潔拉很盡責的保持傷口乾淨，勤於更換紗布。等她擦澡完畢之後，就要換紗布了。

她往下擦著軀幹，毛巾撫過一根根肋骨。她看得出他從來就不是肌肉發達的人，現在他的胸部更是只剩皮包骨。

她聽到腳步聲，不太高興地看到桂多斯基先生的兒子走進病房。他只看她了一眼，就令她提高戒備——他就是那種人，老是指責別人的錯誤和缺失。他常常這樣對待他妹妹。有回安潔拉聽到他們在吵，差點就要開口幫那個妹妹說話了。畢竟，安潔拉沒有資格去指責這個兒子不該欺負人。但她也不必對他太過友善。於是她只是點了個頭，繼續擦澡。

「他情況怎麼樣？」艾文．桂多斯基問。

「還是一樣。」她的聲音冰冷而實際。她眞希望他離開，不必在那邊假裝他很關心，也讓她好好做自己的工作。她沒那麼笨，知道這個兒子來病房不是出於愛，而是他已經習慣凡事作主，才不會把控制權交給其他任何人，哪怕是死神。

「醫師來看過他了嗎？」

「柯岱兒醫師每天早上都來。」

「關於他現在還昏迷，柯岱兒醫師有沒有說什麼？」

安潔拉把毛巾放進水盆裡，直起身子來看著他。「我不確定還有什麼好說的，桂多斯基先生。」

「他還會昏迷多久？」

「那得看你要讓他昏迷多久。」

「這話是什麼意思？」

「你不認爲，讓他走會比較仁慈嗎？」

艾文．桂多斯基瞪著她。「是啊，這會讓每個人都輕鬆點，對吧？也可以空出一張病床。」

「我沒那個意思。」

「我知道現在的醫院都有經營壓力。病人如果待得太久，就會增加成本。」

「我只是在談什麼對令尊最好。」

「最好的方式就是醫院盡自己的責任。」

安潔拉已經很後悔了，於是轉頭抓起盆子裡的毛巾，雙手顫抖著擰乾了。別跟他吵。做你的事就好。他就是那種會跟你爭到底的人。

她把溼毛巾放在病人的腹部，這時才發現老人已經沒有呼吸了。

安潔拉立刻探了探脖子的脈搏。

「怎麼了？」那兒子問道。「他還好吧？」

她沒回答。只是往他旁邊擠過去，衝進走廊。「藍色警報！」她喊道。「這裡有藍色警報，五二一號病房！」

凱薩琳衝出妮娜．裴頓的病房，繞過轉角到下一條走廊。醫護人員已經紛紛湧向五二一號房，或者出來走廊上察看，還有一群睜大眼睛的醫學院學生站在那裡，探著頭察看動靜。

凱薩琳擠進房間，在一片混亂中喊道：「發生了什麼事？」

桂多斯基的護士安潔拉說：「他剛剛停止呼吸了！也沒有脈搏。」

凱薩琳擠到床邊，看到另一個護士已經把氧氣面罩蓋在病人臉上，開始用甦醒球把氧氣打到病人的肺臟。一名實習醫師雙手放在病人胸部，隨著他每按壓胸骨一次，就把心臟的血液擠出來，推進動脈和靜脈，輸送到各個器官和腦部。

「心電圖電極片貼好了！」一個人喊道。

凱薩琳的目光轉向監視器。上頭的軌跡顯示出心室纖維顫動，也就是心臟的各個房室再也無法收縮。反之，每根肌肉都在顫動，心臟變成了一個鬆弛的袋子。

「電擊板充好電了嗎？」凱薩琳說。

「一百焦耳。」

「動手吧！」

那個護士把去顫電擊板放在病人胸膛喊道，「大家離手！」

電擊板放出電流，直透心臟。病人的軀幹抽搐著跳起一下，像一隻貓在熱燙的煎鍋上。

「還是心室纖維顫動！」

「一毫克腎上腺素靜脈注射，然後一百焦耳再電擊，」凱薩琳說。

腎上腺素從中央靜脈導管快速注入。

「離手！」

電擊板上放出電流，病人的軀體又抽搐著跳起。

在監視器上，心電圖的軌跡往上直跳，然後又掉下來成爲一條顫抖的線。垂死心臟的最後抽動。

凱薩琳低頭看著病人，心想：我要怎麼讓這具憔悴的軀體復活？

「你想要——繼續——下去嗎？」實習醫師邊按壓邊喘氣著說。一滴晶亮的汗滑下他的臉頰。

我根本不想幫他急救，她心想，正要喊停時，安潔拉過來跟她咬耳朵：

「他兒子在這裡。他正在看。」

凱薩琳的目光射向站在門口的艾文・桂多斯基。現在沒辦法了，要是不全力急救的話，他兒子就一定會讓他們付出慘痛的代價。

監視器上，那條線像是風暴海洋的海平面。

「我們再來一次，」凱薩琳說。「這回兩百焦耳。抽血送去做緊急電解質檢查！」

她聽到急救車抽屜嘩啦啦打開。有人拿出血液試管和皮下注射器。

「我找不到血管！」

「用中央靜脈導管。」

「大家離手！」

每個人都後退一步，讓電擊板釋出電流。

凱薩琳看著監視器，希望電擊造成的衝擊能讓心臟恢復跳動。但那條線垮下來，幾乎沒有起伏了。

另一劑腎上腺素注入中央靜脈導管。

臉紅氣喘的實習醫生又開始按壓胸部。另一個護士換手接過甦醒球，把氧氣打進肺部，但那就像是想把生命吹入一具完全乾掉的軀殼中。凱薩琳已經聽得出周圍的人聲變化，原來緊急的語氣不見了，現在的聲調都平板而機械。現在只是做做樣子，因爲失敗已是無法避免的了。她看看病房四周，有至少一打人擠在病床邊，也看得出大家都有相同的結論，只等著她說話了。

於是她開口。「正式宣佈死亡吧，」她說。「時間是十一點十三分。」

沉默中，每個人都往後退，看著他們搶救失敗的對象，賀曼．桂多斯基，冰冷地躺在一團團電線和靜脈注射管中。一個護士關掉心電圖監視器，螢幕畫面消失了。

「不能用心臟整律器嗎？」

正在簽急救程序表的凱薩琳轉過來，看到病人的兒子走進病房。「我們實在救不了他，」她說。「很遺憾。我們沒辦法讓他的心臟恢復跳動。」

「他們不能用心臟整律器嗎？」

「我們已經用盡所有辦法——」

「你們唯一做的就是電擊他。」

*唯一？*她看看房內四周，看著他們努力的證據，用過的皮下注射器和裝藥品的玻璃小瓶和壓皺的包裝紙。那是每場戰役之後都會留下的醫藥殘骸。病房裡的其他人都在看，等著看她怎麼處理這個狀況。

她放下寫到一半的寫字板，憤怒的話幾乎要衝口而出了。但她沒有機會說出來，而是轉身朝房門看過去。

病房區某處傳來一個女人的尖叫聲。

凱薩琳立刻衝出病房，護士們緊跟在後頭。跑過轉角，她看見一個醫護助理站在走廊上，啜泣著指向妮娜的病房。病房門口的那張椅子是空的。

這裡應該有個警察的。他人呢？

凱薩琳推開病房門，整個人僵住了。

她第一個看到的是血，一道道鮮紅的血從牆上流下來。然後她看到她的病人，四肢大張趴在地板上。妮娜倒下的位置在床和門之間，看起來在倒下之前還勉強走了幾步。她的靜脈注射管拔掉了，一道食鹽水從拉開的管口流到地上，形成一灘透明的液體，緊臨著旁邊更大灘的鮮血。

他來過這裡。外科醫生來過這裡。

儘管所有的直覺都在尖叫著要她退後，逃走，但她還是強迫自己往前走，在妮娜身邊跪下。血透進了她的刷手服褲子，還是溫的。她把屍體翻過來仰躺著。

只要看一眼那張蒼白的臉，那對瞪大的眼睛，她就知道妮娜已經死了。*不久之前，我才聽過你的心跳聲。*

茫然中，凱薩琳緩緩抬起頭，看到一圈震驚的臉。「那個警察，」她說。「那個警察人呢？」

「我們不曉得——」

她搖搖晃晃站起來，其他人趕緊後退讓開。她沒理會自己腳上踩了血，走出病房，雙眼慌忙看著走廊前後。

「啊老天，」一個護士說。

在走廊另一頭，一條暗色的線緩緩爬過地板。那是血，正從供應室的門底下流出來。

13

隔著犯罪現場的封鎖膠帶，瑞卓利看著妮娜．裴頓的病房。噴出來的動脈血液已經乾了，在牆上形成一片抛擲彩帶般的歡慶圖樣。她繼續沿著走廊往下，來到供應室，之前那個警察的屍體就是在裡面被發現的。這道門的門口也用犯罪現場的膠帶封了好幾道。門裡頭有一大批靜脈注射架，一排排置物架上放著便盆和水盆，以及一盒盒手套，上頭全都濺了血。警方的自己人死在這個房間裡，對於波士頓警局的每一個警察來說，追查外科醫生這件事，已經變成攸關個人恩怨的報仇行動了。

她轉向站在旁邊的那個制服警察。「摩爾警探人呢？」

「樓下的管理處。他們正在看醫院的監視錄影帶。」

瑞卓利朝走廊前後看了一眼，沒看到保全攝影機。所以不會有這個走廊的錄影畫面了。

到了樓下，她悄悄進入會議室，摩爾跟兩個護士正在那邊看監視錄影帶。沒有人抬頭看她一眼；他們的注意力全都放在眼前的電視螢幕，上頭正播放著錄影帶。

監視攝影機對著五樓西翼的電梯。在錄影帶裡，電梯門打開，摩爾按了暫停，把畫面凍結住。

「這裡，」她說。「這是宣佈藍色警報後第一批走出電梯的人。我算了有十一個人，他們全都急匆匆出了電梯。」

「藍色警報時，大家都會這樣的，」那個護士長說。「醫院的廣播系統會宣佈。任何有空的人，都要趕過去的。」

「仔細看看這些人，」摩爾說。「每個你都認得嗎？有沒有不該出現在那裡的人？」

「我沒辦法看清每一張臉。他們一起冒出來。」

「那你呢，雪倫？」摩爾問另一個護士。

雪倫湊近電視螢幕。「這裡這三個，她們是護士。另外旁邊這兩個年輕男子，他們是醫學院學生。我還認得那邊的那個男子——」她指著螢幕頂端。「是工友。其他人看起來很面熟，但我不知道他們的名字。」

「好吧，」摩爾說，聲音很疲倦。「我們看完剩下的。然後再去看樓梯間的攝影機。」

瑞卓利走近他們，站在護士長的正後方。

螢幕上正在倒帶，電梯門關上。然後摩爾按了播放鍵，門又打開了。十一個人走出來，像個多腳怪獸般一起匆忙趕去幫忙急救。瑞卓利看到他們臉上的急切，儘管錄影帶沒聲音，但那種危機感很明顯。這群人消失在螢幕左方。電梯門關上了。過了一會兒，門又打開，另一波人員湧出來。瑞卓利數了，有十三個人。到目前為止，不到三分鐘，就有總共二十四個人來到這個樓層——還只有搭電梯的人而已。另外有多少人是走樓梯來的？瑞卓利看著錄影帶，愈來愈驚奇。這個時機真是完美至極，宣佈藍色警報就像是引發一場大奔逃。幾十個人員從醫院各個角落匯聚到五樓西翼，任何人都可能穿上白袍混進去，也不會有人注意。不明嫌犯無疑是站在電梯後方，所有人的後面。他會小心不要讓攝影機拍到他，中間始終有人擋住。他顯然非常清楚醫院的種種運作狀況。

瑞卓利看著第二批電梯乘客走出螢幕。其中兩張臉從頭到尾都看不到。

接下來摩爾換了錄影帶，是對著樓梯間那扇門內的攝影機。一開始什麼都沒有。然後門打開來，一名穿著白袍的男子迅速經過。

「我認得他，那是馬克．諾柏，實習醫師。」雪倫說。

瑞卓利拿出她的線圈筆記本，抄下了名字。

門又打開來，兩個女人出現，都穿著白色制服。

「那是薇若妮卡．譚，」護士長指著比較矮的那位說。「她是負責五樓西翼的。藍色警報宣佈時，正好是她的休息時間。」

「那另一個呢？」

「我不曉得，她的臉看不太清楚。」

瑞卓利寫下：

十點四十八分，樓梯間攝影機。

薇若妮卡．譚，護士，五樓西翼。

不明女性，黑髮，白袍。

總共有七個人走過樓梯間的門。兩個護士認出其中五個。到目前為止，瑞卓利計算下來，已經有三十一個人經由電梯或樓梯來到五樓。再加上本來就在這裡工作的人員，當時至少有四十個人是在五樓西翼。

「接下來看看急救結束之後，大家離開時的情形，」摩爾說。「這回他們不趕時間了。或許你們可以再多認出幾張臉、講出幾個名字。」他按了快速前進。在螢幕最下方顯示的時間前進了八分鐘。急救還在進行中，但非必要人員已經開始離開這個病房區。他們走向樓梯間的門時，攝影機只拍到背影。首先是兩名男性醫學院學生，過了一會兒，另一個身分不明的男子獨自離開。然後許久都沒有動靜，摩爾按了快速前進。接下來是四個男人一起進入樓梯間。時間是十一分十四秒。此時急救狀況已經正式結束，賀曼．桂多斯基已經被宣佈死亡。

摩爾換了錄影帶，又是對著電梯的。

等到他們從頭再把錄影帶瀏覽一遍時，瑞卓利已經寫了三頁筆記，記下了急救期間到達的人數。十三個男人和十七個女人趕來。現在瑞卓利要計算急救結束後，有多少人離去。

結果總數加起來不符。

最後摩爾按下停止鍵，螢幕上一片空白。他們已經盯著錄影機超過一小時了，兩個護士一臉不知所措的茫然表情。

瑞卓利打破沉默，她的聲音似乎把兩個護士都嚇了一跳。「你們值班時，五樓西翼的工作人員有男性嗎？」她問。

護士長看著瑞卓利，似乎很驚訝有另一個警察偷溜進房間，她竟然沒發現。「有個男護士是三點開始值班。但白天值班的沒有男性。」

「所以急救狀況廣播時，五樓西翼沒有任何男性工作人員？」

「可能有外科住院醫師在五樓，但是沒有男護士。」

「哪些住院醫師？你還記得嗎？」

「他們總是進進出出的，巡房。我不會特別去記，我們自己的工作都忙不過來了。」那個護士看著摩爾。「我們真的得回五樓去工作了。」

摩爾點點頭。「你們可以走了，謝謝。」

等到兩個護士都離開房間，瑞卓利才對摩爾說。「急救狀況廣播時，外科醫生就已經在病房區了。對不對？」

摩爾站起來，走向錄放影機。從他的肢體語言中，瑞卓利看得出他很生氣，他把錄影帶扯出來，然後又抓起另外一捲錄影帶塞進去。

「十三個男人來到五樓西翼，但是有十四個男人離開。多了一個人。他一定早就在那邊了。」

摩爾按了播放鍵。樓梯間的影帶開始播映。

「該死，摩爾。安排保全的人是克羅。現在我們失去唯一的目擊證人了。」

他還是不說話，只是瞪著螢光幕，看著如今已經很熟悉的人影進出樓梯間的門。

「這個不明嫌犯有穿牆術，」她說。「他躲在空氣裡。他們那一樓值班的有五個護士，但沒有一個人注意到他在那兒。從頭到尾，他都跟她們在一起。」

「有這個可能。」

「那他是怎麼制伏那個警察的？爲什麼有警察會被說服，離開病人的門外？然後又踏進供應室？」

「一定是他很熟悉的人。或者看起來沒有威脅的人。」而在藍色警報的激動狀態下，每個人都忙著去搶救人命，此時一個醫院人員走向站在走廊上的警察求助，拜託警察到供應室幫他一下，也是很自然的。

摩爾按下暫停鍵。「那裡，」他輕聲說。「我想那就是我們要找的人。」

瑞卓利瞪著螢幕。上頭是警報早期時，獨自走出樓梯間門的那名男子。他們只看得到他的背部。他身穿白袍，頭戴手術帽。帽子底下露出一道窄窄的褐色短髮。他身材修長，肩膀一點也不壯，彎腰駝背的姿態像個走動的問號。

「這是我們看到他的唯一地方，」摩爾說。「我在電梯的影帶裡沒看到他。也沒看到他走進這個樓梯間的門。但是他從這裡離開。你看到他用臀部推開門，始終沒用手去碰門嗎？我敢說他一路都沒留下任何指紋。他太小心了。另外看看他都駝背，好像知道有攝影機在拍。他知道我們在找他。」

「有任何人指認出他嗎？」

「兩個護士都不曉得他是誰。」

「狗屎，他剛剛就在五樓啊。」

「還有很多人也在五樓。每個人都專心在救賀曼·桂多斯基。只有他除外。」

瑞卓利湊近螢幕，盯著框在白色走廊的那個身影。儘管看不到他的臉，但她仍不寒而慄，好像自己看著惡魔的雙眼。你是外科醫生嗎？

「沒人記得看過他，」摩爾說。「沒人記得跟他一起搭過電梯。可是他就在這裡。像個鬼魂一樣，可以任意出現又消失。」

「他是在藍色警報開始八分鐘之後離開的，」瑞卓利說，看著螢幕上的時間。「就跟在兩個醫學院學生後頭走出去。」

「沒錯，我找他們談過了。他們十一點要上課，所以才會早走。他們沒留意這個人跟在他們後面進了樓梯間。」

「所以我們根本沒有目擊證人。」

「只有這台攝影機。」

她還在盯著時間看。急救狀況開始後八分鐘。八分鐘很久。她設法在腦袋裡編排這八分鐘。走向那個警察：十秒。說服他跟著你沿著走廊往前幾呎到供應室去：三十秒。割斷他的喉嚨：十秒。走出去，關上門，進入妮娜·裴頓的病房：三十秒。這樣加起來頂多兩分鐘。所以還剩六分鐘。這些多餘的時間他用來做什麼？清理嗎？殺這兩個人製造了很多血；他很可能身上就濺了一些。

他有很多時間可以運用。螢幕上那個男子走出樓梯間的門十分鐘之後，護士助理才發現妮娜的屍體。到那時候，他可能早就上了自己的車子，離得遠遠的了。

時間算得完美無比。這個不明嫌犯的行動，精確得就像瑞士手錶。

忽然間她坐直身子，像是全身通了電一般恍然大悟。「他早就知道了。耶穌啊，摩爾，他早就知道會有藍色警報了。」她看著他，從他冷靜的反應，明白他已經得出這個結論了。「桂多斯基先生有任何訪客嗎？」

「他兒子。不過護士也都在場。而且病人發出病危警報時，她就在病房裡。」

「在藍色警報之前，發生了什麼事？」

「她換了一袋新的靜脈注射液。我們已經把那袋注射液送去分析了。」

瑞卓利又回去看著電視螢幕，畫面依然停格在那個白袍男子走到一半的身影。「這說不通吧。爲什麼他要冒這種險？」

「這是收尾，清除掉沒有了結的部分——目擊證人。」

「但妮娜·裴頓眞正目睹的是什麼？她只看到戴了面罩的臉。他知道她沒法指認他。他知道她根本不會構成危險。可是他還是費了這麼多麻煩去殺她。他冒著被逮到的危險，結果有什麼好處？」

「滿足感。他終於完成殺人工作了。」

「可是他本來就可以在她家完成啊。摩爾，那天晚上他是故意留下妮娜·裴頓這個活口的。這表示，他早就計畫好要這樣收場了。」

「在醫院裡？」

「沒錯。」

「爲了什麼？」

「我不知道。但我發現很有趣的是，在那層樓那麼多病人裡頭，他偏偏挑了凱薩琳·柯岱兒醫師的病人賀曼・桂多斯基，來轉移大家的注意力。」

摩爾的呼叫器響了起來。他去打電話時，瑞卓利的注意力又回到螢幕上。她按了播放鍵，看著那名白袍男子走向門。他歪著臀部壓住開門的推槓，然後走進樓梯間，他的臉從頭到尾都沒被攝影機拍到。瑞卓利又倒帶重看一遍，這回他的臀部微微旋轉時，她看到了。白袍底下有一塊突出來，在他右邊腰部的高度。裡頭藏著什麼？換洗的衣服？謀殺的工具？

她聽到摩爾朝電話裡說：「別去碰！保持原來的樣子。我馬上過來。」

他一掛掉電話，瑞卓利問：「你剛剛打給誰？」

「是凱薩琳，」摩爾說。「我們那位老兄剛剛又捎了個訊息給她。」

「這是跟著醫院的內部郵件送來的。」凱薩琳說。「我一看到信封，就知道是他寄的。」

瑞卓利看著摩爾掏出手套戴上，心想這個預防措施其實沒用，因爲外科醫生從來沒在任何證物上留下指紋。這個郵件是個大大的褐色信封袋，封口的繫繩拴住繩扣。信封正面以藍色墨水印著：「致凱薩琳・柯岱兒。來自A・C・的生日祝福。」

安德魯・卡普拉（*Andrew Capra*），瑞卓利心想。

「你都沒打開？」摩爾問。

「對。我馬上放在桌上，然後打電話給你。」

「好乖。」

瑞卓利覺得他這句話帶著優越感，但凱薩琳顯然不這麼覺得，只是緊張地朝他露出微笑。瑞卓利痛苦又嫉妒地發現，摩爾和凱薩琳之間有什麼在交流，一個眼神，一股暖意。這兩個人的發展，已經超過我原先的預期了。

「信封裡好像是空的，」他說，戴了手套的雙手開始把繫繩解開。瑞卓利放了一張白紙在桌面上，好接住裡頭的東西。他拉起封口，把信封袋倒轉過來。

一縷像絲一般的紅褐色細線滑出來，落在白紙上。

瑞卓利背脊發寒。「看起來像是人類的頭髮。」

「啊老天。啊老天……」

瑞卓利轉身，看到凱薩琳驚駭地後退。瑞卓利瞪著凱薩琳的頭髮，然後回頭看信封袋裡掉出來的那綹頭髮。是她的。那頭髮是柯岱兒的。

「凱薩琳。」摩爾輕聲安慰她。「說不定根本不是你的。」

她恐慌地看著他。「那如果是呢？他是怎麼——」

「你開刀房的置物櫃裡有放梳子嗎？或者在辦公室？」

「摩爾，」瑞卓利說。「你看看這些頭髮。不是從梳子上取下來的。是從髮根那一頭剪下來的。」她轉向凱薩琳。「上回幫你剪頭髮的是誰，柯岱兒醫師？」

凱薩琳緩緩走向桌子，看著那一綹剪下來的頭髮，好像看著一條毒蛇。「我知道他是什麼時候剪的，」她輕聲說。「我記得。」

「什麼時候？」

「就在那天晚上……」她一臉嚇傻的表情看著瑞卓利。「在薩凡納。」

瑞卓利掛掉電話，看著摩爾。「辛格警探確認了。當時她被剪掉一叢頭髮。」

「爲什麼辛格的報告裡沒提到？」

「柯岱兒本來不曉得被剪了頭髮，一直到住院第二天，照鏡子的時候才發現。而既然卡普拉死了，在犯罪現場也沒發現任何頭髮。辛格就假設那些頭髮是醫院裡的人員剪掉的，或許是在緊急治療的時候。柯岱兒的臉當時瘀青得很厲害，記得嗎？急診室可能剪掉一些頭髮，好清理她的頭皮。」

「辛格有沒有去查過，是醫院裡誰剪的？」

瑞卓利扔下鉛筆嘆了口氣。「沒有。他從來沒進一步追蹤。」

「他就這樣算了？因爲說不通，就從來沒在報告裡提起。」

「現在看也還是說不通！爲什麼剪下來的頭髮沒在犯罪現場，跟卡普拉的屍體一起留下？」

「那天晚上的事情，凱薩琳有一大半都不記得了。羅眠樂消除掉她一大塊記憶。卡普拉可能離開過屋子，稍後又回來。」

「好吧，最大的問題是，卡普拉都死了。他的紀念品怎麼會落在外科醫生手上？」

這個問題，摩爾也沒有答案。兩個兇手，一個活著，一個死了。是什麼把這兩個惡魔聯繫起來的？他們之間的連結不光是心靈能量，現在也有了實質的證據。他們有可能見過，接觸過。

他低頭看著那兩個證物袋。一個上頭的標籤是：不明的剪下頭髮。另一個袋子裡則是凱薩琳的頭髮，要用來比對的。他自己親自剪下那幾根紅銅色的頭髮，放進了塑膠夾鏈袋。這樣的頭髮的確是個吸引人的紀念品。頭髮是很私人的。女人留著頭髮，晚上也跟頭髮一起入眠。頭髮有香氣，有顏色，有質地，代表一個女人獨一無二的特質。難怪凱薩琳得知一個不認識的男人曾擁有她的頭髮，會那麼驚恐。想到他曾撫摸它、嗅著它，習慣它，就像一個情人逐漸熟悉她的氣味一般。

到現在，外科醫生已經熟知她的氣味了。

現在快半夜十二點了，但她家的燈還亮著。隔著拉上的窗簾，他看到她的身影掠過，知道她還沒睡。

摩爾走到停在路邊的巡邏車旁，彎腰跟裡頭兩個制服警察說話。「有沒有什麼要報告的？」

「她到家以後，就沒再走出這棟建築物。她在屋裡老是走來走去。看起來今天晚上她睡不著。」

「我去跟她談談，」摩爾說，轉身要過街。

「你會在裡頭待整夜嗎？」

摩爾站住了，全身僵硬地回頭看著那個警察。「你說什麼？」

「你會在裡頭待一整夜嗎？如果會的話，我們得交代給接班的人。讓他們知道跟她在一起的是我們自己人。」

摩爾把怒氣吞回去。那個巡邏警察的問題很合理，所以他爲什麼要貿然動怒？

因爲我知道自己半夜走進她門內，看起來像是怎麼回事。我知道他們腦袋裡會怎麼想。因爲我腦袋裡也在想同樣的事情。

他一踏入她公寓，就看到她眼中疑問的表情，他凝重地點了個頭。「恐怕檢驗結果確定了。他寄來的，是你的頭髮沒錯。」

她一時驚愕得說不出話來。

廚房裡的笛音壺發出哨音。她轉身走出客廳。

他回頭鎖門時，目光逗留在發亮的新嵌鎖上頭。要對抗一個可以穿牆入室的對手，就連調質鋼似乎都微不足道。他跟著她進入廚房，看著她關掉火。她笨拙地拿出一盒茶包，忽然倒抽一口氣，看著茶包散落在料理台上。這只是一個小小的意外，但似乎成了擊垮她的一拳。忽然間，她身子一軟靠著料理台，雙手握緊，白色的指節襯著白色的料理台。她努力忍著不哭，避免在他面前崩潰，但她已經逐漸輸掉這場戰役了。他看到她深深吸氣，看到她的雙肩聳起，整個身體竭力要制止自己哭出來。

他再也看不下去了。於是他走過去，把她拉進懷裡，擁住顫抖的她。他一整天都想著要擁抱她，一整天都在渴望。但他不希望是眼前這樣，她被恐懼逼得投入他的懷抱。他希望自己不光是個安全的避風港，一個可以仰賴的男人而已。

但這正是眼前她所需要的。於是他擁著她，保護她不受夜晚的恐懼侵襲。

「爲什麼這一切又再度發生了？」她低聲說。

「我不知道，凱薩琳。」

「那是卡普拉——」

「不，他死了。」他捧著她淚溼的臉，逼她看著自己。「安德魯．卡普拉死了。」

她望著她，在他的懷裡一動也不動。「那為什麼外科醫生選中我？」

「如果有人知道答案，那就是你了。」

「我不知道啊。」

「或許你沒意識到。但你自己告訴過我，你不記得在薩凡納曾發生的每件事。你不記得開了第二槍，你不記得誰剪了你的頭髮，也不記得什麼時候。還有其他什麼事，是你不記得的？」

她搖搖頭。然後眨眨眼，被他的呼叫器響聲嚇了一跳。

他們為什麼就不能給我點清靜？他走向廚房牆上的電話，拿起來回電。

接電話的是瑞卓利，一副指控的口吻。「你在她那裡。」

「眞會猜。」

「不，是來電顯示。現在是半夜十二點。你沒想過你自己在做什麼嗎？」

他不耐地說：「你呼叫我幹嘛？」

「她在旁邊聽嗎？」

他看著凱薩琳走出廚房。沒了她，廚房感覺似乎好空蕩，失去了生氣。「不在。」他說。

「我一直在想那一束剪下來的頭髮。你知道，她怎麼會收到，還有另一個解釋。」

「什麼解釋？」

「她寄給自己的。」

「我眞不敢相信我還要聽你胡說這些。」

「我也不敢相信你從來沒想到過。」

「那她的動機會是什麼？」

「就跟有些人跑到警察局，爲他們沒犯過的謀殺案自首一樣。看看她所得到的那麼多注意！你的注意！現在是半夜十二點，你就在她家，努力在照顧她。我不是說外科醫生沒盯上她。但這束頭髮讓我退後一步想，然後好驚訝。我們現在該仔細研究一下其他的觀點。外科醫生是怎麼拿到那束頭髮的？是卡普拉兩年前給他的嗎？他都躺在她臥室地板死掉了，怎麼能把頭髮給人？你也看過她的陳述，知道和卡普拉的驗屍報告有些地方不一致。我們都曉得她並沒有完全說出實話。」

「那份陳述是辛格警探哄著她說出來的。」

「你認爲是他教她怎麼說的？」

「想想當時辛格遭受到的壓力。四樁謀殺案，每個人都強烈要求要逮捕嫌犯。而他有個很棒、很討好的解答：兇手死了，被他打算加害的那個被害人槍殺。凱薩琳幫他結掉這個案子，即使他得把那些話塞進她嘴裡，也在所不惜。」摩爾停頓一下。「我們得知道薩凡納那一夜眞正的經過。」

「她是當時唯一在場的。可是她宣稱自己不記得全部。」

摩爾看著回到廚房的凱薩琳。「她會想起來的。」

14

「你確定柯岱兒醫師願意這麼做？」亞歷斯・波勒卻克問。

「她人都來了，等著要見你。」摩爾說。

「你沒硬說服她接受吧？因爲如果催眠對象抗拒的話，催眠就不會成功。她必須完全合作，否則只是浪費時間而已。」

瑞卓利已經說過這次安排的催眠是浪費時間了，兇殺組裡不少警探也有同樣的看法。他們認爲催眠只是表演，是拉斯維加斯藝人和魔術師的花招而已。有一度，摩爾也認爲是如此。

但梅根・佛羅倫斯的案子改變了他的看法。

一九九八年十月三十一日，十歲的梅根從家裡走到學校的途中，一輛汽車停在她旁邊。從此再也沒有人見過她。

這個綁架案唯一的目擊者，是一個事發時站在附近的十二歲男童。儘管他可以把那輛車看得很清楚，也說得出車子的形狀和顏色，卻不記得車牌號碼。幾個星期後，由於案子沒有新進展，女童的父母就堅持要找個催眠師跟那個男孩會面。由於各種調查途徑都已經山窮水盡，警方也就不情願地同意了。

當時的那次催眠，摩爾也在場。他看著亞歷斯・波勒卻克溫柔地引導那個男孩進入催眠狀態，驚奇地聽著男孩低聲說出車牌號碼。

兩天後，梅根・佛羅倫斯的屍體找到了，埋在綁架犯的後院裡。

摩爾希望，當年波勒卻克在那個男童的記憶中所施行的魔法，現在也能在凱薩琳・柯岱兒的身上重演。

他們兩人現在坐在訪談室外面，隔著單向鏡窗，看著坐在窗內的凱薩琳和瑞卓利。凱薩琳看起來很不安。她在座位裡挪動著，瞥了一眼窗子，好像知道有人在觀察她。她旁邊的小几上放著一杯茶，但她都沒動過。

「這段回憶對她來說很痛苦，」摩爾說。「她可能想要合作，但對她來說不會愉快。她被攻擊時，還在羅眠樂的藥效之下。」

「兩年前、吃了安眠藥的記憶？而且你說過，這段記憶已經不純粹了。」

「薩凡納的一個警探可能在訊問過程中，加上了一些暗示。」

「你知道我沒辦法變出奇蹟的。而且這次催眠所得到的資訊，法庭上都不會採納。這次的催眠，可能會讓她以後出庭作證的證詞都無效。」

「我知道。」

「可是你還是希望能進行催眠？」

「對。」

摩爾打開門，兩人走進訪談室。「凱薩琳，」摩爾說，「這位是我跟你提過的亞歷斯・波勒卻克先生。他是波士頓警察局的催眠師。」

於是凱薩琳和波勒卻克握手，她緊張地發出笑聲。

「對不起，」她說。「我想我不太確定你會是什麼樣。」

「你以為我會穿著黑斗篷，拿著魔術杖，」波勒卻克說。

「這個形象很荒謬，不過沒錯，我原先是這麼想的。」

「結果你卻看到一個矮矮的禿頭小胖子。」

她又笑，看起來輕鬆些了。

「你從來沒被催眠過？」他問。

「沒有。老實說，我不認為自己有辦法被催眠。」

「為什麼你會這麼想。」

「因為我其實不太相信催眠這種事。」

「可是你還是同意讓我試試看。」

「摩爾警探認為我應該。」

波勒卻克坐在一張面對她的椅子上。「柯岱兒醫師，如果這回要奏效，你不必相信催眠，但你必須希望能成功才行。你必須信任我。而且你必須願意放鬆自己，讓我引導你進入另一個狀態。這很像是你夜裡快要睡著時，所經歷的那個階段。你不會睡著，我保證，你會曉得周圍發生了什麼事。但你會非常放鬆，於是可以進入你記憶中的某些部分，是你通常碰觸不到的。那就像是打開你腦袋裡面一個原先上鎖的檔案櫃，終於可以拉開抽屜，拿出裡面的檔案。」

「我不相信的就是這部分：催眠可以逼我想起來。」

「不是逼你想起來，而是允許你想起來。」

「好吧，允許我想起來。想到催眠可以幫我取出一段我自己碰觸不到的記憶，感覺上好像不太可能。」

波勒卻克點點頭。「沒錯，你的懷疑態度沒有錯。似乎不太可能，對吧？但有個例子可以證明記憶是會被禁錮的。這叫做『反效果法則』。你愈是努力要想起某件事，就愈想不起來。我很確定你自己也有過經驗。我們全都有。比方說，你在電視上看到一個知名女星，你明明知道她的名字，但一時就是想不起來，搞得你快發瘋。你花了一個小時努力回想她的名字，還懷疑自己得了早期阿茲海默症。告訴我，你是不是碰到過這種事情？」

「常常呢。」凱薩琳現在露出微笑。顯然她喜歡波勒卻克，跟他在一起很自在。這是好的開始。

「到最後，你終於想起那個女星的名字，對不對？」他問。

「對。」

「結果是什麼時候？」

「我不再那麼努力想的時候。等到我放鬆了，去想別的事情。或者我躺在床上要睡覺的時候。」

「一點也沒錯。就是當你放鬆、當你的腦子不再拚命去抓那個檔案櫃抽屜。這個時候，很神奇地，抽屜就打開，檔案跳了出來。這樣是不是讓催眠這個概念比較可信了？」

她點點頭。

「唔，我們就是打算這麼做。幫助你放鬆。允許你去碰觸那個檔案櫃。」

「我不確定自己有辦法放鬆到那個程度。」

「是因爲這個房間嗎?是椅子的問題?」

「椅子很好。而是……」她不安地看了一眼錄影的鏡頭。「是觀衆。」

「摩爾警探和瑞卓利警探會離開房間的。至於攝影機,你就這麼想吧,那只是一個物件、一架機器罷了。」

「我想……」

「你還擔心別的?」

她停頓一下,才輕聲說:「我怕。」

「怕我?」

「不。怕那些回憶。怕又要重新經歷一次。」

「我絕對不會要你重新經歷一次的。摩爾警探告訴過我,那是一次創傷的經驗,我們不打算讓你再體驗一次。我們會用別的方法。免得讓恐懼禁錮了那些記憶。」

「那我怎麼知道那是眞正的回憶?而不是我編出來的?」

波勒卻克停頓了一下。「我們的確擔心,你的記憶可能不再純粹了。事情已經過了很久,我們也只能盡力而爲。我應該告訴你,我對你的案子知道得很少。我盡量不要知道太多,以免影響你的回憶。我只知道這件事發生在兩年前,是有關對你的攻擊,而且當時你體內有羅眠樂。除此之外,我什麼都不曉得。所以任何你想到的,都是出自你的記憶。我只是協助你打開那個檔案櫃而已。」

她嘆了口氣。「我想我準備好了。」

波勒卻克看著兩位警探。

摩爾點點頭，然後和瑞卓利走出房間。

從單向鏡窗的另一頭，他們看著波勒卻克拿出一支筆和一本筆記本，放在旁邊的桌上。他又問了幾個問題。問她以前做過些什麼讓自己放鬆。問她是否有一個特別的地方、一份特別的記憶，是格外令她感覺平靜的。

「我小時候，夏天時，」她說，「總是到新罕布夏州去拜訪祖父母。他們有一棟湖邊小屋。」

「描述一下那個地方，講得仔細一點。」

「那裡非常安靜。很小。有一個面對著湖的露台。屋子旁邊有很多野生覆盆子。我總是去採那些莓果。在通往碼頭的那條小徑兩旁，我祖母種了萱草。」

「所以你記得莓果。萱草花。」

「對。還有湖水。我喜歡那個湖，總是在碼頭上做日光浴。」

「很高興知道這些。」他在筆記本上匆匆記下了，再度放下筆。「好吧，現在呢，你先做三次深呼吸。每一次都慢慢吐出來。就這樣沒錯。現在閉上眼睛，專心聽我的聲音。」

摩爾看到凱薩琳的眼皮慢慢閉上。「開始錄影，」他對瑞卓利說。

她按下錄影鍵，錄影帶開始轉動。

在隔壁房間，波勒卻克引導凱薩琳完全放鬆，他要她先專注在自己的腳趾，緊繃感逐漸消失。接下來她的雙腳無力，放鬆感逐漸擴散到小腿。

「你眞相信這狗屎玩意兒？」瑞卓利問。

「我見過這個方法有用。」

「唔，或許有用。因爲這搞得我好睏。」

摩爾看著瑞卓利雙臂交抱站在那兒，下唇突出，一副堅決懷疑的表情。「你等著看就是了。」他說。

「她什麼時候會開始漂浮起來？」

波勒卻克引導著凱薩琳，把放鬆的焦點愈移愈高，往上到她的大腿、背部、肩膀。現在她的雙臂無力地垂在身側。她的臉一片光滑，沒有憂慮的皺紋。她呼吸的節奏放慢了，而且愈來愈深。

「現在請你想一個你喜愛的地方，」波勒卻克說。「你祖父母的小木屋，在湖邊。你看到自己站在那個大露台上，往外看著湖水。今天很溫暖，平靜無風。唯一的聲音就是小鳥的叫聲，其他聲音都沒有。這裡好安靜，而且好祥和。陽光在湖面上閃爍……」

她臉上露出好寧靜的表情，因而摩爾幾乎不敢相信那是同一個女人。他看到其中的溫暖，還有一個年輕女孩的種種樂觀希望。我正看著童年時期的她，他心想。就在她失去純眞之前，就在成人期所帶來的種種失望之前。就在安德魯．卡普拉留下印記之前。

「湖水好誘人，好美，」波勒卻克說。「你走下露台階梯，沿著小徑走向湖邊。」

凱薩琳靜坐著不動，她的臉完全放鬆，雙手垂放在膝上。

「你腳下的泥土好軟。太陽照下來，曬暖你的背。小鳥在樹上鳴叫。你完全放鬆。隨著你每走一步，你就覺得愈來愈心平氣和。你感覺到一種深深的寧靜籠罩著你。小徑兩側有很多花，是萱草，發出一種甜美的氣味，你經過時，吸入那種芳香。那是一種非常特別、非常神奇的香味，會拉著你進入夢鄉。你走的時候，覺得雙腿愈來愈沉重。萱草的花香就像鎮靜劑，讓你愈來愈放鬆。太陽的暖意融化掉你肌肉上殘餘的緊繃感。

「現在你快到水邊了。你看到一艘小船停在碼頭一端。你走上碼頭。湖水很平靜，像一面鏡子。像玻璃。那艘水上的小船靜止不動，只是漂浮在那兒，非常平穩。那是一艘魔術船。它可以自動帶你到任何地方，隨你想去哪兒。你只要上船就可以了。所以你現在舉起你的右腳，踏上小船。

「就這樣沒錯，你的右腳踏上小船。船很平穩，安全載著你，很牢靠。你信心十足，而且很自在。現在你的左腳也踏上去。」

凱薩琳的左腳從地板上舉起來，又緩緩下降。

「耶穌啊，我眞不敢相信。」瑞卓利說。

「你現在正親眼目睹。」

「是啊，但我怎麼曉得她眞的被催眠了？而不是假裝的？」

「你不會曉得的。」

波勒卻克更湊近凱薩琳，但是沒碰觸她，只是用聲音引導她進入催眠狀態。「你解開繫在碼頭上的船纜。現在小船在水上移動。一切都在你的掌控中。你唯一要做的，就是想著一個地方，那條船就會以魔法帶你去那兒。」波勒卻克看了單面鏡窗一眼，點了個頭。

「現在他要帶她回到那個時候了。」摩爾說。

「好，凱薩琳。」波勒卻克在他的筆記本上寫字，記下誘導完成的時間。「現在你要搭著船到另一個地方，另一個時間。一切都還是在你的掌控中。你看到水面上升起薄霧。那霧好暖好輕柔，你臉上感覺好舒服。小船滑入霧中。你伸手觸摸湖水，滑順得像絲。好溫暖，好平靜。現在霧開始升起，就在前方，你看到岸邊有一棟房子，上頭只有一扇門。」

摩爾發現自己不自覺地湊近窗子。他雙手緊繃，脈搏加快。

「小船帶你到岸邊，你下了船，沿著小徑來到那棟房子，開了門進去。裡頭只有一個房間，地上鋪了精緻的厚地毯。還有一把椅子，你坐在椅子上，這是你這輩子坐過最舒服的椅子。你覺得非常安心。一切都在你的掌控中。」

凱薩琳深深嘆了一口氣，好像她剛剛靠坐在厚厚的椅墊上。

「現在，你看著面前的牆壁，看到了一面電影銀幕。這是個魔術銀幕，因爲它可以播放你人生的各個片段，可以隨你的意思回溯。一切都在你的掌控中。你可以前進或後退，也可以停在某個特定時刻。全都隨你。我們現在來試試看。先回到一個快樂的時刻。你在湖邊祖父母的小木屋，正在屋旁摘覆盆子莓果。你在銀幕上看到了嗎？」

凱薩琳拖了很久才回答，開口時，她的聲音小得摩爾幾乎聽不到。

「是的，我看到了。」

「你當時在做什麼，在銀幕上？」波勒卻克問。

「我拿著一個紙袋。正在摘莓果，放進袋子裡。」

「你摘的時候，也吃了嗎？」

她臉上露出溫柔而夢幻的微笑。「啊，吃了。好甜。還有來自陽光的溫暖。」

摩爾皺起眉。這是他沒預料到的。她體驗到滋味和觸感，這表示她正在經歷那一刻。她不光是在銀幕上看到那段時光，而是自己進入場景了。他看到波勒卻克目光不安地瞥了鏡窗一眼。他選擇了銀幕意象當工具，好讓她跟昔日體驗過的創傷保持距離。但她沒有保持距離。現在波勒卻克猶豫了，考慮著接下來要怎麼做。

「凱薩琳，」他說。「我要你專心在你的椅墊上。你坐在椅子上，在那個房間，看著電影銀幕。留意椅墊有多麼柔軟。你的背部靠在椅子上有多麼舒服。你感覺到了嗎？」

停頓了一下。「是的。」

「好，很好。現在你要待在那張椅子上，不會離開。然後我們要用那個魔術銀幕看你人生中的另外一幕。你還是坐在椅子上，你還會感覺到靠著背部的柔軟椅墊。你在銀幕上看到的，只是一部電影，好嗎？」

「好。」

「接下來。」波勒卻克深吸一口氣。「我們要回到薩凡納，六月十五日那一夜。安德魯・卡普拉來敲你的前門。告訴我們，銀幕上發生了什麼事？」

摩爾看著，簡直不敢呼吸。

「他站在我的前廊，」凱薩琳說。「他說他要跟我談。」

「談什麼？」

「談他在醫院犯的一些錯誤。」

接下來她所說的，跟她在薩凡納告訴辛格警探的陳述沒有兩樣。她不情願地讓卡普拉進入她家。那天晚上很熱，他說他很渴，於是她拿啤酒給他喝，也幫自己開了一瓶。他很焦躁不安，擔心自己的未來。沒錯，他犯了一些錯誤。但哪個醫生不犯錯呢？不讓他繼續實習，就浪費了他的才華。他在艾墨瑞大學時認識了一個醫學院學生，非常聰明，但是才犯了一個錯，就葬送了他的前途。凱薩琳不該擁有那麼大的權力，足以造就或中斷一個學生的前途。人人都該有第二次機會。

雖然她努力跟他講道理，但聽得出他愈來愈生氣，看到他的雙手抖得好厲害。最後她起身去上洗手間，好讓他自己冷靜一下。

「那你從洗手間回來之後呢？」波勒卻克問。「電影上發生了什麼，你看到了什麼？」

「安德魯比較平靜，沒那麼生氣了。他說他了解我的立場。我喝光啤酒後，他朝我微笑。」

「微笑？」

「很奇怪的微笑。就像他在醫院朝我微笑過的那樣……」

摩爾聽得到她的呼吸開始加快。儘管是一個保持距離的旁觀者，看著一部想像中的電影，她還是無法完全避開即將來臨的驚恐。

「接下來發生了什麼事？」

「我睡著了。」

「你在電影銀幕上看到自己睡著了？」

「對。」

「然後呢？」

「我什麼都看不到。銀幕是黑的。」

羅眠樂。她沒有這部分的記憶。

「好吧，我們快速前進，跳過黑色的部分。往前，到電影的下一段。到你在銀幕上看到的下一個影像。」

凱薩琳的呼吸變得激動起來。

「你看到了什麼？」

「我──我躺在床上。在我臥室裡。我的手臂和雙腳都不能動。」

「爲什麼？」

「我被綁在床上，身上沒穿衣服，他趴在我身上。進入我的身體。他在我體內移動……」

「安德魯．卡普拉？」

「是，是的……」她的呼吸現在變得很不穩，喉頭發出恐懼的哽咽聲。

摩爾緊握雙拳，自己的呼吸也加快了。他按捺住想敲窗子、立刻叫停的衝動。他簡直沒法站在那邊聽下去了。他們絕對不能逼她再經歷一次強暴的過程。

但波勒卻克已經意識到危險性，很快地引導她遠離那段痛苦的回憶。

「你還坐在你的椅子上，」波勒卻克說。「安全地待在那個屋子裡，前方有電影銀幕。那只是一部電影，凱薩琳。那是發生在別人身上的事。你很安全。平安無事。充滿信心。」

她的呼吸再度平靜下來，逐漸減緩成穩定的節奏。摩爾也是。

「好。現在我們繼續看電影。專心在你所做的事情上頭，別管安德魯。告訴我接下來怎麼樣了。」

「銀幕又變黑了。我什麼都看不到。」

她還是沒有擺脫羅眠樂的影響。

「快速前進，略過黑掉的這一段。到下一個你看得到的畫面。那是什麼？」

「亮光。我看到亮光……」

波勒卻克暫停。「我要你往後退，凱薩琳。我要你後退，看看這個房間。銀幕上是什麼？」

「一些東西，放在床頭櫃上。」

「什麼東西。」

「工具。解剖刀。我看到一把解剖刀。」

「安德魯在哪裡？」

「我不知道。」

「他沒在這個房間裡？」

「他離開了。我聽到流水聲。」

「接下來怎麼了？」

她的呼吸急促了些，聲音激動。「我拉著那些繩子，想掙脫。我雙腳動不了。可是我的右手——綁著我右手的繩子鬆了。我一直拉，一直拉，手腕都流血了。」

「安德魯還是不在房間裡？」

「對。我聽到他在笑。我聽到他的聲音。但是在房子裡別的地方。」

「結果繩子怎麼樣了？」

「鬆了。血讓繩子變滑，我的手拉出來了……」

「然後你做了什麼？」

「我去拿解剖刀。我割掉另一邊手腕的繩子。每件事都要花好久時間。我好想吐。我的雙手不聽使喚，動作好慢，整個房間又不斷黑掉、亮起來，又黑掉。我還聽得到他的聲音，在講話。我往下割斷綁住我左腳踝的繩子。現在我聽到他的腳步聲了。我想爬下床。但右腳踝還綁著繩子。我翻過去摔到地上，頭朝下。」

「然後呢？」

「安德魯在那兒，站在門口。他看起來很驚訝。我伸手到床底下。摸到了槍。」

「你床底下有槍？」

「對，我父親的槍。可是我的手好笨拙，幾乎握不住。四周又開始黑掉了。」

「安德魯在哪裡？」

「他正走向我……」

「接下來發生了什麼事，凱薩琳？」

「我握著槍。有個聲音，很響的聲音。」

「槍發射了嗎？」

「對。」

「是你開槍的？」

「對。」

「結果安德魯怎麼樣？」

「他倒下，雙手抱著肚子。血從他的手指間流出來。」

「接下來發生了什麼事？」

一段頗長的沉默。

「凱薩琳？你在電影銀幕上看到了什麼？」

「黑色。銀幕變黑了。」

「銀幕下次再有影像出現，裡頭是什麼？」

「人。好多人在房間裡。」

「什麼人？」

「警察……」

摩爾失望得差點哀嘆出聲。這是她記憶中的致命空缺。羅眠樂，加上她頭上被打過那一記的後果，讓她又失去了意識。凱薩琳不記得開了第二槍。他們還是不知道安德魯·卡普拉爲什麼後來腦部會有一顆子彈。

波勒卻克正看著窗子，眼神帶著疑問。他們滿意了嗎？

令摩爾驚訝的是，瑞卓利突然開了門，示意波勒卻克來隔壁房間。他照做了，把凱薩琳留在原地，關上門。

「讓她再倒退，到她開槍之前。就是她還躺在床上那時候，」瑞卓利說。「我要你專心在她從其他房間聽到什麼。流水聲。卡普拉的笑聲。我要知道她所聽到的每一個聲音。」

「有什麼特別的原因嗎？」

「你照做就是了。」

波勒卻克點點頭，回到訪談室。凱薩琳沒動，還是靜坐著，好像波勒卻克暫時離開，也讓她進入暫時休眠狀態。

「凱薩琳，」他柔聲說。「我要你把電影往後倒帶。我們要往回轉，回到開槍之前。回到你掙脫雙手、翻到地上之前。在電影銀幕上，你還躺在床上，安德魯不在房間裡。你說過你聽到了流水聲。」

「對。」

「告訴我你聽到的所有一切。」

「水。我聽到水管裡斷斷流動的聲音。我還聽到咕嚕嚕流進排水口的聲音。」

「他開了水槽的水龍頭？」

「對。」

「另外你說過，還聽到了笑聲。」

「安德魯在笑。」

「他在說話嗎？」

暫停一下。「對。」

「他說了什麼？」

「我不知道，他離得太遠了。」

「你確定是安德魯嗎？會不會是電視的聲音？」

「不，那是他。是安德魯。」

「好。把電影放慢速度，一秒秒慢慢前進。告訴我你聽到了什麼。」

「水，還在流。安德魯說：『簡單。』他說了這個詞。」

「就這樣？」

「他說：『看一次，做一次，教一次。』」

「『看一次，做一次，教一次』？他說了這句話？」

「對。」

「接下來你聽到什麼話？」

「『輪到我了，卡普拉。』」

波勒卻克暫停一下。「你可以再說一次嗎？」

「『輪到我了，卡普拉。』」

「安德魯這麼說？」

「不。不是安德魯。」

摩爾僵住了，瞪著椅子上動也不動的凱薩琳。

波勒卻克機警地看了鏡窗一眼，露出驚奇的表情，然後又回去看著凱薩琳。

「那是誰說的？」波勒卻克問。「誰說：『輪到我了，卡普拉』？」

「不知道。我不認得他的聲音。」

摩爾和瑞卓利面面相覷。

當時屋裡還有另一個人。

15

他現在跟她在一起。

瑞卓利的刀子在砧板上笨拙地移動，幾片切下來的洋蔥飛出料理台，掉到地上。她的父親和兩個兄弟在隔壁房間，電視開著。這棟房子裡電視總是開著，這表示每個人老是要扯著嗓門講話。在法蘭克．瑞卓利家裡，如果不扯著嗓門講話，就沒有人聽得見，於是一場尋常的家庭談話，聽起來都像在吵架。她把切好的洋蔥掃到一個大缽裡，接著開始處理大蒜，她的眼睛刺痛，滿心仍想著摩爾和凱薩琳．柯岱兒那個令人困擾的影像。

波勒卻克醫師催眠結束後，摩爾負責送柯岱兒回家。瑞卓利看著他們一起走向電梯，看著他攬住柯岱兒的肩膀，她覺得那姿勢不光是保護而已。她看得出他看柯岱兒的模樣，他臉上的表情，他發亮的雙眼。他再也不是一個保護老百姓的警察，而是一個陷入情網的男人。

瑞卓利把大蒜瓣剝開，一個個用刀身拍扁，然後剝掉蒜皮。菜刀狠狠轟擊著砧板，她母親站在爐邊朝她看了一眼，但什麼都沒說。

他現在跟她在一起。在她家。或許就在她床上。

藉著拍那幾顆蒜，她把一些積壓的挫折感發洩出來，砰－砰－砰。想到摩爾和柯岱兒，爲什麼會讓她這麼心亂？她不知道。或許是因爲世上的聖人太少了，肯嚴格遵守規則的人太少了，而她原以爲摩爾是其中之一。他曾經帶給她希望，以爲並不是所有人類都有瑕疵，而現在，他令她失望了。

也或許是因爲她認爲，他們這樣會影響到調查。一個警察若跟命案關係人有嚴重的私人糾葛，就不可能理性地思考或行動。

也或許是因爲你嫉妒她。嫉妒一個女人只要輕輕一瞥，就能令男人轉過頭來。一碰上不幸的女人，男人就很容易上鉤。

在隔壁房間，她的父親和兩個兄弟看著電視大聲歡呼。她眞希望能回到自己安靜的公寓裡，也開始計畫要找什麼藉口提早離開。她至少得待到吃完晚餐。就像她媽媽說的，小法蘭克很少回家，小珍怎麼會不想跟她哥哥多聚聚？她又得忍受法蘭克講一整晚的新兵訓練營故事了。說今年的新兵有多麼沒用，現在美國年輕人有多麼軟弱，搞得他得多踢一大堆屁股，才能讓這些娘娘腔通過障礙訓練。老媽和老爸仔細聽著他說的每一個字。最令她憤慨的，就是家人很少問起她的工作。海軍陸戰隊的大英雄法蘭克只參加過戰爭演習罷了，而她每天都親眼看到戰役，對抗眞正的人，眞正的殺手。

法蘭克大搖大擺走進廚房，從冰箱裡拿出一瓶啤酒。「什麼時候吃晚飯？」他問，開了瓶蓋。一副她只是下女的樣子。

「再一個小時，」他們的老媽說。

「耶穌啊，老媽。現在已經七點半。我都快餓死了。」

「別對上帝不敬，法蘭克。」

「你知道，」瑞卓利說。「如果你們來幫點忙，我們就可以早點吃了。」

「我可以等，」法蘭克說，轉頭走向客廳。到了門口，他停下腳步。「啊，我差點忘了。有人留話給你。」

「什麼？」

「你的手機響過，有個叫佛斯提的傢伙。」

「巴瑞．佛斯特嗎？」

「是啊，他就叫這個。他要你回電給他。」

「他什麼時候打來的？」

「你在外頭移車的時候。」

「上帝啊，眞該死，法蘭克！那是一個小時前了！」

「小珍！」他們的母親說。

瑞卓利解下圍裙，扔在料理台上。「這是我的工作，媽！爲什麼你們沒有人肯尊重這點？」

她抓起廚房的電話，按了巴瑞．佛斯特的手機號碼。

才響了一聲，他就接了。

「是我，」她說。「我剛剛才接到要回電的留話。」

「你要錯過突襲行動了。」

「什麼？」

「妮娜．裴頓那個案子，DNA比對出一個符合的了。」

「你指的是精液？在聯合DNA索引系統裡的？」

「符合一個叫卡爾．帕切可的傢伙。一九九七年被逮捕過，被以性攻擊罪起訴，但是無罪釋放。他宣稱那是兩相情願的。陪審團相信他的說法。」

「他是強暴妮娜．裴頓的人？」

「而且我們有DNA可以證明。」

她勝利地對空揮了一拳。「他地址是哪裡？」

「哥倫布大道四五七八號。突襲小組應該都快到了。」

「我馬上過去。」

她已經衝出門了，才聽到她母親在後頭喊：「小珍！那晚餐呢？」

「我得走了，媽。」

「可是這是法蘭克在家的最後一天了。」

「我們要去逮捕人了。」

「他們沒有你不行嗎？」

瑞卓利停下來，一手放在門把上，滿肚子火瀕臨爆炸邊緣。然後她忽然看清了，一切都清晰無比。無論她達到什麼成就，也不管她的事業有多麼傑出，這一刻將永遠代表著她要面對的現實：小珍，微不足道的妹妹，家裡的女孩。

她什麼都沒說，走出去甩上門。

哥倫布大道位於羅斯伯里區的北端，就在外科醫生殺戮獵場的中央。往南是牙買加平原，妮娜．裴頓的家。往東南是伊蓮娜．歐提茲住的地方。往東北是後灣區，黛安娜．史特林和凱薩琳．柯岱兒都住在這裡。匆忙看了一下綠蔭成行的街道，瑞卓利看到了一排排連棟房屋，附近的東南大學有很多學生和員工住在這一帶。女學生很多。

好獵物很多。

前面的綠燈變成黃燈了。她的腎上腺素激增，踩下油門，衝過十字路口。執行這次逮捕的榮譽應該是她的。幾個星期以來，瑞卓利滿腦子都是外科醫生，連作夢都不例外。他滲透到她生活中的每一刻，不論醒著還睡著。沒有人比她更努力想抓到他，現在她忙著要趕過去領取自己的獎品。

離卡爾．帕切可的地址一個街區外，她猛地踩下煞車，停在一輛巡邏車後方。另外四輛車子也倉促沿街停著。

太遲了，她心想，奔向那棟建築。他們已經進去了。

到了裡頭，她聽到砰砰的腳步聲和男人們在樓梯間大吼的回音。她循著聲音來到二樓，走進卡爾．帕切可住的那戶公寓。

裡頭是一片混亂。門口散落著門撞開而灑落的木頭碎片。幾把椅子翻倒了，一盞燈摔碎了，好像有一群野牛衝過這個房間，造成了破壞。空氣中有濃濃的睪固酮，一堆警察橫衝直撞，搜捕著幾天前殺掉他們一名同僚的兇手。

在地上，一個男人趴在那裡。是黑人——不是外科醫生。克羅一腳跟狠狠踩在那黑人的頸背上。

「我在問你問題，混蛋，」克羅吼道。「帕切可人呢？」

那人嗚咽著，又錯估形勢想抬起頭來。克羅腳跟往下一使勁，那人下巴撞到地上，發出窒息的聲音，同時開始翻跳。

「讓他起來！」瑞卓利吼道。

「他不肯乖乖趴著！」

「放開他，或許他就肯告訴你了！」瑞卓利把克羅推開。地上那個人翻身仰躺著，喘得像隻跳上陸地的魚。

克羅大吼，「帕切可跑去哪裡了？」

「不——不曉得——」

「你人在他公寓裡耶！」

「走了。他走了——」

「什麼時候？」

那人開始咳嗽，一種深深的、劇烈的乾咳，聽起來彷彿肺臟被撕開了。其他警察都圍過來，怨恨地看著地板上的那個人。因爲他是殺警兇手的朋友。

瑞卓利滿懷厭惡地轉身，走向通往臥室的走廊。衣櫥門打開了，衣架上的衣服拉出來丟在地上。這戶公寓已經被徹底而粗暴地搜索過，每扇門都打開來，每個可能的藏匿處都暴露了。她戴上手套，開始檢查衣櫃抽屜，翻檢著裡面的口袋，尋找看有沒有日誌本或地址簿，任何可能告訴她帕切可會逃到哪裡的東西。

摩爾走進臥室時，她抬起頭。「這次突襲是你指揮的？」

他搖搖頭。「馬凱特主持的。我們查到帕切可住在這裡。」

「那他人呢？」她用力關上抽屜，走到臥室窗前。窗子關著，但是沒拴上。防火梯就在窗外。她開了窗子，把頭伸出去。一輛巡邏車停在底下的巷子裡，不斷傳來無線電的通話聲，她看到一個巡邏警察拿著手電筒，照進一個大型垃圾收集箱裡。

她正要縮回頭，忽然覺得後腦勺被輕輕敲了一下，聽到了防火梯傳來的模糊碎石嘩啦聲。她嚇了一跳，抬頭看。夜空被城市燈光照亮了，幾乎看不到星星。她看了好一會兒，望著淡黑色天空下的屋頂輪廓線，但沒看到任何動靜。

她爬出窗子，上了防火梯，開始沿著梯子往三樓爬。到了樓梯平台，她停下來檢查帕切可樓上那戶的窗子；紗窗都完整無損，窗子裡頭也沒有燈光透出。

她又抬頭看向屋頂。雖然什麼都看不到，也沒聽到上方傳來的聲音，但她頸背的寒毛都豎起來了。

「瑞卓利？」摩爾朝窗外喊。她沒回應，只是指指屋頂，無聲示意她的打算。

她潮溼的雙掌在長褲上擦了擦，繼續沿著梯子爬向屋頂。到了最後一級梯槓，她暫停一下，深吸了口氣，然後很慢很慢地抬高身子，越過屋頂邊緣看去。

在沒有月亮的天空下，屋頂是一片陰影森林。她看到一張桌子和幾把椅子的輪廓，還有一團拱架形的樹枝。屋頂花園。她爬過邊緣，輕輕踏上塗了柏油的屋頂，掏出手槍。走了兩步，腳踢到一個東西，發出嘩啦啦的聲音。她聞到天竺葵的花香。明白四周都是種在陶瓦花盆裡的植物，形成她腳下的障礙場。

在她左邊，有個什麼在移動。

她竭力想在那堆影子中看出人形。然後她看到了，像個黑色的小矮人蹲在那裡。

她舉起手槍命令道：「不准動！」

她沒看到他手裡已經握著東西，正要丟向她。

才幾分之一秒，那把泥鏟就擊中她的臉，她感覺到氣流像一道邪惡的風從黑暗中吹過來，擊中她的左臉頰，力道大得她眼冒金星。

她雙膝跪下，一股疼痛的大浪襲來，痛得她都沒辦法呼吸了。

「瑞卓利？」是摩爾，她連他上了屋頂都沒聽到。

「我沒事。我沒事……」她瞇著眼睛，望向剛剛那個人影蹲過的地方。人不見了。「他剛剛在這裡，」她低聲道。「我要逮到那個狗娘養的。」

摩爾悄悄走入黑暗中。她按著頭，等待那股暈眩感過去，詛咒自己怎麼這麼大意。她努力讓自己保持頭腦清醒，搖搖晃晃站起來。憤怒是一種強大的燃料，讓她穩住了雙腿，手槍也握得更緊了。

摩爾在她右邊幾碼處；她只看得到他的輪廓，經過了桌子和椅子。

她往左移，從反方向繞著屋頂走。她頰上的每一次搏動，以及隨之帶來的每一次抽痛，都是在提醒自己她搞砸了。這次不會了。她的目光掃過樹與灌木的盆栽陰影。

突來的一陣嘩啦聲讓她轉向右邊。她聽到奔跑的腳步聲，看到一個影子衝過屋頂，朝她而來。

摩爾喊道：「不准動！警察！」

那個人還繼續衝。

瑞卓利跪下，舉著手槍。臉上的抽痛愈來愈強，成了一陣陣難耐的劇痛。她所受過的一切羞辱，日常的種種難堪、種種責罵，達倫．克羅那類大男人對她永不休止的謾罵折磨，似乎都縮成了一個憤怒的小點。

混蛋，這一回，你是我的。即使那個男子在她面前忽然煞住，即使他雙手舉向天空，這個決定也無法逆轉了。

她扣下扳機。

那男人抽搐，踉蹌後退。

她又開了第二槍、第三槍，每一槍的後座力撞在掌心，感覺好滿足。

「瑞卓利！別再開槍了！」

在轟然槍聲中，摩爾的吼叫終於傳到她耳裡。她僵住了，手槍仍然舉著，手臂緊繃而發痛。

那個傢伙倒地，沒在動。她站起來，緩緩走向那個蜷縮的形體。隨著每一步，她想到自己剛剛做了些什麼，心中的驚惶就更增一分。

摩爾已經跪在那人旁邊，檢查他的脈搏。他抬頭看著她，儘管在黑暗的屋頂上看不見他的表情，但她知道他的眼神中有控訴。

「他死了，瑞卓利。」

「他剛剛拿著東西——他手裡——」

「什麼都沒有。」

「我看到了，我真的看到了！」

「他剛剛兩手都舉起來了。」

「該死，摩爾。我開槍是正當的！這點你得支持我的說法！」

忽然傳來其他聲音，一堆警察紛紛爬上屋頂。摩爾和瑞卓利再也沒有交談。

克羅拿著手電筒照向那名男子。瑞卓利看到一眼，那對睜著的眼睛有如惡夢般，還有被血染黑的襯衫。

「嘿，是帕切可！」克羅說。「誰撂倒他的？」

瑞卓利語調平板地說：「是我。」

有個人拍了她的背。「警察姑娘做得不錯嘛！」

「閉嘴，」瑞卓利說。「給我閉嘴！」她大步離開，爬下防火梯，麻木地回到她的車上。她坐在那兒，蜷縮在方向盤後頭，她的疼痛轉為想吐的感覺。腦袋裡不斷重複播放著屋頂的那一幕。帕切可做了什麼，她又做了什麼。她又看到他奔跑著，只是個影子，迅速飛向她。她看到他停住。沒錯，停住了。她看到他望著她。

武器。耶穌啊，拜託，讓他手裡有個武器吧。

但她沒看到武器。在她開槍前的幾分之一秒，那個影像烙印在她腦海裡。一個男人，畫面凍結。一個男人投降地舉起雙手。

有人敲她的車窗，是巴瑞·佛斯特。她搖下窗玻璃。

「馬凱特在找你。」他說。

「好吧。」

「有什麼不對勁嗎？瑞卓利，你還好吧？」

「我覺得好像一輛卡車輾過我的臉。」

佛斯特靠過來，瞪著她腫起的那邊臉頰。「哇。那混帳眞是自找的。」

瑞卓利也想相信是這樣：帕切可死掉是活該。沒錯，他是活該，她沒必要折磨自己。她臉上的事實不是很明顯嗎？他攻擊了她。他是個惡魔，而她開槍射殺他，輕鬆省事地實現正義。伊蓮娜·歐提茲和妮娜·裴頓和黛安娜·史特林一定會贊成的。沒有人會為那個人渣哀悼。

她下了車，因爲佛斯特的安慰而覺得好過一些了。她走向那棟公寓，看到馬凱特站在靠近前門階梯的地方，正在跟摩爾講話。

她走近時，他們兩個人都轉過來看著她。她注意到摩爾沒看她的眼睛，而是避開她的目光，看向別處。

馬凱特說：「瑞卓利，你的手槍交給我。」

「我開槍是自衛。那個傢伙攻擊我。」

「我知道。但是你知道規矩的。」

她看著摩爾。我喜歡過你。我信賴過你。她解開槍套，交給馬凱特。「媽的敵人到底是誰？」她說。「有時我眞搞不清楚了。」然後她轉身走回自己的車子。

摩爾看著卡爾．帕切可的衣櫥內部，心想：完全錯了，地上有六雙鞋子，尺寸是十一號，加寬型。架子上放著幾件積了灰塵的毛衣，一個裝了舊電池和零錢的鞋盒，還有一疊《閣樓》雜誌。

他聽到抽屜拉開的聲音，回頭看到是佛斯特，正戴著手套在翻帕切可的襪子抽屜。

「有收穫嗎？」摩爾問。

「沒有解剖刀，沒有氯仿。連一捲防水膠帶都沒有。」

「叮叮叮！」克羅從浴室裡喊道，然後搖著一個塑膠夾鏈袋走出來，裡頭的塑膠小藥瓶裡裝著褐色液體。「來自陽光普照的墨西哥，製藥王國。」

「羅眠樂嗎？」佛斯特問。

摩爾看了一眼標籤，上頭印了西班牙文。「伽瑪羥基丁酸。藥效一樣。」

克羅搖了搖袋子。「這裡頭的約會強姦藥至少有一百劑。帕切可的老二一定很忙。」他笑了。

那笑聲讓摩爾覺得很不舒服。他想著那忙碌的老二和它曾經毀滅的，不光是身體的毀損，而是精神上的破壞。靈魂被劈成兩半。他想起凱薩琳告訴過他的：每個強暴被害者的人生都被分爲之前和之後。性攻擊把一個女人的世界變成一片荒涼而陌生的風景，裡頭的每一個微笑、每一個明亮時刻，都染上了絕望的色彩。幾個星期前，他可能幾乎不會注意到克羅的笑聲。但今天晚上，他聽得太清楚了，也感覺到其中的醜惡。

他走進客廳，史力普警探正在訊問那個黑人。

「我說過了，我只是來找他玩而已。」那人說。

「你只是來找他玩，口袋裡要裝著六百元現金？」

「我喜歡身上帶著現金嘛。」

「你要來買什麼？」

「沒有。」

「你是怎麼認識帕切可的？」

「就是認識啊。」

「喔，你們還眞要好呢。他賣些什麼？」

神仙水，摩爾心想。約會強姦藥。他就是來買這個。另一個忙碌的老二。

他出去走進黑夜裡，立刻被外頭那些巡邏車的閃爍燈光弄得失去方向感。瑞卓利的車子不見了。他瞪著那塊空地，想到剛剛自己所做的事，跟馬凱特說了他覺得非說不可的話。忽然間，他覺得那重擔壓著他的肩頭，令他無法移動。當警察到現在，他從來不曾面對這樣艱難的抉擇，而雖然他心底知道自己做了正確的決定，卻還是覺得很痛苦。他很尊敬瑞卓利，也很想試著解釋他在屋頂上目睹的事情。現在還不遲，還可以去把他跟馬凱特說過的話收回。當時很暗，屋頂上看不清楚；或許瑞卓利眞的以爲帕切可手上拿著武器。或許她看到了什麼手勢，或動作，是摩爾沒看到的。但他怎麼嘗試，都無法改變記憶，無法證明她開槍是正確的。他所目睹的，就是不折不扣的冷血處決。

他再度看到她時，她趴在自己的辦公桌上，手拿冰袋敷著自己的臉頰。此時已經過了半夜十二點，他也沒有交談的心情。但他經過時，她抬起頭來，那眼光讓他當場停下腳步。

「你跟馬凱特說了什麼？」她問。

「說了他想知道的事。帕切可是怎麼死的。我沒撒謊。」

「你這狗娘養的。」

「你以為我喜歡告訴他實話嗎？」

「你有別的選擇。」

「你也是，在屋頂上的時候。你選錯了。」

「你從來沒有做錯過選擇，對不對？你從來沒犯過錯。」

「如果我犯了錯，我會老實承認的。」

「是喔，他媽的聖人湯瑪士。」

他走近她的辦公桌，往下緊盯著她。「你是我共事過最棒的警察之一。但今天晚上，你冷血槍殺一個人，而我看見了。」

「你不必看見的。」

「可是我看見了。」

「你在那上頭到底看見了什麼，摩爾？一大堆黑影，一大堆動作。正確的選擇和錯誤的選擇之間，只有這麼小的差距。」她豎起兩根手指，幾乎碰在一起。「我們向來容許那樣的空間。我們會假設對方的判斷沒有錯。」

「我試過。」

「你還不夠努力。」

「我不會為另一個警察撒謊。即使她是我的朋友。」

「別忘了真正的壞人是誰，可不是我們。」

「如果我們開始撒謊，那這樣下去，到頭來，他們和我們又有什麼差別？」

她把臉上的冰袋拿開，指著自己的臉頰。一隻眼睛腫得睜不開，左半邊臉脹大得像一顆雜色的氣球。她受傷的慘狀讓他很震驚。「這就是帕切可對我做的。不光是一個友善的小耳光，對吧？要談他們和我們。那他是在哪一邊的？我開槍殺了他，是幫這個世界一個忙。不會有人想念外科醫生的。」

「卡爾．帕切可不是外科醫生。你殺錯人了。」

她瞪著他，瘀青的臉像一幅畢卡索的畫，一半怪誕，一半正常。「DNA比對符合！就是他沒錯——」

「他強暴了妮娜．裴頓，沒錯。但他沒有一樣符合外科醫生。」他把毛髮與纖維鑑識報告扔在她桌上。

「這什麼？」

「帕切可頭髮的顯微照片。跟伊蓮娜傷口邊緣採到的那根頭髮顏色不同、捲度不同、表層密度不同。完全沒有竹節髮的跡象。」

她全身僵住，瞪著那份鑑識報告。「我不懂。」

「帕切可強暴了妮娜・裴頓。唯一確定的只有這個。」

「史特林和歐提茲都被強暴了——」

「我們不能證明是帕切可幹的。現在既然他死了，我們永遠也不會知道了。」

她往上看著他，沒受傷的那半邊臉因爲憤怒而扭曲。「一定是他。在這個城市裡隨便挑三個人，結果三個都被強暴過的機率有多大？外科醫生竟然辦到了，三次打擊、三支安打。如果他沒強暴過她們，怎麼曉得要挑哪個、要下手殺哪個？如果不是帕切可，那就是他的哥兒們，他的夥伴。某個操他媽的禿鷹，專挑帕切可吃剩的肉。」她把鑑識報告遞還給他。「或許我射殺的不是外科醫生。但我的確射殺了一個人渣。大家好像都忘了這一點。帕切可是人渣。能不能記我一個功勞呢？」她站起來，用力把椅子往辦公桌推。「行政勤務。馬凱特他媽的把我調爲內勤，坐他媽的辦公桌。眞是多謝你了。」

他沉默地看著她離開，想不出能說什麼。無論他說什麼，都無法彌補兩人之間的裂痕。

他回到自己的工作區，跌坐在椅子上。我是個恐龍，他心想，在一個瞧不起說實話的世界裡笨拙地行進。眼前他不能去想瑞卓利了。現在既然知道帕切可不是外科醫生，他們又回到了原點，要找一個不知名的兇手。

三個被強暴過的女人。事情老是回到這一點上頭。外科醫生是怎麼找到她們的？只有妮娜・裴頓跟警方報了案。伊蓮娜・歐提茲和黛安娜・史特林都沒報案。她們的強暴是個人創傷，只有強暴者、被害人，以及診治的醫療人員曉得而已。但這三個女人是在不同的地方看醫生的：史特林在後灣區的一家婦科醫師診所。歐提茲在朝聖者醫學中心的急診室。妮娜．裴頓在森林丘女子診所。三處的醫護人員沒有重疊，任何醫師或護士或接待員，都只接觸過其中一個被害人。

不知怎地，外科醫生知道這些女人被傷害過，被她們的傷痛所吸引。性兇手挑選獵物時，向來是找社會中最容易傷害的成員下手。他們會尋找可以控制、可以貶低、沒有威脅性的女人。而誰會比被強暴過的女人更脆弱？

摩爾走出辦公室時，中途在貼著史特林、歐提茲、裴頓照片的牆旁邊暫停一下。三個女人，三樁強暴。

還有第四個。凱薩琳在薩凡納被強暴過。

他眨眨眼，心頭忽然浮現出她的臉，他忍不住把這個影像加入牆上的被害者行列中。

無論如何，一切都要回到薩凡納那一夜。回到安德魯．卡普拉身上。

16

在墨西哥市的中心，人類的血曾一度泛流成河。今天，這個大都會的地基之下，曾是統治古代阿茲特克首都泰諾奇提蘭的大神廟遺址。在這裡，曾有幾萬名不幸的犧牲者被獻祭給諸神。

我走在這片神廟土地的那天，覺得頗堪玩味的是，附近就聳立著一棟主教堂，天主教徒在裡面點蠟燭，向天主低聲祈禱。他們跪下之處，就靠近以往石頭曾濺滿鮮血而滑溜的地方。我到訪時碰上星期天，原先還不曉得星期天是免費參觀的，主神廟博物館裡充斥著一群群兒童，他們的聲音在展廳間響亮迴盪。我不喜歡小孩，也不喜歡他們引起的騷亂；要是下回再去，我會記得避免星期天去拜訪博物館。

但這是我在墨西哥市的最後一天了，所以我只好忍受那些刺耳的討厭噪音。我想看看挖掘出來的遺址，也想去參觀二號展館，也就是儀式與獻祭展館。

阿茲特克人相信，爲了要活下去，就必須有人死。爲了要維持世界的神聖能量、避免大災難，並確保太陽照常升起，就必須以人類的心臟餵養諸神。我站在儀式展館內，看到玻璃櫃裡用來切割人體的祭祀刀。它有個名字：寬額之刀。刀刃是黑曜石製成的，刀柄的形狀則是一個跪下的男子。

當時我很好奇，單憑一把黑曜石刀子，要怎麼取出人類的心臟？

稍後在那天下午，我走在中央林蔭公園時，一直思索這個問題，沒理會那些跟在我後頭討錢的骯髒小鬼們。過了一會兒，他們明白我對褐色眼珠或缺牙的微笑沒興趣，就不再糾纏我了。我終於可以得到一點安靜了——雖然在墨西哥市的刺耳噪音中，其實是不太可能完全安靜的。我找到一家小餐館，坐在一張户外的餐桌旁啜飲咖啡，我是他們餐廳唯一的客人，大熱天卻選擇坐在室外。我渴望暑熱安撫我龜裂的皮膚。我尋找熱氣，就像爬蟲類尋找溫暖的岩石一樣。於是，就在那個熱得難受的午後，我喝著咖啡，想著人類的胸部，苦思要如何將跳動的心臟取出來，才是最好的方式。

阿茲特克的獻祭儀式曾被形容爲迅速，把痛苦減少到最低，這就形成了一個兩難困境。我知道要切穿胸骨、把這塊有如盾牌般保護著心臟的骨頭斷開，有多麼困難。心臟外科醫師會沿著胸部中央劃一道垂直的切口，然後用鋸子將胸骨鋸成兩半。這些醫師有助手幫他們，有各式各樣精巧的設備加大視野，還有各種發亮的不鏽鋼工具。

而阿茲特克祭司則只有一把黑曜石刀子，用上述的方法就會有種種問題。他得用一根鑿子抵著胸骨中央，在上頭敲打，好把胸骨敲斷，而這樣會引起很大的掙扎，許多的尖叫。

不，必須用別的方法取出心臟。

從身體側邊、兩根肋骨之間劃下水平的切口呢？這也有困難。人類的骨架很結實，要把兩根肋骨分開，寬得足以伸入一隻手，就得花很大的力氣，並使用特殊的工具。那從下方進入會比較合理嗎？在腹部輕輕劃一刀，打開腹腔，祭司就得切穿横膈，伸手往上去抓出心臟。啊，但這個方法會搞得亂七八糟，腸子會流到祭壇上。阿茲特克描繪獻祭者的雕刻中，都沒見過描繪一團團腸子流出來的畫面。

書籍眞是了不起的東西：它們可以告訴你任何事，甚至是如何用一把黑曜石刀子，在最省事的狀況之下，挖出人類的心臟。我在一本名爲《人類獻祭與戰爭》的書中，找到了我要的答案，這本書的作者是一位名叫雪伍德・克拉克的學者（老天，現在的大學眞是有趣的地方），我很希望有一天能見見他。

我想我們可以跟對方學習很多事情。

根據克拉克先生的說法，阿茲特克人是以橫向開胸法挖出心臟的。傷口橫過胸前，位於第二和第三根肋骨間，從胸骨的一側開始，橫過胸骨割到另外一側。胸骨橫截爲兩段，大概是用鑿子加上用力敲一下，於是形成一個張開的洞。暴露在外的肺部立刻塌陷，被害人很快就失去意識。同時心臟仍在跳動，祭司就伸手到胸腔內，割斷動脈和靜脈。他抓住仍在搏動的心臟，從血泊中取出，舉向天空。

在柏納迪諾・德薩阿耿的佛羅倫斯古抄本《新西班牙通史》中，也如此描述：

供奉的祭司手持鷹杖，
插在俘虜胸膛內原來心臟所在之處，讓鷹杖染上血，半淹沒在血泊中。
然後他也捧起血，獻給太陽。
據說：「他將血獻給太陽飲用。」
而原先擄獲這俘虜的人，隨即來取俘虜的血
裝在一個邊緣有羽毛裝飾的綠色碗中。

主祭的祭司們幫擄獲者將血倒入碗中，
並將中空的鷹杖放入，鷹杖上也裝飾著羽毛，
然後擄獲者離開，拿血去餵養魔鬼。
魔鬼的養分。血的意義多麼有力量。

我想著這些，同時看著一線血流被吸進一根像針那麼細的實驗吸管中。我周圍環繞著一架架的血液試管，空氣中充斥著機器的嗡響聲。古人認爲血是一種神聖的物質，是維持生命之所需，是惡魔的食物；我跟古人一樣，也深深爲血著迷，即使我知道血只不過是一種生物液體，是血液細胞懸浮於血漿中的懸浮液。是我每天工作都要接觸到的東西。

一般七十公斤的人體，只含有五公升的血。在這五公升中，百分之四十五是血細胞，其餘的則是血漿；而血漿中有百分之九十五是水，其他則包括蛋白質和電解質及營養素。有人會說，把血解析爲幾種生物要素，會剝奪其神聖的本質，但我不同意。藉著仔細檢視這些要素，你才能認清它神奇的特性。

機器發出嗶聲，表示分析完畢了，印表機吐出一張報告。我撕下那張紙，審視上頭的結果。才看一眼，我就知道很多有關蘇珊．卡邁可的事情，但我從沒見過她。她的血球容積比很低，只有二十八，但正常值應該是四十。她有貧血，負責攜帶氧氣的紅血球細胞不足。紅血球細胞是圓盤形的，其中所含的血紅蛋白使得我們的血液呈紅色，因而讓我們指甲的甲床呈現出粉紅色，同時讓年輕女孩的臉頰有漂亮的紅暈。卡邁可太太的甲床是灰黃色的，如果有人翻起她的眼

皮，就會發現她的結膜是極淺的淺粉紅色。因爲她貧血，她的心臟就必須跳動得更快，好把稀薄的血液打到動脈，因此她爬樓梯時，在每個平台都要停下來喘氣，讓狂跳的脈搏減緩。我想像她身體前弓，一手摸著喉嚨，胸部像風箱般起伏。任何經過樓梯的人，都看得出她不健康。

而我只要看一下這張紙，就知道了。

這還沒完。在她的上顎有點點紅斑——那是瘀點，因爲血穿過毛細管，卡在黏膜上。或許她沒注意到這些小小的出血。或許她注意到身體的其他地方也有這樣的狀況，在她的指甲底下，或是小腿。或許她發現了一些原因不明的瘀斑，出現在手臂或大腿上，也努力回想是什麼時候受傷的。是撞到車門嗎？是因爲小孩用力抓著她的腿不放嗎？她努力尋找外來原因，但眞正的病因卻藏在她的血管裡。

她的血小板數是兩萬，只有正常數的十分之一。沒了血小板這種小細胞協助凝血，就連最小的碰撞，都會留下瘀痕。

從這張薄薄的紙，還可以知道很多事情。

我看了她的白血球分類，找到了她痛苦的原因。機器檢測到了骨髓胚細胞，這種原始型態的白血球，是不應該存在於正常血管中的。蘇珊．卡邁可有急性骨髓性白血病。

我可以想見她接下來幾個月的人生。我看到她俯臥在檢查檯上，雙眼痛苦地閉上，同時骨髓穿刺針刺入她的臀部。

我看到她的頭髮一叢叢掉落，到最後她不得不投降，整頭剃光。

我看到她早晨抱著馬桶，漫漫長日瞪著天花板，她的世界縮小到只剩臥室的四面牆。

血液給了我們生命，是支撐我們的神奇液體。但蘇珊・卡邁可的血液卻反過來對抗她；像毒液般在她的血管裡流動。

我不必見過她，就知道這些私密的細節。

我把這份緊急檢驗結果用傳眞機傳給她的醫師，然後把報告放在「送出籃」內以備稍後送出，然後去拿下一份樣本。另一個病人，另一管血。

人類文明之初，就知道血液與生命息息相關。古人不知道血液是在骨髓中製造，也不知道血液中大部分是水，但他們卻在儀式和獻祭中頌讚血的力量。阿茲特克人利用骨頭打孔器和龍舌蘭針，刺穿自己的皮膚以取血。他們在嘴唇或舌頭或胸部穿洞，流出來的血，就是他們獻給神祇的祭品。但今天，這樣的自殘行爲會被視爲病態或怪誕，是精神失常的標誌。

我很想知道，阿茲特克人對**我們**會有什麼想法。

我坐在這裡，在這個消毒過的環境中，身穿白衣，雙手戴著手套，免得沾到不小心濺出來的血液。我們偏離自己原初的本質太遠了。有些人光是看到血，就會昏倒，還有人忙著把這種恐怖的景象隱藏起來，不讓大家看到，比方用水沖掉人行道上潑濺的血；或是電視上出現暴力畫面時，就遮住小孩的眼睛。人類已經跟自己的眞正本質失去聯繫了。

但是，其中有些人並沒有。

我們在人群之中，從各個方面來看都很正常，或許比其他人更正常，因爲我們不讓自己包裹在文明的無菌繃帶中，成爲木乃伊。我們看到血，不會別過頭去。我們看得出血液光輝的美，我們感覺得到那種原始的吸引力。

每個開車經過車禍現場時忍不住尋找鮮血的人，都會了解這一點。在嫌惡而別開臉的衝動之下，潛藏著一股更大的力量。吸引力。

我們全都想看。但不是每個人都肯承認。

走在麻木的人群中，眞是孤單。那個下午，我在墨西哥市內漫遊，呼吸著濁重得簡直看得見的空氣。那空氣讓我的肺臟溫暖得像是加熱的糖漿。我打量著路過行人的臉，不知道哪個才是我最親愛的血親兄弟，就像你以前一樣。這世上可還有其他人，並未失去我們體內流動的那股古老力量？我很好奇若是我們相遇的話，是否能認出對方，也擔心恐怕不會，因爲我們用正常的外衣，緊緊地將自己包裹起來。

於是我獨自行走。心中想著你，你是唯一了解的人。

17

身為醫師，凱薩琳見識過死亡太多次，因而很熟悉死亡的容貌。她曾凝視著病人的臉，看著生命從那對眼中消失，將眼睛變得空茫而呆滯。她曾見過皮膚褪成灰色，靈魂如同鮮血般逐漸流失。行醫就是在處理生與死，而凱薩琳從病人冷卻的遺體，早就熟悉了死神。她不怕屍體。

但當摩爾開車載著她轉入艾班尼街，法醫辦公室那棟整齊的磚造建築映入眼簾時，她雙手卻冒出汗來。

他把車停在建築後方的空地上，旁邊一輛白色廂型車的側邊印著「麻薩諸塞州，法醫辦公室」字樣。她不想下車，直到他繞過來幫她開了車門，她才終於跨出車子。

「你準備好了嗎？」他問。

「我並不想看，」她承認。「不過我們來把這件事情解決掉吧。」

儘管她看過幾十次解剖，但走進實驗室時，迎面撲來那股血和內臟的濃烈氣味，還是令她措手不及。行醫這麼多年，她首度覺得自己看到屍體會吐出來。

一位戴著塑膠面罩的老紳士轉過來看他們。她認出那是法醫艾許佛．提爾尼醫師，六個月前他們在一場法醫病理學會議上見過。創傷外科醫師搶救失敗的病人，通常就會來到提爾尼醫師的解剖檯上，她上次跟他講電話是在一個月前，討論一個因脾臟破裂而死亡的兒童病患。

提爾尼醫師露出柔和的微笑，恰好跟手上沾滿血的橡皮手套形成強烈的對比。「柯岱兒醫師，很高興看到你。」他停頓一下，忽然意識到這句話中的諷刺性。「不過眞希望是在更愉快的狀況下。」

「你已經開始解剖了，」摩爾喪氣地說。

「馬凱特副隊長希望馬上有答案，」提爾尼說。「每回有警察開槍，媒體就會緊追著他不放。」

「可是我先打過電話來，安排要先看屍體的。」

「柯岱兒醫師以前也看過解剖。這對她來說不算什麼。先讓我切除這部分，她就可以去看臉了。」

提爾尼把注意力轉回屍體的腹腔。他拿著解剖刀，切斷小腸，拉出一圈圈腸子，扔進一個鋼盆內。然後他往後退開，朝摩爾點了個頭。「去吧。」

摩爾碰碰凱薩琳的手臂。她不情願地走近屍體。一開始，她的注意力放在打開的切口。敞開的腹部是她熟悉的領域，那些各有位置、不具個人色彩的器官，以及一塊塊組織，有可能屬於任何陌生人。器官沒有情感的含意，沒有個人身分的印記。她可以用專業的冷靜眼光審視，於是她現在就這樣，注意到胃和胰臟及肝臟都還在原位，等著要一起被切除。從頸部到恥骨的Y字形切口露出了胸腔和腹腔。心臟和肺臟已經切除了，在胸廓留下一個空蕩的凹處。胸壁上看得到兩個子彈穿透的傷口，一個從左乳頭上方穿過，另一個是往下隔了兩三根肋骨處穿過。兩顆子彈應該都穿透胸廓，刺穿心臟或肺臟。腹腔左上方則是第三個穿透傷，應該是穿過了脾臟。傷勢很慘重。無論朝卡爾．帕切可開槍的是誰，都是存心置他於死地。

「凱薩琳？」摩爾說，她這才想到自己沉默太久了。

她吸了一口大氣，也吸入了血和冰冷肉體的氣味。到現在，她已經很熟悉卡爾·帕切可體內的病理狀況；接下來該面對他的臉了。

他看到黑色的頭髮。一張窄臉，鼻子尖得像把刀。下巴肌肉鬆弛，嘴巴張著，牙齒很整齊。最後她終於把焦點放在那對眼睛上頭。有關這個男人，摩爾事前幾乎什麼都沒告訴過她，只說了他的名字和他拒捕時被警察射殺。你是外科醫生嗎？

那雙因死亡而角膜渾濁的眼睛，並沒有喚起她的任何記憶。她審視著他的臉，試圖感覺任何殘留在卡爾·帕切可屍體上的邪惡痕跡，卻什麼都感覺不到。這具凡人的軀殼是空的，生前的任何痕跡都已不復存在了。

她說：「我不認識這個人。」然後走出解剖室。

摩爾從大樓裡出來時，她已經等在他的汽車旁了。之前她的肺臟裡裝滿了解剖室裡的臭氣，這會兒不斷吸著炙人的熱空氣，好像要把那種髒污洗掉。儘管她現在流著汗，但那棟冷氣建築裡的寒氣仍殘留在她骨頭裡，深入骨髓。

「卡爾·帕切可是誰？」她問。

他望向朝聖者醫學中心的方向，聽著一輛救護車愈來愈強的警笛聲。「一個性侵害者，」他說。「獵食女人的。」

「他是外科醫生嗎？」

摩爾嘆氣。「顯然不是。」

「但你認為他有可能是。」

「根據DNA的檢驗結果，顯示他跟妮娜．裴頓的案子有關。兩個月前，他性攻擊她。但我們沒辦法證明他和伊蓮娜．歐提茲或黛安娜．史特林有關。沒有證據顯示他曾出現在她們的人生中。」

「或是我的人生中。」

「你確定你從沒見過他？」

「我只確定我不記得他。」

太陽把汽車曬得像烤箱一樣熱，他們站在打開的車門旁，等著裡頭冷卻下來。凱薩琳隔著車頂望向摩爾，清楚看到他有多麼疲倦。他的襯衫已經出現了汗漬。現在是星期六下午，他卻得載著證人來停屍間。從很多方面來看，警察和醫師的生活很類似。工作時間很長，沒有準時下班這回事。他們都會看到人性最黑暗的一面，人生最痛苦的時刻。他們親眼目睹過種種夢魘的畫面，學會了堅強活下去。

他心中有什麼難忘的畫面？他載她回家時，她暗自想著。有多少受害者的臉、多少謀殺現場，像歸檔的照片般儲存在他的腦袋裡？她只是這個案子裡的一個元素，她很好奇其他的女人，不論活著或死去的，有哪些能吸引他的注意。

他停在她住的公寓大樓前面，關掉引擎。她往上看著自己那戶公寓的窗子，不想下車，不想離開他。過去兩三天來，他們共度了太多時間，因而她已經變得依賴他的堅強和他的善良。要是在比較愉快的狀況下認識，光是他的外貌，就足以吸引她的目光了。但現在她最在乎的，不是他的魅力，也不是他的智慧，而是他的心。這是個她能信賴的男人。

她想著接下來該說什麼，又想著那些話會有什麼後果。然後決定不管了。

她輕聲說：「要不要進來喝杯飲料？」

他沒立刻回答，她覺得自己的臉紅了，他的沉默帶著令人難以忍受的含意。他正在猶豫不決，顯然也明白兩人之間的微妙情愫，不曉得該如何是好。

最後他終於看著她說：「好，我很樂意。」兩人都知道，彼此心裡想的，不光是一杯飲料而已。

他們走進樓下大廳，他的手臂圈著她。這不光是個保護的手勢而已，他的手輕鬆地歇在她肩上，但他手中的暖意，還有她自己的反應，都令她輸入保全密碼時手忙腳亂。滿心的預期使得她緩慢又笨拙。上樓之後，她雙手顫抖開了她那戶門鎖，兩人走進她舒適涼爽的公寓中。他只暫停下來把門關上，把嵌鎖鎖好。

然後他將她擁入懷中。

她已經好久沒讓人擁抱了。有一度，光是想到男人的手碰觸她的身體，就令她滿心恐慌。但在摩爾的懷抱中，她一點恐慌都沒有。她回應他的吻，熱情得讓彼此都驚訝。她已經好久沒有辦法享受愛，因而連渴望的感覺都失去了。但眼前，她全身每一部分都甦醒過來，想起欲望是什麼感覺，雙唇熱切地探索著他的。是她拉著他進入走廊，走向臥室，一路親吻。是她解開他的襯衫釦子、鬆開他的皮帶扣。他知道，不知怎地他就是知道，自己不能採取主動，否則會嚇到她。他知道他們的第一次，一定得由她主導。但他無法隱藏自己的激動，而當她拉開拉鍊，他的長褲隨之滑落時，她也感覺到了。

他手伸向她的開襟襯衫，停了下來，他的目光搜尋著她的眼睛。她望著他的眼神，她加快的呼吸聲，都毫無疑問表明這是她想要的。襯衫前襟緩緩分開，滑下她的肩頭。胸罩輕悄落到地上。他極度溫柔地卸下她的衣衫，不是剝去她的防備，而是欣然的釋放。那是一種解脫。他俯身吻她的胸部時，她閉上眼睛愉悅地輕嘆。那不是攻擊，而是一種敬畏之舉。

於是，兩年來第一次，凱薩琳讓男人跟她做愛。當摩爾和她一起躺在床上時，她沒有想到安德魯·卡普拉的侵犯。當他們褪去所有衣衫，當他的身軀包覆著她時，她沒有片刻的恐慌，沒有恐懼的回憶來襲。因爲另一個男人曾對她做的實在太殘酷了，因而跟眼前這一刻、跟眼前這個男人的身體，完全無法聯想起來。暴力不是性交，而性交不是愛。當摩爾進入她，當他的雙手捧著她的臉，凝視著她時，她感受到愛。她都忘了男人能給她多大的愉悅，那一刻她渾然忘我，彷彿初次般體驗著那種喜悅。

後來她在他懷裡醒來時，天已經黑了。她感覺到他動了一下，聽到他開口問：「現在幾點了？」

「八點十五。」

「啊。」他茫然地笑了起來，翻身仰躺著。「眞不敢相信我們睡掉了一下午。我想我是一時睡死了。」

「而且你最近睡太少了。」

「誰需要睡覺？」

「講話眞像醫師的口吻。」

「這是我們的共同點，」他說，一手緩緩撫著她的身體。「我們都太久沒有……」

他們靜靜躺著一會兒，然後他輕聲問：「感覺怎麼樣？」

「你是問我，你是個多好的情人嗎？」

「不。我的意思是，你覺得怎麼樣？這樣讓我碰你。」

她露出微笑。「很好。」

「我沒做錯什麼嗎？沒嚇到你？」

「你讓我覺得很安全。這就是我最需要的。感覺很安全。我想你是唯一能了解這點的男人。也是我唯一能信任的男人。」

「有些男人是值得信任的。」

「是啊，但問題是哪些呢？我從來就不知道。」

「要到危急關頭，你才會知道。他會始終站在你身邊的。」

「那麼我想，我從來沒找到他。我聽過其他女人說，只要你告訴一個男人你出過什麼事，只要你用了強暴這個字眼，男人就會退縮了。好像我們是瑕疵品。男人不想聽到這種事。他們寧可你沉默不說。但這種沉默會擴大，會蔓延，最後你什麼都沒辦法談。整個人生都變成一種禁忌話題。」

「沒有人能這樣過日子。」

「我們非得保持沉默不說，其他人才有辦法跟我們相處。但是就算我不談，那件事情還是存在。」

他吻她，光是這麼簡單的舉動，就比任何愛的行動都更親密，因爲那是緊接著坦白那件事而來。

「你今天晚上會留下來陪我嗎？」她低聲問。

他的氣息暖暖吹過她頭髮。「只要你讓我帶你去吃晚餐。」

「啊。我完全忘了要吃飯了。」

「這就是男人和女人的差異。男人絕對不會忘了吃飯。」

她笑著坐起來。「那你去調酒，我來做菜。」

他調了兩杯馬丁尼，他們邊喝邊拌生菜沙拉，又把牛排放進烤箱。男性氣概的食物，她想著不禁覺得好笑。用紅肉餵飽她生命中的新男人。做菜這件事似乎從來沒像今晚這麼愉快過，摩爾微笑遞給她鹽罐和胡椒罐，她因爲喝了馬丁尼調酒而覺得有點醉。她已經不記得上回東西這麼好吃是什麼時候了。那就好像她剛從一個封起的瓶子裡冒出來，生平第一次體驗到種種鮮活的味覺和嗅覺。

他們圍著餐桌吃飯，一邊啜飲葡萄酒。這個白瓷磚、白櫥櫃的廚房，忽然間似乎充滿了鮮豔的色彩。寶石紅的葡萄酒，鮮嫩的綠色萵苣，藍色格子的布餐巾。摩爾就坐在她對面。她一度以爲他是無色的，就像街上跟你錯身而過那些平淡無奇的男人，只是畫在平坦畫布上的一個輪廓而已。直到現在她才眞正看清他，皮膚上溫暖的紅潤，眼睛四周的笑紋。臉上種種迷人的缺陷都安然存在。

我們有一整夜，她想到這裡，唇邊泛起笑容。她起身，朝他伸出一隻手。

札克醫師停下波勒卻克醫師的催眠錄影帶，轉向摩爾和馬凱特。「這可能是假的記憶。也就是說，柯岱兒想起的第二個聲音其實不存在。你知道，這就是催眠的問題。記憶是流動的，有可能改變、重寫，以符合期待。她接受催眠前，就已經相信卡普拉有個搭檔。接下來，記憶就出現了！第二個聲音。那個房子裡有了第二個男人。」札克搖搖頭。「那是不可靠的。」

「不光是她記憶中出現了第二個加害者，」摩爾說。「我們的不明嫌犯還寄了一束剪下來的頭髮，只可能是在薩凡納剪的。」

「頭髮在薩凡納被剪掉，那是她說的，」馬凱特指出。

「你也不相信她？」

「副隊長說的有道理，」札克說。「我們談的是一個感情上很脆弱的女人。即使被攻擊已經是兩年前的事情，她可能還沒完全穩定下來。」

「她是創傷外科醫生。」

「沒錯，她在工作上的表現完全正常。但她受過傷害。你很清楚的。那樁攻擊會留下痕跡。」

摩爾沉默了，想著他認識凱薩琳的那一天。她的動作多麼精確、控制良好。完全不同於催眠錄影帶中那個無憂無慮的年輕女孩，在祖父母的露台上曬太陽。而昨夜，那個歡樂的凱薩琳又出現在他的懷抱中。之前她一直困在那個脆硬的殼裡，等著被解救出來。

「所以這個催眠，對我們有什麼幫助？」馬凱特問。

札克說：「我不是說她不相信這段記憶，也不是說她記得不清楚。那就像是告訴一個小孩，說後院有隻大象。過了一陣子，那個小孩就堅決相信，甚至可以描述大象的鼻子、背上沾的乾草，有缺角的象牙。記憶變成真實。即使事情從沒發生過。」

「我們不能完全不相信這些回憶。」摩爾說。「你可能不相信柯岱兒的可靠性，但她就是這個兇手的興趣焦點。卡普拉所開始的事情——跟蹤、殺害——並沒有停止。一路跟著她到這裡來。」

「會是模仿犯嗎？」馬凱特說。

「或者是搭檔，」摩爾說。「這不是沒有前例。」

札克點點頭。「殺人犯結伴犯案也不算稀奇。我們老把連續殺手想成獨行俠，但其實有將近四分之一的連續殺人案件是合夥犯下的。亨利．李．盧卡斯（Henry Lee Lucas）有個同夥，肯尼斯．畢昂其（Kenneth Bianchi）也有。有同夥的話，一切都會比較容易。綁架、控制犯人這些的。他們可以合作出獵，確保成功。」

「狼是成群出獵的，」摩爾說。「或許卡普拉也是。」

馬凱特拿起錄放影機遙控器，按下倒退鍵，然後按了播放。在電視螢幕上，凱薩琳閉著眼睛坐在那裡，雙手無力垂著。

那是誰說的，凱薩琳？誰說：「輪到我了，卡普拉」？

不知道。我不認得他的聲音。

馬凱特按了暫停鍵，凱薩琳的臉凍結在螢幕上。他看著摩爾。「她在薩凡納被攻擊，到現在已經兩年多了。如果他是卡普拉的同夥，為什麼要等這麼久才來找她？為什麼要現在動手？」

摩爾點點頭。「這點我原先也想不透。我想我知道答案。」他打開帶來的檔案夾，拿出從《波士頓環球報》上撕下來的一張報紙。「這是在伊蓮娜．歐提茲謀殺案發生之前十七天刊登的。文章裡報導了波士頓的三名女性外科醫師。三分之一篇幅在寫柯岱兒。她的成功。她的成就。另外還有張她的彩色照片。」他把那張報紙遞給札克。

「這就有趣了，」札克說。「你看到這張照片時，看到的是什麼，摩爾警探？」

「一個有吸引力的女人。」

「還有呢？她的姿態、她的表情，讓你有什麼感覺。」

「自信。」摩爾停頓了一下。「高不可攀。」

「我的感覺也是這樣。一個出類拔萃的女人。一個遙不可及的女人。她雙手交抱，昂起下巴。大部分凡人都無法企及。」

「你的重點是什麼？」馬凱特問。

「想想這會讓我們的不明嫌犯多興奮。被毀損的女人，被強暴所污染。這些女人被象徵性地摧毀。而結果凱薩琳．柯岱兒出現了，這女人殺了他的同夥安德魯．卡普拉。照片裡，她看起來不像被毀損，不像個被害人。不，在這張照片裡，她看起來像個征服者。你想他看到這個，心裡會有什麼感受？」札克看著摩爾。

「生氣。」

「不光是生氣而已，警探。他會有一股徹底的、無法控制的狂怒。她離開薩凡納後，他跟著她來到波士頓，但他沒辦法對她下手，因爲她很保護自己。所以他慢慢來，先殺其他目標。他大概想像柯岱兒深受創傷，已經退化得不像個人，只是等著再度被獵殺而已。然後有一天，他打開報紙，面對面看到她，不是個被害人，而是這個勝利的賤女人。」札克把文章遞還給摩爾。「我們這位老兄想再度把她擊倒，就用驚嚇的手法。」

「那他的最終目標是什麼？」馬凱特問。

「把她削弱到他可以對付的程度。他只攻擊那些行爲像被害者的女人。被毀損過、羞辱得很嚴重的，這樣他才不會覺得受到威脅。如果安德魯．卡普拉以前眞是他的同夥，那麼我們的不明嫌犯就還有另一個動機。那就是爲她當初殺了卡普拉而報仇。」

馬凱特說：「所以如果眞有這麼個同夥，我們該怎麼著手？」

「如果卡普拉有個同夥，」摩爾說，「那就把我們帶回了薩凡納。我們在這裡已經查不出什麼來了。到目前爲止，我們已經訪談了將近一千次，結果連一個可能的嫌疑犯都找不到。我想我們現在該去查一下跟安德魯．卡普拉有關的每一個人，看其中是不是有某個名字曾出現在波士頓這裡。佛斯特已經打了電話給薩凡納那邊負責的辛格探員。他可以飛過去看那些證物。」

「爲什麼是佛斯特去？」

「爲什麼不是？」

馬凱特看著札克。「我們要大海撈針嗎？」

「有時候，還眞能讓你撈到針呢。」

馬凱特點點頭。「好吧。那就去薩凡納查。」

摩爾站起來要走，但又被馬凱特叫住了：「你先別走，我要跟你談一下。」他們等到札克離開辦公室，然後馬凱特關上門說：「我不想派佛斯特警探去。」

「可以問一下爲什麼嗎？」

「因爲我希望你去薩凡納。」

「佛斯特打算要去，也都做好準備了。」

「重點不在於佛斯特，而是在你。你得跟這個案子分開一陣子。」

摩爾不吭聲，知道接下來要談些什麼了。

「你花了很多時間跟凱薩琳・柯岱兒在一起，」馬凱特說。

「她是這個案子的關鍵。」

「你太多晚上都在陪她。星期二半夜還跟她在一起。」

瑞卓利。瑞卓利知道當時我們在一起。

「還有星期六，你整夜都待在她家。這到底是怎麼回事？」

摩爾沒說話。他能說什麼？沒錯，我越過界限了。但我情不自禁。

馬凱特沉坐在椅子裡，一臉深深的失望。「我不敢相信我在跟你談這個。在所有人裡頭，怎麼可能是你。」他嘆了口氣。「現在該是回頭的時候了。我們會派另一個人負責她。」

「可是她信任我。」

「你們之間就只是這樣而已嗎，信任？我聽說的，可遠遠不只是這樣。我也用不著告訴你這有多麼不適當。聽我說，我們都見過別的警察發生這種事。從來就不會有好下場的，這回也不會。眼前，她需要你，而你剛好就在她身邊。你們兩個打得火熱幾星期，一個月。然後有天早上醒來，忽然就結束了。最後要不是她受傷，就是你受傷。兩個人都很後悔發生這種事。」馬凱特暫停一下，等著他回應，但摩爾沒吭聲。

「除了私人問題之外，」馬凱特繼續說，「這也讓整個案子變得更複雜。而且他媽的也害我們整個兇殺組很丟臉。」他不客氣地手朝門一揮。「去薩凡納，離柯岱兒遠一點。」

「我得跟她解釋——」

「不准再打電話給她。我們會通知她的。我會派克羅去接替你的位置。」

「不要派克羅。」摩爾大聲說。

「那要派誰？」

「佛斯特。」摩爾嘆了口氣。「讓佛斯特接手吧。」

「好吧，就佛斯特。你快去趕飛機。現在要讓事情冷卻下來，你就該離開波士頓。眼前你可能會很氣我。但你心裡明白，我只是要求你做正確的事情。」

摩爾的確明白，有人在他面前舉起鏡子，讓他看清自己的行爲，當然很痛苦。他在那面鏡子中看到了墮落的聖人湯瑪士，因爲自己的欲望而沉淪。這個眞相觸怒了他，因爲他無法辯駁，無法否認。他設法保持沉默，直到離開馬凱特的辦公室，但一出來，看到瑞卓利坐在她的辦公桌後頭，他就再也忍不下去了。

「恭喜你啊，」他說。「你報了一箭之仇了。傷害別人你很高興，對吧？」

「我做了什麼？」

「你去跟馬凱特告狀。」

「喔，這個嘛，如果我去告了狀，那反正我也不是第一個出賣搭檔的警察。」

這個反駁很惡毒，也達到了應有的效果。他沉著臉沒說話，轉身就走。

出了大樓，他暫停在有屋頂的廊道下，淒慘地想著今天晚上見不到凱薩琳了。馬凱特說得沒錯；事情必須這樣處理。從一開始就應該這樣的，小心地隔開他們，不要理會兩人之間的吸引力。但她那麼脆弱，而他也笨得被吸引過去。多年來他一直謹慎而正派，現在卻發現自己置身在不熟悉的領土，一塊由熱情而非邏輯支配的地方。在這個新世界裡，他覺得很不自在，也不知道該怎麼走出去。

凱薩琳坐在自己的車上，努力鼓起勇氣要走進波士頓警察局總部。一整個下午，在一連串的看診中，她還是像平常那樣，客氣地檢查病患，諮詢同事，處理一些工作上總會出現的小麻煩。但她的微笑始終很空洞，在親切的面具下，潛藏著一股絕望的暗流。摩爾沒回她的電話，她不曉得為什麼。才共度了一夜，兩人之間就不對勁了。

最後，她終於下了車，走向警察局總部。

儘管她來過一次，為了接受波勒卻克醫師的催眠，但這棟建築物仍像是令人生畏的堡壘，她並不屬於其中。等到接待櫃檯後頭那位制服警察看著她時，更加強了這種印象。

「我能效勞什麼嗎？」他問。既不友善，也不敵意。

「我要找兇殺組的湯瑪士．摩爾警探。」

「我打電話上去，請問尊姓大名？」

「凱薩琳．柯岱兒。」

那個警察撥分機時，她就在大廳等，四周是光滑的花崗岩，來來往往一堆穿制服或便衣的男警察，紛紛好奇朝她看，搞得她不知所措。這是摩爾的世界，她在這裡只是個陌生人，擅自闖入這個強悍男子漢瞪著眼睛、槍套裡插著發亮手槍的地方。忽然間她覺得自己來錯了，根本就不該來的。她轉頭走出去，剛走到門口時，一個聲音喊她：「柯岱兒醫師？」

她回頭，認出剛走出電梯的那個金髮男子，一臉溫和親切。是佛斯特警探。

「我們上樓去吧。」他說。

「我是來找摩爾的。」

「是的，我知道。我下來接你。」他朝電梯比了一下。「請吧？」

到了二樓，他帶著她穿過走廊，進入兇殺組。她沒來過這個區域，很驚訝看起來像個商業辦公室，一個個工作區裡面放著電腦終端機和辦公桌。他帶著她來到一張椅子坐下。他的眼神柔和，看得出她在這個陌生的地方很不自在，便試圖想讓她輕鬆一點。

「要不要喝咖啡？」他問。

「不用了，謝謝。」

「或者其他什麼？汽水，還是白開水？」

「不用麻煩了。」

他也坐下來。「好，你想談什麼事情，柯岱兒醫師？」

「我想找摩爾警探。我一整個早上都在開刀，我想他可能會要聯絡我……」

「其實呢……」佛斯特停頓了一下，眼神很不自在。「我中午的時候留話給你的辦公室職員過。從現在開始，你有事就找我，不是摩爾警探。」

「是的，我收到留話了。我只是想知道……」她忍回淚水。「我想知道爲什麼要換人。」

「這是爲了，呃，讓調查流程簡化。」

「這是什麼意思？」

「我們需要摩爾專心在這個案子的其他部分。」

「這是誰決定的？」

佛斯特的表情愈來愈凝重。「我其實不太清楚，柯岱兒醫師。」

「是摩爾決定的嗎？」

佛斯特又停頓了一下。「不是。」

「所以不是他不想見我了。」

「我很確定不是這樣的。」

她不曉得他說的是實話，或者只是想安撫她而已。另一個工作區有兩個警探朝自己這邊看，她注意到了，忽然氣得臉紅。大家都曉得怎麼回事，只瞞著她一個人嗎？他們的眼神是憐憫嗎？一整個早上，她都回味著昨天夜裡的種種。她一直等著摩爾打電話來，渴望能聽聽他的聲音，知道他在想著她。但他沒打電話。

到了中午，她收到佛斯特的電話留言，說以後她有任何事都改跟他聯絡。

現在她唯一能做的，就是忍著淚抬起頭，然後她問：「是有什麼原因，所以我不能跟他談話嗎？」

「恐怕他現在不在波士頓。他今天下午離開的。」

「我明白了。」她懂了，他沒跟她說，態度已經很明顯了。她沒問摩爾去了哪裡，也沒問要怎麼聯絡他。她已經覺得來這裡很丟臉了，現在自尊接管一切。過去兩年，她主要的力量來源，就是自尊。自尊支撐她往前走，一天接一天，拒絕穿上被害人的斗篷。其他人看著她，只看到她冷靜、能幹，又難以靠近，因爲她只肯讓別人看到這一面。

只有摩爾看到眞正的我。毀損又脆弱。而現在我的下場就是這樣，這就是爲什麼我絕對不能露出軟弱。

她起身離開時，背脊挺直，眼神堅定。她走出那個工作區，經過摩爾的辦公桌。她知道那是他的桌子，因爲上頭放了名牌。她只稍稍暫停一下，以看清桌上放的那張照片，裡頭是一個微笑的女人，陽光照著她的頭髮。

她走出去，把摩爾的世界拋在後頭，回到她自己那個憂傷的世界。

18

摩爾本來以爲波士頓已經是熱得受不了，沒料到薩凡納更可怕。那天傍晚他走出機場，當場就像是泡進了熱洗澡水裡，感覺自己彷彿在涉水行走，四肢遲鈍地走向租車的停車場，潮溼的空氣在碎石路上方泛出漣漪。等到他進入旅館房間，襯衫已經一片汗溼。他脫掉衣服，躺在床上想休息幾分鐘，結果一直睡到晚上。

醒來時，已經天黑了，冷氣過強的房間凍得他全身發抖。他起身坐在床緣，腦袋抽痛。

他從行李箱裡拿出一件乾淨的襯衫穿上，離開旅館。

即使在夜裡，空氣還是像蒸汽，但他開著車窗，吸入南方的潮溼氣息。儘管他以前從沒來過薩凡納，但已經聽說了這個城市的魅力，精緻的古老家園和鍛鐵長椅及電影《熱天午後之慾望地帶》。但今夜，他不打算去什麼觀光景點，而是要去找位於市區東北角的一個地址。這裡是個宜人的地帶，一棟棟小而整齊的家屋有著前門廊、籬笆圍起的花園，以及枝葉繁茂的大樹。他一路找到朗達街，在那棟房子前面停下車。

屋裡亮著燈，他看得到一架電視發出的藍光。

他很好奇現在住在裡頭的是誰？是否知道這棟房子的過去？當他們夜裡關掉燈、爬上床時，可曾想到那個臥室裡以前發生過的事？躺在黑暗裡，他們是否會傾聽依然迴盪在屋裡的恐怖回音？

一個剪影經過窗前——是個苗條的長髮女人。很像凱薩琳的身影。

此刻他可以想像兩年前的那個畫面。那個年輕男子站在前廊，敲著門。門開了，流瀉出金色的光。凱薩琳站在那兒，金光圈出她的輪廓，她請那位醫院裡認識的年輕同事進去，完全沒猜到他心裡打算要對她做的種種恐怖行為。

而第二個聲音，第二個男人——他是從哪裡進去的？

摩爾靜坐許久，打量著那棟房子，特別留意到窗子和灌木叢。他下了車，沿著人行道往前走，好看看屋子的側面。擋住視線的灌木叢成熟而茂密，他看不到裡頭的後院。

對街的一戶門廊燈亮了起來。

他轉身看到一個矮胖女人站在窗前，瞪著他。她手裡拿著電話湊到耳邊。

他回到車上，開走了。他還想去看看另一個地址。是往南幾哩之外，靠近州立學院的。他很好奇以前凱薩琳是否常開車經過這條路，她以前是左邊那家小披薩店或右邊那家乾洗店的常客嗎？他看到的每個地方，好像都浮現著她的臉，搞得他心神不寧。這表示他讓自己的情感影響到這個案子的調查，這對任何人都不會有好處。

來到他要找的那條街道，開了兩個街區後，他停下車，這裡應該就是那個地址。但眼前只是一塊空地，長滿了雜草。他本來希望在這裡看到一棟房子，屋主是一位五十八歲的寡婦史黛拉・普爾太太。三年前，普爾太太把二樓出租給一個名叫安德魯・卡普拉的外科實習醫師，他是個安靜的年輕人，總是按時繳房租。

摩爾下了車，站在安德魯・卡普拉以往必然走過的人行道上，四下看著卡普拉以往居住過的這一帶。幾個街區外就是州立學院，他猜想這條街上有很多房子出租給學生——那些短期房客可能不曉得附近曾有個惡名昭彰的鄰居。

風吹過來，攪動起一陣腐敗的潮溼氣味。他往上看著一棵前院的樹，上頭的樹枝有一叢松蘿鳳蘭垂掛下來。他打了個冷顫，心想：奇怪的植物，回想起小時候有一年過萬聖節，有個鄰居想嚇那些來討糖的小孩，就做了個稻草人，脖子套上繩索，掛在一棵樹上。摩爾的父親看到時氣壞了，立刻衝到隔壁，也不管那位鄰居的抗議，就把那個稻草人的繩子割斷。

摩爾現在也有同樣的衝動，想爬上樹，把那叢懸吊的松蘿鳳蘭給抓下來。

但他只是上了車，開回旅館。

馬克・辛格警探把一個硬紙板箱放在桌上，拍拍雙手的灰塵。「這是最後一箱。耗掉我們一整個週末才全部找到，不過全在這兒了。」

摩爾看著那一打排在桌上的證物箱說：「我應該帶個睡袋住進來的。」

辛格笑了。「如果你想把這些箱子裡的每張紙都看過的話，是這樣沒錯。任何東西都不能帶出這棟大樓，好嗎？影印機在走廊前頭那邊，輸入你的名字和單位就行。洗手間在那邊。隊上的辦公室裡，大部分時間都會有甜甜圈和咖啡。如果你拿了甜甜圈，最好丟個幾塊錢在瓶子裡，我們會很感激的。」儘管這些話是帶著微笑說出來的，但摩爾從他的南方拖腔聽出了言外之意：我們有我們這裡的規矩，就算你是從波士頓來的，也得遵守。

凱薩琳並不喜歡這個警察，摩爾現在明白爲什麼了。辛格比他原先以爲的要年輕，還不到四十歲，全身肌肉發達，不太能接受批評。他喜歡當老大，而眼前摩爾決定先迎合他。

「這裡的四箱，裝的是調查管理文件。」辛格說。「你可能會想從這裡看起。交叉索引檔案在那一箱，行動檔案在這一箱。」他沿著桌子往前，邊講邊拍著紙箱。「另外這一箱是亞特蘭大那邊關於朵拉·契科內的檔案，是影印的副本。」

「正本在亞特蘭大警察局那邊？」

辛格點點頭。「第一個被害人，他在那邊只殺了一個。」

「既然是影印的，我可以拿走嗎？帶回去旅館看？」

「只要你拿回來就好。」辛格嘆了口氣，看著那些紙箱。「你知道，我還是不曉得你認爲能查到什麼。這個案子再清楚明白不過了。每個案子都有卡普拉的ＤＮＡ，纖維比對結果符合，時間線也符合。卡普拉住在亞特蘭大時，朵拉·契科內就在那邊被殺害。他搬到薩凡納，這邊的女人就開始遇害。時間和地點都吻合。」

「卡普拉是兇手，我一點都不懷疑。」

「那你爲什麼要來查這些？有的資料都已經是三、四年前的了。」

摩爾聽出辛格話中的戒備態度，知道自己得用點圓滑的手腕才行。要是他暗示辛格在調查卡普拉時犯了錯，暗示他漏掉了卡普拉有個同夥的關鍵細節，那就休想得到薩凡納警察局的合作了。

摩爾的回答絲毫沒有怪罪的意味。「我們有個模仿犯的理論，」他說，「我們在波士頓的不明嫌犯顯然很崇拜卡普拉，複製他犯案的種種細節。」

「他怎麼會曉得那些細節？」

「在卡普拉生前，他們兩個可能通信過。」

辛格似乎鬆了口氣，甚至還笑了起來。「這種病態的混蛋還有粉絲俱樂部，嗯？好極了。」

「因爲我們的不明嫌犯對卡普拉的案子非常熟悉，所以我也得摸熟才行。」

辛格朝桌子一揮手。「那就加油啦。」

辛格離開後，摩爾就開始檢視那些證物箱上頭的標籤。他打開了一個標示著「管理1號」的箱子，裡頭有三個手風琴狀的折疊式檔案夾，全都塞得爆滿。這還只是四個管理檔案箱的其中一個而已。第一個折疊式檔案夾裡頭，裝著三宗薩凡納攻擊案的事件報告證人陳述，還有執行的令狀。第二個折疊式檔案夾裡面是嫌犯檔案、犯罪前科查核，以及實驗室報告。光是這第一個箱子，就夠他看上一整天了。

另外還有十一箱要看。

他先從辛格的結案摘要看起。再度覺得所有證據都對安德魯·卡普拉不利，無懈可擊。紀錄中總共有五次攻擊，其中四次都是致命攻擊。第一個被害人是朵拉·契科內，在亞特蘭大遇害。一年後，謀殺案開始出現在薩凡納，一年內有三個女人遇害：麗莎·法克斯、露絲·福爾希，以及珍妮佛·托瑞葛若撒。

直到卡普拉在凱薩琳·柯岱兒的臥室被射殺，他的殺人行動才告終止。

每一個案子中，被害者的陰部都採到了精液，DNA符合卡普拉的。法克斯和托瑞葛若撒的犯罪現場所採到的毛髮，也跟卡普拉符合。第一個被害人契科內遇害那年，卡普拉正好在亞特蘭大的艾墨瑞大學醫學院讀最後一年。

然後隨著卡普拉搬到薩凡納，謀殺案也跟過來了。

所有證據都緊密交織，織成一張牢不可破的網。但摩爾知道他閱讀的只是案件摘要，其中匯集了所有的元素，以支持辛格的結論。至於彼此矛盾的細節，可能就不會提起。但他想從這些證物箱裡挖出來的，正是那些別具含意的、不一致的小細節。就在這裡頭的某處，他心想，外科醫生留下了他的足跡。

他打開第一個折疊式檔案夾，開始閱讀。

三個小時之後，他才終於從椅子上站起來，伸展一下僵硬的背部肌肉。此時已經是中午，但那堆資料他才看了一點而已，裡頭一絲外科醫生的影子都沒有。他繞著桌子走，看著還沒打開那些紙箱上的標籤，看到了一箱上頭寫著：「第十二號，法克斯／托瑞葛若撒／福爾希／柯岱兒。媒體剪報／錄影帶／雜項。」

他打開箱子，發現六捲錄影帶放在厚厚一疊檔案夾的最上方。他拿出標示著「卡普拉住所」的錄影帶。上頭的日期是六月十六日。他攻擊凱薩琳的次日。

他找到了辛格，正在自己的座位上吃三明治。是熟食店買來的豪華版，夾了厚厚的烤牛肉。那張辦公桌明顯表露出辛格的作風，整裡得井井有條，一疊疊紙張連邊緣都對齊了。這個警察非常注重細節，但共事起來可能會很難搞。

「有放影機可以借用一下嗎？」摩爾問。

「鎖起來了。」

摩爾等著，下一個要求太明顯了，根本不必說出口。辛格誇張地嘆了口氣，從抽屜裡拿出鑰匙，站起來。「我想你是馬上就要，對吧？」

辛格去儲藏室裡推了一台手推車出來，上頭放著放影機和電視機，推到摩爾工作的那個房間。他插上插頭，按了電源鍵，一切妥當之後，他滿意地咕噥了兩聲。

「謝了，」摩爾說。「我可能要用幾天。」

「有什麼重要的大發現嗎？」那個挖苦的口吻清楚無誤。

「我才剛開始呢。」

「我看到你拿了那捲卡普拉的錄影帶，」辛格搖著頭。「老天，那屋子裡頭有一堆詭異的狗屎。」

「我昨天晚上開車經過那個地址，結果只剩一塊空地。」

「那房子大約一年前燒掉了。卡普拉死掉後，房東太太樓上一直租不出去。所以她就開始收費讓人參觀，信不信由你，還不少人眞跑去看。你知道，跟那些病態的吸血鬼粉絲一樣，想來朝拜惡魔的巢穴。要命，連那房東太太都很詭異。」

「我也想找她談談。」

「沒辦法，除非你能跟死人講話。」

「火災？」

「燒成焦炭了。」辛格笑起來。「抽菸有害健康。她絕對證明了這點。」

摩爾等到辛格走出去，才把那捲標示著「卡普拉住所」的帶子放進了放影機。

第一個畫面是在戶外，白天，鏡頭照著卡普拉住處那棟房子的正面。摩爾認出前院那棵掛著松蘿鳳蘭的樹。房子本身毫無魅力，兩層樓的四方形建築，該粉刷了。掌鏡的攝影師說了日期、時間、地點。他自稱是薩凡納的警探史畢羅．波塔基。從天光看來，摩爾猜想應該是在清晨拍攝的。攝影機轉向街道，他看到一個人慢跑經過，好奇地轉頭看著攝影機。此時街上很多車（上班時間？），幾個鄰居站在人行道上，瞪著攝影師。

接著鏡頭轉回去對著屋子，手持攝影機搖晃著走向前門。進了屋，波塔基在房東普爾太太所住的一樓匆匆轉了一圈。摩爾看到了褪色的地毯，深色的家具，一個爆滿的菸灰缸裡塞滿菸蒂。這個致命的習慣害她日後燒成焦炭。攝影機往上經過一道狹窄的樓梯，穿過一扇裝著沉重嵌鎖的門，來到安德魯．卡普拉的二樓住處。

光是看影帶，摩爾都有點感覺到幽閉恐懼症。二樓被隔成了很多小房間，不管是誰「整修」的，一定是因爲貼木頭鑲板的價錢打了大折扣。因爲每一面牆都貼上了深色的鑲板。攝影機進入一條走廊，窄得像是挖出來的隧道。「臥室在右邊，」波塔基說，把鏡頭轉向右邊的門口，拍到裡頭有一張整齊鋪好的雙人床，一張床頭桌，一個附抽屜的梳妝台。所有的家具都很適合這個黯淡的小洞穴。

「現在要到後頭的起居室，」波塔基說，搖晃的攝影機再度進入那個隧道般的走廊。出去後是一個比較大的房間，裡頭還站著幾個人，臉色凝重。摩爾看到辛格站在一扇小門旁。這裡是警方的焦點。

攝影機對著辛格。「這扇門用掛鎖給鎖上了。」辛格說，指著那個壞掉的鎖。「我們不得不把鉸鏈撬開來。在裡頭發現了這個。」他打開壁櫥門，開了裡頭的電燈。

攝影機失焦了片刻，然後突然又對準焦點了，塡滿螢幕的畫面清楚得嚇人。那是一個女人臉部的黑白照片，眼睛睜大，毫無生氣，脖子割得很深，氣管都割斷了。

「我相信這是朵拉．契科內，」辛格說。「好吧，接下來對準這個。」

攝影機往右移動，另一張照片，另一個女人。

「這些死後拍攝的照片，裡頭是四個不同的被害人。我相信這四位死者是朵拉．契科內、麗莎．法克斯、露絲．福爾希，還有珍妮佛．托瑞葛若撒。」

這是安德魯．卡普拉私人的照片陳列館。他會躲在這裡，重新體會自己屠殺的愉悅感。摩爾覺得更可怕的，是牆上還沒貼照片的地方，還有放在架子上的一小包圖釘。還剩很多空間可以貼照片。

攝影機搖搖晃晃地離開小房間，再度回到比較大的那個房間。波塔基緩緩轉動攝影機，拍到了一張沙發，一架電視，一張書桌，一具電話。書架上擺滿了醫學教科書。接著攝影機轉到廚房，對準了冰箱。

摩爾湊得更近，忽然覺得喉嚨發乾。他已經曉得冰箱裡面會有什麼了，但當他看著辛格走向冰箱時，還是不禁心跳加快，胃裡打結。辛格停頓一下，看著鏡頭。「我們就在裡頭發現了這個，」他說，然後打開冰箱門。

19

他繞著街區走了一圈，這回幾乎沒意識到暑熱，因爲錄影帶上的影像讓他冷到骨髓裡。光是離開那個令他毛骨悚然的會議室，就讓他覺得鬆了口氣。薩凡納黏呼呼的空氣與柔和的綠色光線，都搞得他不舒服。波士頓有銳利的稜角和刺耳的聲音，每一棟建築物、每一張不高興的臉都清楚得刺眼。在波士頓，你會知道你活著，即使只因爲你很煩。但在這裡，好像一切都失了焦。他好像隔著一層薄紗看著薩凡納，人人裝出體面的微笑，講話的腔調懶洋洋，他很好奇在看不見的地方，藏著什麼黑暗的祕密。

他回到警隊辦公室時，發現辛格正在筆記型電腦上打字。「先等一下，」辛格說，然後按了拼字檢查功能。他的報告裡可不准有任何拼字錯誤。等到他滿意了，這才看著摩爾。「什麼事？」

「你有沒有找到過卡普拉的通訊錄？」

「什麼通訊錄？」

「大部分人電話旁邊都會放著一本私人的通訊錄。但我在那捲拍他住處的錄影帶裡沒看到，在你的財產清單裡面也沒找到。」

「那是兩年以前了。如果我們的清單上沒有，那就是他沒有通訊錄。」

「也可能是在你們過去之前，通訊錄被拿走了。」

「你想查什麼？我以為你是要來研究卡普拉的技巧，不是要把這個案子重新查一遍的。」

「我有興趣的是卡普拉的朋友，任何跟他很熟的人。」

「要命，沒有人跟他很熟。我們訪談過跟他一起工作的醫師和護士。他的房東太太，鄰居。我還開車去亞特蘭大找過他姑姑談，那是他唯一在世的親戚。」

「嗯，我看過訪談紀錄了。」

「那你就知道，他把他們全都騙倒了。我一直聽到重複的評語：『很有同理心的醫師！好有禮貌的年輕人！』」辛格冷哼一聲。「他們之前完全不曉得卡普拉的眞面目。」

辛格又轉回去看著他的筆記型電腦。「要命，從來沒有人看得出惡魔的眞面目。」

要看最後一捲錄影帶了。摩爾把這捲留到最後，因為他一直沒準備好要面對那些畫面。之前他設法保持距離看完其他幾捲，邊研究麗莎．法克斯和珍妮佛．托瑞葛若撒和露絲．福爾希的臥室，邊記了些筆記。他一遍又一遍看到鮮血的噴濺痕，看到尼龍繩在被害人手腕打的結，還有死者呆滯的雙眼。他有辦法幾乎不帶感情看那些錄影帶，因為他不認識這幾個女人，不會因此喚起他的回憶。他的焦點不是放在被害人身上，而是來過她們房間的壞人。他把福爾希犯罪現場的錄影帶退出，放在桌上。然後不情願拿起最後那捲。標籤上寫著日期、案件編號，還有「凱薩琳．柯岱兒住處」的字樣。

他考慮要拖到明天早上，等精神飽滿時再看。現在已經九點了，他又在這個會議室裡待了一整天。他拿著影帶，斟酌著該怎麼辦。

然後他才發現辛格站在門口，正在看著他。

「老兄，你還在這裡啊，」辛格說。

「有很多資料要看呢。」

「那些錄影帶你都看完了？」

「只剩這一捲了。」

辛格看了一眼標籤。「柯岱兒。」

「是啊。」

「好，你就播放吧。或許我可以補充一些細節。」

摩爾把錄影帶放進去，按了播放鍵。

一開始是凱薩琳那棟房子的正面。夜晚。門廊照亮了，屋裡燈火通明。他聽到攝影師講了日期和時間（凌晨兩點）和自己的名字。這次又是史畢羅·波塔基拍的，他似乎是大家最喜歡用的攝影師。摩爾聽到背景裡有很多聲音——人聲，漸去漸遠的警笛聲。波塔基照慣例先拍了一圈環境，然後摩爾看到一群面色凝重的鄰居望著犯罪現場黃膠帶裡頭，幾輛停在街上的巡邏車所發出的光照著他們的臉。他很驚訝，因爲時間這麼晚了。當時一定是有很大的騷動，才會吵醒這麼多鄰居。

波塔基的攝影機重新對準屋子，朝前門走去。

「一開始我們是接到報案，」辛格說。「說有槍聲。對街的女人聽到第一聲，然後隔了好一陣子，又聽到第二聲。她打了九一一。才七分鐘就有一個警察趕到現場，然後兩分鐘之後，救護車也來了。」

摩爾想起對街的那個女人，昨天晚上就在窗內瞪著他。

「我看過鄰居的陳述，」摩爾說，「她說沒看到任何人從前門離開那棟屋子。」

「沒錯。只聽到兩聲槍響。第一聲之後她下了床，看著窗外。然後，或許過了五分鐘吧，她聽到了第二聲槍響。」

五分鐘，摩爾心想。隔這麼久的原因是什麼？

在螢幕上，攝影機進了前門，現在剛進屋。摩爾看到一個櫃子，櫃門開著，看得到裡頭掛著幾件大衣，還有一把傘，一台吸塵器。攝影機緩緩轉動，拍出整個客廳。沙發旁的茶几上有兩個玻璃杯，其中一個裡頭還有液體，看起來是啤酒。

「柯岱兒邀請他進去，」辛格說。「他們喝了點啤酒。然後她去上洗手間，回來，喝完啤酒。羅眠樂一個小時之內就發揮藥效了。」

沙發是粉橘色的，上頭還有精緻的花卉紋。摩爾都不曉得凱薩琳會是那種喜歡花卉紋的女人，但眼前就是證據。花卉出現在窗簾上，還有餐椅的椅墊上。彩色的。在薩凡納，她住的地方有很多色彩。他想像她跟安德魯・卡普拉坐在那張沙發上，同情地聽著他對工作的種種擔憂，同時羅眠樂緩緩從她的胃進入血液。藥物的分子流向她的腦部。卡普拉的聲音變得愈來愈小。

在那個星期六的凌晨兩點，攝影機在整棟房子巡一圈，碰到房間就進去拍一下。接著進入廚房，水槽裡有一個玻璃水杯。

摩爾身子忽然往前湊。「那個玻璃杯——上頭的唾液有做過DNA檢驗嗎？」

「為什麼要做？」

「你們不曉得誰用來喝過水？」

「第一個警察趕到的時候，屋裡只有兩個人。卡普拉和柯岱兒。」

「茶几上有兩個玻璃杯。誰會用這第三個杯子喝東西？」

「要命，杯子有可能放在水槽裡一整天了，根本跟我們發現的狀況不相干。」

摩爾抓著遙控器按了後退鍵。把錄影帶倒回廚房那段的一開始。

「怎麼了？」辛格問。

摩爾沒回答。他湊得離螢幕更近，看著螢幕上的畫面重新播放一遍。冰箱上頭有幾個水果形狀的鮮豔磁鐵。料理台上放著麵粉罐和糖罐。水槽，只有一個玻璃水杯。然後攝影機緩緩掃過廚房門，朝向走廊。

摩爾又按了倒退鍵。

「你在看什麼？」辛格問。

影帶倒回那個玻璃水杯。攝影機開始轉向走廊。摩爾按了暫停鍵。「這個，」他說。「廚房門。往外通到哪裡？」

「呃——後院。一片草坪。」

「那後院再過去呢？」

「相連的後院，另一排房子的。」

「你跟那片後院的屋主談過嗎？屋主聽到過槍聲嗎？」

「談了要做什麼？」

摩爾站起來走向螢幕。「廚房門，」他說，輕敲著螢幕。「有條鏈子，但是沒拴上。」

辛格暫停一下。「但是門鎖起來了。看到那個喇叭鎖鎖鈕的位置嗎？」

「沒錯。那種按鍵是你可以先按下，出去帶上門就鎖住了。」

「所以你的重點是什麼？」

「她爲什麼按下了鎖鈕，可是沒拴上鏈子？夜裡睡前去鎖門的人，都會一起做的。他們會按下鈕，拴上鏈子，但是她沒做第二個步驟。」

「或許她忘了。」

「當時薩凡納有三個女人被謀殺。她擔心得都在床底下擺一把槍了。我不認爲她會忘。」他看著辛格。「或許之前有個人從那扇廚房門走出去。」

「那棟屋子裡只有兩個人。柯岱兒和卡普拉。」

摩爾思索著接下來該說什麼。如果完全坦白的話，他不知道會有所收穫，還是造成損失。說到這裡，辛格已經曉得往下會推到哪裡去了。「你的意思是，卡普拉有個同夥。」

「沒錯。」

「從一扇沒有拴上鏈子的門，就推出這樣的結論，也未免太誇張了吧。」

摩爾吸了口氣。「不只那扇門而已。凱薩琳．柯岱兒被攻擊的那一夜，她聽到屋裡有另一個聲音。是個男人，在跟卡普拉講話。」

「她從沒告訴我們這件事。」

「這是她在一次催眠治療中說出來的。」

辛格猛地大笑起來。「你找了個靈媒來支持這個說法？眞是太有說服力了。」

「這就解釋了外科醫生爲什麼會知道那麼多卡普拉的技巧。這兩個人以前是同夥。而且外科醫生繼承了卡普拉的精神，甚至還一路跟蹤他們唯一生還的被害人。」

「世上有這麼多女人，爲什麼偏偏挑上她？」

「因爲之前的事情沒有完成。」

「是喔，好吧，我有個更棒的理論。」辛格從椅子上站起來。「柯岱兒廚房的門沒上鏈子是因爲忘了。你們波士頓那位老兄是模仿他從報上看來的手法。而你們的催眠專家所誘導出來的，是錯誤的記憶。」他搖著頭，開始朝門走去，又嘲諷地拋下最後一句話：「等你逮到眞正的兇手，別忘了通知我一聲啊。」

摩爾沒讓這番爭執困擾自己太久，他知道辛格只是在爲自己的工作辯護。也不怪他多疑，連他都開始懷疑自己的直覺了。他大老遠跑來薩凡納，是爲了證明那個同夥理論，否則就要推翻。而到目前爲止，他還沒查出任何能支持這個理論的東西。

他又把注意力轉回電視螢幕，按下播放鍵。

攝影機離開廚房，沿著走廊往前。中間暫停下來拍浴室——粉紅色毛巾，浴簾上頭印著彩色的魚。摩爾的雙手冒汗，很怕看到接下來的畫面，卻也無法轉開視線。鏡頭離開浴室，繼續沿著走廊往前，經過一張掛在牆上的裱框水彩，畫著粉紅色的牡丹花。木頭地板上的血鞋印被踩了又踩，先是第一批趕來的警察，接著是忙亂的救護人員。剩下來是一片亂七八糟的紅色抽象圖樣。

門口就在前面，畫面在不穩的手中抖動著。

接著攝影機進入臥室。

摩爾覺得自己的胃翻動，不是因爲這個犯罪現場比他所看過的其他犯罪現場更嚇人。不，這裡的駭人程度會深入他的內心，是因爲他認識曾在這裡受苦的女人，而且非常關心她。他研究過這個房間所拍的照片，但這捲錄影帶所帶來的可怕感覺，卻是靜態照片無法傳達的。即使凱薩琳不在畫面中——此時她已經被送去醫院了——她受折磨的證據卻彷彿正從螢幕裡朝他大喊。他看到原先綁住她手腕和腳踝的尼龍繩，還綁在四根床柱上。他看到手術工具——一把解剖刀和牽開器——留在床頭桌上。他看到這一切，那種衝擊的力量太大了，因而他在椅子上不禁往後靠，好像才挨了一拳。

等到攝影機的鏡頭終於轉開，對著躺在地上的安德魯·卡普拉，此時摩爾幾乎一點情緒都沒有，因爲他已經被幾秒之前的畫面弄得麻痹了。卡普拉腹部的傷口流了很多血，在他的身體下方積了一大灘。致命傷是第二顆射進他眼睛的子彈造成的。他想起那兩槍間隔了五分鐘。他看到的畫面，更強化了這個時間線。從累積的那灘血判斷，卡普拉活著躺在那裡流血的時間，至少有兩三分鐘。

錄影帶放完了。

他瞪著空白的螢幕，然後從癱瘓狀態中稍微動了一下，用遙控器關掉放影機。他感覺累得沒辦法從椅子上站起來。最後終於起身時，只是爲了逃離這個地方。他帶走了那個裝著亞特蘭大影印偵查資料的箱子。反正這些文件不是正本，只是亞特蘭大那邊檔案的副本，他可以帶去別的地方看。

回到飯店，他沖了澡，吃了一份客房服務的漢堡和薯條。然後看一個小時電視以解除壓力。他坐在那邊切換頻道，但從頭到尾，他的手眞正渴望的，卻是打電話給凱薩琳。看了最後那捲犯罪現場的錄影帶，讓他完全明白現在跟蹤她的是個什麼樣的惡魔，這讓他難以心安。

他拿起話筒兩次，又放回去。然後又拿起來，這回他的手指自己動起來，按了一串他太熟悉的號碼。響了四聲，轉進了凱薩琳的答錄機。

他沒留話就掛斷了。

他瞪著電話，很羞愧自己的決心這麼容易就瓦解掉。他跟自己承諾過要堅守決心，也答應了馬凱特的要求，說他在調查期間會跟凱薩琳保持距離。當這一切都結束了，我會想辦法彌補我們之間的種種。

他看著書桌上那疊亞特蘭大的文件。現在已經半夜十二點了，但他根本還沒開始。他嘆了口氣，打開箱子，取出裡頭的第一份檔案。

朵拉・契科內是安德魯・卡普拉的第一個被害人，閱讀她的案情並不愉快。他已經知道大致的狀況，因爲辛格的結案報告裡面有案情摘要。但摩爾沒看過亞特蘭大的原始報告，現在他回溯到往昔，檢視安德魯・卡普拉最早的案子。這是一切的起點，在亞特蘭大。

他閱讀了原始的犯罪報告，然後繼續看訪談檔案。他閱讀了很多人的陳述，包括契科內的鄰居，當地一家酒吧（她生前最後一次被看見的地方）的酒保，發現屍體的那位女性友人。還有一份檔案列出了嫌疑犯及其照片的清單，裡頭沒有卡普拉。

朵拉．契科內當時二十二歲，是艾墨瑞大學的研究生。在她遇害的那一夜，最後有人看到她是在半夜十二點左右，正在「小酒吧」喝著瑪格麗特調酒。四十個小時之後，她的屍體在她家被發現，全身赤裸，用尼龍繩綁在床上。她的子宮被切除，頸部被割斷。

他找到警方製作的犯罪時間線，只是一份粗略的手寫概要，上頭的筆跡潦草難認，好像製作的那位亞特蘭大警探只想交差了事。在那些紙頁間，從那個警探沮喪而潦草的字跡，摩爾幾乎聞得到失敗的氣息。他自己也體驗過這種沉重的感覺壓在胸部，隨著辦案時間過了二十四小時，然後是一星期，然後是一個月，還是查不出任何具體的線索。這就是那個亞特蘭大警探碰到的狀況——什麼都沒有。殺害朵拉．契科內的兇手依然只是個不明嫌犯。

他打開驗屍報告。

卡普拉殺害朵拉．契科內的過程，一點也不像後來幾樁那麼迅速又熟練。亂糟糟的切口顯示卡普拉缺乏自信，無法在下腹部乾淨俐落劃上一刀。反之，他猶豫不決，刀子還回頭重新反覆切割，把皮膚都割爛了。而割開皮膚之後，狀況更是退步到外行的亂砍，他下刀割得太深，劃破了膀胱和腸子。而且當時他沒用縫合線綁住任何動脈。所以出血很多，卡普拉一定是在盲目中動手，所有器官都泡在一片愈來愈深的鮮紅血泊中。

唯一執行得算是熟練的，只有最後的致命傷。那是乾淨俐落的一刀，從左到右，彷彿他原先的飢渴現在已經得到滿足，他的瘋狂也消退了，因而終於可以掌控局面，冷靜而有效率地完成工作。

摩爾把驗屍報告放在一邊，看著旁邊托盤裡吃剩的晚餐，忽然覺得噁心，於是把托盤拿出房門，放在走廊上。然後他回到書桌前，打開下一份檔案夾，裡頭是犯罪實驗室的報告。

第一張是顯微鏡部分的報告：被害人陰部採樣的精子鑑識結果。

他知道這份精子的DNA分析後來確認是卡普拉的。他在殺害朵拉・契科內之前，先強暴了她。

摩爾翻到下一頁，發現是一疊毛髮與纖維鑑識報告。被害人的陰部所採到的毛髮送去檢驗過，其中有一根紅褐色的陰毛，鑑識結果符合卡普拉的。摩爾又翻了接下來幾頁，是在犯罪現場採到各種毛髮的鑑識報告。大部分的樣本都是被害人的陰毛或頭髮。另外還有毯子上一根短短的金毛，後來根據髮髓的複雜結構樣式，確定不是人類的毛髮。有個手寫的附註說：被害人的母親養了一條黃金獵犬，另外被害人的汽車後座上，也發現了類似的毛髮。

摩爾翻到毛髮與纖維鑑識的最後一頁，停了下來。這又是一根毛髮的分析，是人類的，但始終沒鑑定出主人身分。這根毛髮是在枕頭上發現的。在任何住家，裡面都會發現各式各樣的毛髮。人類每天會掉好幾打頭髮，而且要看你對居家整潔有多挑剔、多久用吸塵器一次，只要是在你家待過夠多時間的人，都可能會在毛毯和地毯及椅墊上留下毛髮。而這根在枕頭上找到的頭髮，主人有可能是情人、訪客，或親戚。反正不是安德魯・卡普拉。

一根人類頭髮，淡褐色。A0（彎曲），長度：五公分。毛髮生長靜止期。有套疊脆髮症。來源不明。

套疊脆髮症。竹節髮。

外科醫生去過那裡。

摩爾往後靠坐，目瞪口呆。今天稍早他閱讀過薩凡納警局有關法克斯、福爾希、托瑞葛若撒、柯岱兒的實驗室報告。沒有一個犯罪現場發現過套疊脆髮症的毛髮。

但卡普拉的同夥從一開始就在場。他始終保持隱形，沒留下精子或DNA。他出現過唯一的證據，就是這根頭髮，還有凱薩琳掩埋的記憶中有一段他的聲音。

他們的同夥關係，早在亞特蘭大、早在第一樁殺人案就開始了。

20

彼得．法寇正在診療檯上忙著開刀，兩邊手肘都沾滿鮮血。凱薩琳推門進入創傷診療室時，他抬頭看了一眼。無論之前兩人的關係有多麼緊張，無論她覺得彼得在場有多麼尷尬，那一刻都被拋在一邊。眼前他們是兩個專業人員，要在一場艱辛的戰役中攜手合作。

「另一個快送來了！」彼得說。「這樣加起來就是四個。他們正在想辦法切開汽車，把他救出來。」

切口噴出鮮血來。他從工具盤上抓了一把鉗子，塞進打開的腹腔內。

「我來協助，」凱薩琳說，拆開一件無菌手術袍的封帶。

「不，這個我可以自己來。金博在第二診療室，他需要你。」

好像要強調他的說法似的，一輛救護車的警笛聲忽然傳來。

「那個就給你了，」法寇說。「玩得開心點。」

凱薩琳跑到外頭的救護車入口。金博醫師和兩個護士已經等在那裡，看著救護車倒車停好。金博還沒拉開門，就已經聽到病人的喊叫聲。

那是個年輕男子，雙臂和肩膀都是刺青。救護人員把他的擔架推下車時，他一邊扭動又一邊咒罵。凱薩琳只看了一眼蓋住他小腿那條浸透血的床單，就知道為什麼他一直在尖叫。

「我們在現場給了他一堆嗎啡，」他們推著病人進入二號外傷診療室時，那個急救人員說。

「好像一點用也沒有。」

「給了多少？」凱薩琳問。

「四十、四十五毫克的靜脈注射液。不過後來他血壓開始下降，我們就停藥了。」

「聽我口令，把他搬過來！」一個護士喊。「一、二、三！」

「操他媽的**耶穌基督**！**好痛**！」

「我知道，親愛的，我知道。」

「你他媽的**知道個屁**！」

「你馬上就會好過些了。你叫什麼名字？」

「瑞克……耶穌啊，我的腿——」

「貴姓？」

「羅倫！」

「瑞克，你對什麼藥物過敏嗎？」

「你們**操他媽的**有什麼毛病？」

「生命徵象是多少？」凱薩琳插嘴問，一邊戴上手套。

「血壓一〇二／六十。脈搏一三〇。」

「十毫克嗎啡，加入靜脈注射液，」金博說。

「**狗屎！給我一百！**」

其他醫護人員急忙抽血、吊掛靜脈注射袋時，凱薩琳拉開那條浸滿血的床單，不禁猛吸了口氣，看著急救止血帶綁著一條幾乎認不出來的腿。「給他三十，」她說。病人的右小腿幾乎全斷了，只剩兩三片皮膚還連著，一片血肉模糊，那隻腳幾乎整個往後彎。

她碰碰腳趾，一片冰涼；那裡當然是沒有脈搏了。

「他們說有動脈出血，」急救人員說。「第一個趕到現場的警察綁上了止血帶。」

「那個警察救了他的命。」

「嗎啡注射完畢！」

凱薩琳指揮著把燈光照向傷口。「看起來膝後窩神經和動脈都割斷了。血液輸送不到這條腿。」她看著金博，兩個人都明白非截肢不可了。

「把他送到手術室，」凱薩琳說。「他夠穩定，可以移動。好把這個創傷治療室空出來。」

「剛好來得及，」金博說，因爲他們聽到另一輛救護車的警笛聲逐漸接近。他轉身要離開。

「嘿，嘿！」病人抓住金博的手臂。「你不是醫生嗎？我他媽的痛死了！叫這些臭娘兒們想點辦法！」

金博啼笑皆非地看了凱薩琳一眼，然後說：「大哥，對他們客氣一點。作主的就是這些臭娘兒們。」

凱薩琳從來不會輕易決定截肢的。只要有辦法保住，她會盡一切力量接合回去。但半個小時後，當她站在手術室裡，手裡拿著解剖刀，低頭看著病人殘存的右腿，她的選擇就很明顯了。小腿軟趴趴的，脛骨和腓骨都壓成了碎片。從沒有受傷的左腿判斷，病人的右腿本來健康而肌肉發達，被太陽曬成古銅色。沒穿鞋襪的那隻腳——儘管角度很可怕，卻奇怪地沒有受傷——有涼鞋鞋帶的曬痕，腳趾甲裡還有沙子。她不喜歡這個病人，也不欣賞他的詛咒，或是痛苦中對她和其他女性醫護人員的辱罵，但當她的解剖刀劃過他的皮膚形成一個後翻皮瓣，又鋸掉脛骨和腓骨骨折處的尖銳邊緣時，她卻感到悲傷。

手術室護士把鋸掉的腿從診療檯上拿走，用一塊布包起來。這條曾體驗過溫暖沙灘的腿，很快就會化爲塵土，跟著其他送到醫院病理部的切除器官和肢體，一起送去焚化。

這場手術讓凱薩琳沮喪又力竭。等她終於脫下手套和手術袍，走出手術室，碰到等她的珍・瑞卓利時，她一點也高興不起來。

她走到水槽前，洗掉手上的滑石粉和乳膠氣味。「現在是半夜了，警探。你都不睡覺的嗎？」

「睡得大概跟你一樣多。我有些問題要請教。」

「我還以爲你不辦這個案子了。」

「我絕對不會放棄這個案子。無論別人說什麼。」

凱薩琳擦乾手，轉身看著瑞卓利。「你不太喜歡我，對吧？」

「我喜不喜歡你並不重要。」

「是因爲我跟你說錯了什麼話嗎？或是做了什麼事？」

「聽我說，你今天晚上在醫院的工作結束了吧？」

「是因爲摩爾，對不對？這就是你討厭我的原因。」

瑞卓利咬著牙。「摩爾警探的私生活不關我的事。」

「可是你不贊成。」

「他又沒問過我的意見。」

「你的意見已經表示得夠清楚了。」

瑞卓利看著她，不掩飾自己的厭惡。「我以前很欣賞摩爾。我以為他是警察中的特例，從來不會越過界限。但結果他並不比其他人好。但我無法相信的是，他搞砸的原因，是為了一個女人。」凱薩琳摘下頭上的手術帽，扔在垃圾桶裡。「他知道自己犯了錯，」她說，推開門出了手術區，來到走廊。

瑞卓利跟著他。「什麼時候的事情？」

「就在他不告而別，離開波士頓的時候。我想對他來說，我只是他一時判斷上的失誤。」

「他對你是這樣嗎？判斷上的失誤？」

凱薩琳站在走廊上，眨掉淚水。*我不知道。我不知道該怎麼想。*

「你似乎是一切的中心，柯岱兒醫師。你就站在舞台上，成為每個人注意的焦點。摩爾的，外科醫生的。」

凱薩琳憤怒地轉向瑞卓利。「你以為我想要這些注意嗎？我從來沒要求當被害人！」

「但事情老是發生在你身上，對不對？你和外科醫生之間，有種詭異的連結。我一開始還看不出來。我以為他殺了其他被害人，是為了實現他病態的幻想而已。現在我覺得一切都是為了你。他就像一隻貓，在外頭捕殺了鳥，帶回家獻給女主人，好證明他是個好獵人。那些被害人是他用來打動你的禮物。你愈害怕，他就覺得自己愈成功。這就是為什麼他要等到妮娜・裴頓住進醫院、由你治療的時候，才殺了她。她要你第一手見證他殺人。他迷上你了。我想知道爲什麼。」

「他是唯一有辦法回答的人。」

「你不曉得嗎？」

「我怎麼會曉得？我連他是誰都不知道。」

「如果你催眠時說的是實話，他當時就跟安德魯．卡普拉一起待在你家。」

「我那天晚上只看到安德魯。安德魯是唯一……」她停下。「或許他迷上的並不是我。你想過這一點嗎？或許她迷上的是安德魯。」

瑞卓利皺起眉頭，這個說法讓她思索。凱薩琳忽然明白，自己無意間說出了事實。在外科醫生的世界裡，位於中心的並不是她，而是安德魯．卡普拉。他模仿安德魯，甚至崇拜安德魯。但凱薩琳卻活生生奪走了他。

醫院裡的廣播系統呼叫她的名字，她往上看了一眼。

「柯岱兒醫師，請立刻到急診室。柯岱兒醫師，請立刻到急診室。」

老天，就不能讓我清靜一會兒嗎？

她按了電梯口往下的鍵。

「柯岱兒醫師？」

「我沒空回答你的任何問題。我還有病人要照顧。」

「那你什麼時候有空？」

電梯門打開，凱薩琳走進去，疲倦的戰士又被召回前線了。「我才剛開始忙呢。」

藉由他們的血，我將會了解他們。

我審視著架子上的試管，就像一個人對著盒子裡的巧克力垂涎，不曉得哪一個會是最好吃的。血就像人一樣，每一個都是獨特的，我的肉眼看得出深淺不同的顏色，從鮮紅到黑櫻桃色。我很熟悉造成這種種顏色差異的原因；我知道紅色是源自血紅素，氧化的階段不同。這是一種化學作用，如此而已。但是啊，這樣的化學作用卻有著令人震撼、驚懼的力量。只要看到血，沒有人會無動於衷的。

即使我天天都看到血，但每次見到，還是會爲之激動。

我渴望地看著那些架子，裡頭的試管來自大波士頓地區各地，從各個醫師的辦公室和診所及隔壁的醫院，匯集到此。我們是全市最大的醫學檢驗中心。在波士頓的任何地方，只要你伸出手臂讓護理師抽血，你的血液就很有可能來到我這裡。

我在電腦上登記了第一架血液樣本。每個試管上都貼了一張標籤，記載著病人姓名、醫師姓名，以及日期。架子旁邊還附了一疊申請表格。我伸手拿了表格來翻閱，瀏覽裡面的姓名。

那一疊翻到一半，我停下來。病人是凱倫．索柏，二十五歲，住在布魯克萊鎮克拉克路七五三六號。她是白人，未婚。我會知道這些資料，是因爲表格上有，另外還有她的社會保險號碼、雇主的名字、保險公司。

醫師要求做兩項血液檢驗：愛滋病篩檢，以及梅毒篩檢。

在診斷那一欄，醫師寫著：「性攻擊」。

我從架子上找到裝著凱倫．索柏血液的試管。裡頭的血是深深的暗紅色，受傷野獸的血。我拿在手裡，當暖意傳到我手上，我看到、感覺到這個叫凱倫的女人。受傷而腳步踉蹌，等著被取走性命。

然後我聽到一個人聲，嚇了一跳，趕緊抬頭看。

凱薩琳．柯岱兒剛剛走進了我的實驗室。

她站得好近，我幾乎伸手就可以碰觸到她。我很驚訝她會在這裡出現，尤其是在黑暗與黎明交界的冷門時段。很少有醫生會跑來我們地下室這裡，而現在看到她，讓我意外地激動，那個景象就像是冥界之后駕到。

我很好奇她爲什麼跑來。然後我看到她把幾根裝著草莓色液體的試管遞給隔壁工作檯的技術員，聽到她提起「肋膜積水」，於是明白她爲什麼會大駕光臨。就像很多醫師，碰到某些特別珍貴的體液，她會信不過醫院裡面負責跑腿的員工，於是親自拿著試管，經過他們醫院和我們檢驗中心這兩棟大樓間的隧道，送來給我們。

我看著她離去，就經過我的工作檯前。她的肩膀下垂，走路搖晃著，雙腳不太穩，好像正在涉過深深的泥潭。疲倦加上日光燈的光線，使得她的皮膚看起來簡直像是塗了一層乳白色的顏料。她走出門消失了，始終不知道我一直在看著她。

我低頭注視還握在手裡的凱倫．索柏的那根試管，忽然間那些血似乎遲鈍又毫無生氣。比起剛剛走在我面前的那位，凱倫根本就是不值得去獵殺的獵物。

我還聞得到凱薩琳的香味。

我登入電腦，在「醫師姓名」底下打了「凱薩琳・柯岱兒」。螢幕上出現了她過去二十四小時要求做的所有血液檢驗。我看到她從晚上十點就在醫院，現在是清晨五點半，而且是星期五。接下來她有一整個白天的看診工作。

而我的上班時間已經快要結束了。

我走出大樓時，是早上七點，早晨的陽光照進我的雙眼。天氣已經很熱了。我走到醫學中心的室內停車場，搭電梯到五樓，沿著一排汽車來到第五四一號她的停車位。那是一輛檸檬黃的賓士汽車，今年的新款。車子保持得乾淨無瑕。

我從口袋裡掏出兩星期前弄到手的那串鑰匙，拿了一把插入她的後車廂鎖孔。

後車廂蓋彈起來。

我看了裡頭一眼，看到了後車廂逃生栓，這個絕妙的安全設計，是要防止小孩不小心被鎖在裡面。

有輛車轟響著從坡道開上來。我關上那輛賓士車的後車廂蓋，趕緊離開。

殘酷的特洛伊戰爭打了十年。伊菲格妮亞濺在奧里斯祭壇上的處女之血，讓一千艘希臘戰船揚帆駛向特洛伊，但等待著希臘人的，並不是迅速的勝利，因爲住在奧林帕斯山的諸神意見分裂成兩派。站在特洛伊這邊的有愛神阿芙羅黛蒂和戰神阿雷斯、太陽神阿波羅和狩獵女神阿蒂蜜絲。站在希臘那邊的則是天后希拉、智慧女神雅典娜，以及海神波賽頓。勝利先倒向這方，又換到另一方，然後又倒回來，像微風一樣方向不定。兩邊的眾多英雄人物屠殺別人，有的也被屠殺，詩人維吉爾說當時大地血流成河。

到最後，擊敗特洛伊的不是武力，而是騙術。在特洛伊最後一天的黎明，他們的士兵醒來後，看到一座巨大的木馬被棄置在斯坎伊恩門前。

我想著特洛伊木馬，不明白特洛伊城的軍隊怎麼會這麼蠢。他們推著這座有輪子的巨大木馬進城，怎麼可能不曉得敵人就藏在裡頭？他們為什麼要把木馬推進城裡？為什麼他們那天晚上要狂歡，在慶祝勝利的酒醉中搞得迷迷糊糊？我總覺得，換了我就不會這麼笨。

或許是他們攻不破的城牆，讓他們變得自滿了。一旦城門關上，防禦非常嚴密，要怎麼攻擊？敵人都被關在城牆外了。

沒有人停下來思索敵人就在城內的可能性。他們就在那兒，就在你身邊。

我一邊思索著特洛伊木馬，一邊把糖和鮮奶油加入咖啡中。

我拿起電話。

「外科辦公室，我是海倫。」接待員接了電話說。

「我今天下午可以去找柯岱兒醫師看診嗎？」我問。

「是緊急狀況嗎？」

「不算是。我背部有個軟軟的腫塊。不痛，但是我想找她看一下。」

「我可以幫你排在兩個星期後。」

「今天下午不行嗎？她最後一個約診之後？」

「抱歉，呃——請問貴姓？」

「我姓特洛伊。」

「特洛伊先生。可是柯岱兒醫師的約診只到下午五點，緊接著就會回家休息。我頂多只能幫你排到兩星期之後。」

「那就算了。我再去找別的醫師吧。」

我掛斷電話，現在我知道五點之後，她會走出辦公室。到時候她很疲倦，一定會直接開車回家。

現在是早上九點。前面還有一整個白天，充滿希望。

希臘人圍攻特洛伊，花了慘烈的十年。這十年間，他們堅持下去，攻打敵人的城牆，而他們的幸與不幸，就看諸神的喜好。

我只等了兩年，就要去領取戰利品。

兩年已經夠久了。

21

艾墨瑞大學醫學院學生事務辦公室的那個秘書名叫溫妮．布里斯，長得很像女星桃樂絲．黛，年輕時是陽光型的金髮女郎，年老些就成了慈祥的南方大媽。在辦公室的學生信箱區旁邊，她總是煮好一壺咖啡，辦公桌上還放著一大缽奶油硬糖。摩爾可以想像，壓力很大的醫學院學生很可能把這裡視爲一個溫暖的避難所。溫妮在這個辦公室工作已經超過二十年了，因爲沒有自己的孩子，於是她把自己的母性都發揮在每天來拿信件的學生身上。她請他們吃烤餅乾，提供他們租屋情報，在他們戀愛不順或考試當掉時提供諮詢。而且每一年的畢業典禮她都會掉淚，因爲又有一百一十個小孩要離開她了。

「兩年前薩凡納警方打電話給我時，我眞不敢相信，」她說，優雅地坐進她的椅子裡。「我告訴他們一定是搞錯了。我每天看到安德魯走進這個辦公室拿信，他是那種你所能想像最和善的小孩。有禮貌，從不講粗話。我都會特別注意別人的眼睛，摩爾警探，只是要讓他們知道我眞的看清了他們。而我在安德魯的雙眼裡，看到了一個好孩子。」

摩爾心想，這證明了我們有多麼容易被邪惡欺瞞。

「卡普拉在這邊當學生的那四年，你記得他有任何親近的朋友嗎？」

「你的意思是，比方女朋友？」

「我比較有興趣的，是他的男性朋友。我打了電話給他以前在亞特蘭大這裡的房東太太談過。她說有個年輕男人偶爾會去找卡普拉，她認爲那人也是醫學院的學生。」

溫妮站起來走到檔案櫃，拿出一張電腦列印的資料。「這是安德魯那一屆的學生名冊。一年級總共有一百一十個學生，大概有一半是男生。」

「他在其中有任何親近的朋友嗎？」

她瀏覽著那三頁名字，搖搖頭。「對不起。我實在不記得有誰跟他特別親近。」

「你的意思是，他沒有任何朋友？」

「我的意思是，我不知道。」

「名單可以借我看一下嗎？」

她遞給他。他往下看著那份名單，但除了卡普拉之外，沒有一個名字是眼熟的。「你知道這些學生現在住在哪裡嗎？」

「知道。我會更新他們的郵寄地址，要寄校友通訊的。」

「有任何人是住在波士頓地區的嗎？」

「我查一下。」她轉向旁邊的電腦，光亮的粉紅色指甲敲著鍵盤。溫妮．布里斯的天眞讓她像是來自一個比較古老、比較精緻的年代，因而摩爾看著她熟練地操作電腦，覺得好怪異。「有一個住在麻州的牛頓市。是在波士頓附近吧？」

「沒錯。」摩爾身體往前湊，脈搏忽然加快了。「他叫什麼名字？」

「是女生。蕾提夏．葛林。很可愛的女孩子。她老是送我一大袋山核桃。眞是淘氣，因爲她明知道我很怕胖的。不過我覺得她喜歡餵飽別人，她就是那個樣子。」

「她結婚了嗎？或者有沒有男朋友？」

「啊，她老公很棒！我這輩子見過最高的男人！一九六公分，一身黑色的皮膚好漂亮。」

「黑色。」他說。

「沒錯，漂亮得就像漆皮。」

摩爾嘆了口氣，又回去看名單。「據你所知，卡普拉那一屆同學裡頭，沒有其他人住在波士頓附近嗎？」

「根據我的名單是沒有。」她轉向他。「啊，你看起來好失望。」她的口氣好難過，彷佛覺得自己要對他的失望負責。

「我今天的打擊率是零，」他承認。

「吃顆糖吧。」

「謝謝，但是不用了。」

「你也怕胖？」

「我不太喜歡吃甜的。」

「那你顯然不是南方人。」

他忍不住笑了起來。溫妮·布里斯用她的大眼睛和溫柔嗓音吸引他，正如她吸引每個走進她辦公室的男女學生一樣。他的目光轉到她身後的牆上，上頭掛了幾張團體照。「這些是醫學院的歷屆學生嗎？」

她回頭看著牆面。「每年畢業典禮，我都找我先生來拍一張團體照。要讓那些學生聚在一起眞不容易。我先生老說，那就像是要把一大堆貓集中在一起。可是我想拍這麼一張照片，硬要他們配合。這些年輕人眞的是太可愛了，不是嗎？」

「哪一張是安德魯．卡普拉那一屆的？」

「我拿紀念冊給你看，上頭還有名字。」她站起來，走到一個有玻璃門的書櫥前。她虔敬地從架上抽出一本薄薄的冊子，一手輕拂過封面，像是拂去灰塵。「這是安德魯那一屆的畢業紀念冊。裡頭有所有同學的照片，還註明他們要去哪裡實習。」她暫停一下，然後把紀念冊遞給他。「我只有這一本。所以麻煩你，可不可以就在這邊看，不要帶走？」

「我就坐在那個角落，免得礙你的事。你也可以隨時盯著我，這樣行嗎？」

「哎呀，我又沒說我信不過你！」

「唔，你不該信任我的。」摩爾說，跟她擠了擠眼睛。她像個小女孩似的紅了臉。

他拿著紀念冊到角落的休息區，就在咖啡壺旁，桌上還有一盤餅乾。他坐在一張單人沙發椅上，打開那本艾墨瑞大學醫學院的畢業紀念冊。現在是中午時間，一個個年輕臉龐、身穿白袍的學生紛紛進來察看信箱。這些小鬼怎麼能當醫生？他難以想像把自己中年的身體交給這些年輕人照顧。他看到他們好奇地朝他看，聽到溫妮．布里斯輕聲說：「他是兇殺組警探，波士頓來的。」沒錯，那個坐在角落的糟老頭。

摩爾把頭埋得更低，專心看著那些照片。每張照片底下有學生的姓名、家鄉，還有申請到的實習醫院。他看到卡普拉的照片時，暫停下來。卡普拉直視著鏡頭，面露微笑，眼神誠摯而坦然。這是摩爾覺得最令人毛骨悚然的——這個掠食者藏身在獵物群中，沒有人看得出來。

卡普拉的照片下頭是他實習的地點。外科，喬治亞州薩凡納，河原醫學中心。

他很好奇卡普拉還有哪些同學也在薩凡納實習，當卡普拉在那邊屠殺女人時，有誰也住在那個城市？他翻了一下，看著名單，發現有其他三個學生也在薩凡納地區實習。其中兩個是女生，另外一個男生是亞裔的。

又走進死胡同裡了。

他沮喪地往後靠坐。那本紀念冊就攤在他膝上，他看到醫學院院長的照片朝他微笑。底下是他的畢業致詞，題目是：「懸壺濟世」。

今天，一〇八位有為青年鄭重立誓，要完成一趟漫長而艱難的旅程。這份身為醫師和療癒者的誓詞不是隨便說說而已，而是要延續終身……

摩爾坐直身子，重新讀了一次那份院長的致詞。

今天，一〇八位有為青年……

他站起來走向溫妮的辦公桌。「布里斯太太？」

「是的，警探？」

「你剛剛說過，安德魯那一屆入學時有一百一十個學生？」

「醫學院每年都會錄取一百一十個學生。」

「這裡，在院長的致詞中，他說有一百零八位畢業。那另外兩位怎麼了？」

溫妮哀傷地搖搖頭。「那個可憐的女孩出了事，我到現在還是很難釋懷。」

「哪個女孩？」

「蘿拉・韓欽森。她當時在海地的一個診所工作，那是高年級的見習課程。我聽說那邊的路況很差。卡車衝進了一條水溝，往右翻車，把她壓在下面。」

「所以她出了車禍。」

「她坐在那輛卡車後頭。他們花了十個小時都沒辦法救出她。」

「那另外一個學生呢？還有一個沒畢業的。」

溫妮的目光往下看著辦公桌，看得出她並不想談這個話題。

「布里斯太太？」

「這種事總是難免，每隔一陣子就會發生一次，」她說。「有個學生輟學了。我們努力想讓他們留在學校，但是你知道，有些人實在就是沒有那個資質。」

「所以這個學生——他叫什麼名字？」

「沃倫・荷伊。」

「他退學了？」

「沒錯，可以這麼說。」

「是因為成績不好嗎？」

「這個嘛……」她四下看了一圈，好像想找人幫忙卻找不到。「或許你該找我們的一位教授康恩醫師談談，他可以回答你的問題。」

「你不曉得答案？」

「那是有關……私人性質的。應該由康恩醫師告訴你才對。」

摩爾看了手錶一眼。他本來考慮晚上趕飛機回薩凡納，但現在看起來大概沒辦法了。「我該去哪裡找康恩醫師？」

「解剖實驗室。」

他從走廊上就聞到福馬林的氣味。摩爾在標示著「解剖」字樣的門外暫停一下，準備好面對接下來的狀況。儘管他以為自己有心理準備了，但是一進門，他立刻就被眼前的影像震懾住了。二十八張解剖檯，排成四行，佔滿整個房間。檯上是一具具解剖到後段的屍體。不同於摩爾平常在法醫實驗室習見的那些屍體，眼前這些看起來像假的，皮膚硬得像塑膠，外露的血管被防腐劑染成鮮豔的藍色或紅色。今天學生們的焦點是頭部，理開臉部的肌肉。每具屍體分配了四名學生，他們彼此唸著教科書上的字句、互相問問題、提供建議，吵得整個房間鬧哄哄。要不是解剖檯上那些可怕的屍體，這些學生簡直就像工廠裡面的工人，對著機械零件在工作。

一個年輕女子抬頭好奇地看著摩爾這個陌生人，穿著一身西裝走進了他們的實驗室。「你要找誰嗎？」她問，手上的解剖刀正要切進大體的臉頰。

「康恩醫師。」

「他在實驗室另一頭。看到那個白鬍子的大塊頭嗎？」

「看到了，謝謝。」他繼續沿著那排解剖檯往前走，目光不禁被經過的每具屍體吸引。這個女人四肢瘦弱，在鋼製解剖檯上像枯乾的木棍。那個黑人被劃開皮膚，露出大腿上粗壯的肌肉。到了那一排尾端，一個長得像聖誕老人的男子指著細緻的面部神經纖維講解，一群學生正專心聽著。

「康恩醫師嗎？」摩爾說。

康恩抬起眼睛，所有聖誕老人的假象都不見了。這個男人的深色眼睛很嚴肅，沒有絲毫幽默。「是的。」

「我是摩爾警探。學生事務處的布里斯太太要我來找你。」

康恩直起身子，忽然間摩爾抬頭看著這個大山似的男人。解剖刀在他的大手裡，看起來很不協調又脆弱。他放下刀子，脫掉手套，然後轉身到水槽洗手，此時摩爾看到他的白髮在腦後紮成一根馬尾。

「有什麼事情？」康恩問，伸手要拿紙巾。

「我想請教幾個問題，是有關你七年前教過的一個醫學院新鮮人。沃倫·荷伊。」

康恩背對著摩爾，但摩爾看到他巨大的手掌在水槽上方僵住了，滴著水。然後康恩抓下一張紙巾，默默擦乾手。

「你記得他嗎？」摩爾問。

「記得。」

「記得很清楚嗎？」

「他是個令人難忘的學生。」

「願意多談一些嗎？」

「其實不太想。」康恩把揉皺的紙巾扔進垃圾桶。

「這是一樁刑事案的調查，康恩醫師。」

此時好幾個學生朝他們看過來。刑事這個字眼吸引了他們的注意。

「去我辦公室談吧。」

摩爾跟著他走進一個鄰接的房間。隔著玻璃隔板，他們可以看到整個實驗室和二十八張解剖檯。像一個屍體聚落。

康恩關上門，轉過來面對他。「你為什麼會問起沃倫？他做了什麼？」

「據我們所知，他什麼都沒做。我只是必須知道他和安德魯．卡普拉的關係。」

「安德魯．卡普拉？」康恩冷哼一聲，「我們最有名的畢業生。醫學院最愛以這種事情出名了，教神經病怎麼切割人體。」

「你認為卡普拉瘋了？」

「像卡普拉這種人，我不確定在心理學診斷上可以歸類。」

「那你對他有什麼印象？」

「很正常，一點問題也沒有。我印象中他完全正常。」

這種描述，摩爾聽得愈多次，就愈覺得不寒而慄。

「那沃倫．荷伊呢？」

「你爲什麼要打聽他？」

「我得知道他和卡普拉是不是朋友。」

康恩想了一下。「我不知道。這個實驗室外頭所發生的事情，我沒法告訴你。我只看到這個實驗室裡面的狀況。學生們努力把大量資訊塞進他們工作過度的腦袋裡。不是每個人都有辦法應付這種壓力。」

「沃倫就是這樣嗎？這就是他輟學的原因？」

康恩轉身面對著玻璃隔板，看著解剖實驗室。「你有沒有好奇過，那些大體是哪裡來的？」

「什麼？」

「醫學院是怎麼得到這些這些遺體的？他們最後是怎麼來到這些解剖檯上，讓人開膛剖腹的？」

「我想是這些人的遺囑中，交代要把自己的身體捐給醫學院。」

「一點也沒錯。每一具大體，都是因爲有一個人類做出了非常慷慨的決定。他們把自己的遺體捐給我們。與其躺在某具花梨木的棺材裡，他們選擇要讓自己的遺體做些有用的事，用來教導我們下一代的醫生。要是沒有這些遺體，就辦不到了。學生必須要看到各式各樣眞正的人體。他們必須探索，拿著解剖刀，研究頸動脈的分枝，還有臉部的肌肉。沒錯，有些可以從電腦中學習，但眞正切開皮膚、理出一條纖細的神經，還是不一樣的。要做到這些，你就要有一具人體。

你需要某些慷慨而慈悲的人，放棄他們最私密的部分——他們自己的身體。我把這裡每一具大體都當成一位了不起的人。我這麼對待他們，也希望我的學生有同樣的敬意。這個實驗室裡不准開玩笑或胡鬧。他們都必須尊重每具大體，以及大體的每一個部分。等到解剖完畢後，要讓這些遺體火化、丟棄得有尊嚴。」他轉過來看著摩爾。「這是我實驗室裡的規矩。」

「這跟沃倫．荷伊有什麼關係？」

「關係可大了。」

「這就是他輟學的原因嗎？」

「沒錯。」他又轉身過去看著窗子。

摩爾等著，目光落在教授寬闊的背部，給他時間去思索要怎麼說。

「解剖，」康恩說，「是一個漫長的過程。有的學生在排定的上課時間，沒辦法完成指定的進度。有些人需要更多時間，溫習複雜的解剖學。所以我讓他們隨時可以來實驗室。他們每個人都有這棟大樓的鑰匙，如果有必要的話，半夜都可以進來工作。有些人的確會這樣。」

「那沃倫呢？」

他停頓一下。「是的。」

摩爾覺得後頸刺痛，心中開始浮現出一個可怕的懷疑。

康恩走向檔案櫃，拉開抽屜，搜尋塞在裡頭的資料。「那天是星期天。我週末出城了，當天晚上必須趕回來，準備星期一上課的一個標本。你知道這些學生，很多人解剖時，會把樣本切得亂七八糟。所以得展示一個完好的解剖樣本，讓他們看看原來的結構應該是什麼樣子。我們當時是進行到生殖系統，他們已經開始解剖那些器官。我還記得我開車進校園的時候已經很晚，過了半夜十二點了。我看到實驗室窗子是亮的，心想又是哪個忍不住的學生，想偷偷跑來用功，好領先同學一步。我進了大樓，沿著走廊過來，開了門。」

「沃倫．荷伊在這裡。」摩爾大膽猜測。

「沒錯。」康恩在檔案櫃裡找到他要的東西。他拿出那個檔案夾，轉向摩爾。「當我看到他在做的事情，我——唉，我失控了。我抓住他的襯衫，推著他抵住水槽。當時我下手很重，我承認，但我氣得實在忍不住。到現在只要一想到，我還是會很生氣。」他吐出一口大氣，但即使是過了七年的今天，他還是難以平靜。「我跟他吼了一頓之後，把他拖到我辦公室這裡，要他簽名寫一份正式聲明，說他要離開這個學校，次日早晨八點起生效。他不必說原因，但他必須退學，不然我就要把我在這個實驗室所看到的書面報告公開。當然，他同意了。他沒有別的辦法，但整件事好像不會太困擾他。我印象中，他最怪異的就是這點——沒有什麼會讓他情緒波動。無論什麼事，他全都可以冷靜而理性地接受。但沃倫就是那樣。非常理性，從不會爲了什麼而心煩。他幾乎是……」康恩暫停了一下。「像機械一樣。」

「當時你看到的是什麼？他當時在實驗室做什麼？」

康恩把那個檔案夾遞給摩爾。「全都寫在裡面了。這份檔案我一直留著，以防萬一沃倫那邊採取法律行動。你知道，現在這個時代，學生什麼事都可能拿來告你。如果他想再回來復學，我希望能有個對策。」

摩爾接過那個檔案夾，上頭的標籤只有「沃倫．荷伊」的字樣。裡頭是三頁打了字的紙。

「當時沃倫被分配到一具女性的大體。」康恩說。「他和同組的人已經開始骨盆解剖，要露出膀胱和子宮。器官不用切除，只要露出來就好。那個星期天夜裡，沃倫進來完成工作。但他沒有小心解剖，而是毀損屍體。好像他手一碰到解剖刀，整個就失控了。他不光是露出那些器官，而是挖出來。首先他把膀胱切下，放在大體的雙腿之間。接著他又割下子宮。他沒戴手套，似乎想感覺那些器官貼在他的手上。我發現時，他就是這個樣子，一手握著溼答答的器官，而另一手……」康恩厭惡地停下來。

康恩說不出口的話，摩爾在印出來的紙頁上看到了。摩爾幫他講完那個句子。「他正在自慰。」

康恩走到辦公桌後，跌坐在椅子上。「這就是爲什麼我不能讓他畢業。老天，他會成爲什麼樣的醫師？如果他對一具屍體都這樣了，那麼他會對活的病人怎麼做？」

我知道他怎麼做。我親眼見過他的成果。

摩爾翻到第三頁，閱讀康恩醫師寫的最後一段。

荷伊先生同意他會自願退學，從明天上午八點開始生效。爲了回報，有關這個事件我會保密。由於大體已經毀損，他在十九號解剖檯的實驗室同伴會重新分配到別組，以進行這個階段的解剖課。

同組同學。

摩爾看著康恩。「沃倫有幾個實驗室同伴？」

「每張解剖檯有四個學生。」

「其他三個學生是誰？」

康恩皺眉。「我不記得，那是七年前的事情了。」

「當初分配的名單，你還留著嗎？」

「沒有。」他頓了一下。「不過我倒是記得其中一個，是個女學生。」他轉過去面對電腦，叫出他的學生入學檔案。跟沃倫．荷伊同一年入學的名單出現在螢幕上。康恩花了好一會兒看那些名字，然後說：「找到了。愛蜜麗．強斯頓。我記得她。」

「爲什麼？」

「唔，首先因爲她眞的很漂亮。很像梅格．萊恩。其次因爲沃倫輟學後，她想知道爲什麼。我不願意告訴她原因。所以她就問我是不是跟女人有關。好像沃倫一直在學校裡跟蹤愛蜜麗，搞得她心裡發毛。不用說，沃倫離開學校之後，她鬆了一口氣。」

「你覺得她還會記得另外兩個實驗室同伴嗎？」

「有可能。」康恩拿起電話，打給學生事務處。「嘿，溫妮嗎？你有沒有愛蜜麗．強斯頓現在的電話號碼？」他伸手拿筆，寫下號碼，然後掛斷。「她在休士頓一家私人醫院工作。」他說，又撥電話。「那邊現在是十一點，所以她應該在……喂，愛蜜麗？我是來自過去的聲音，艾墨瑞的康恩醫師……對，解剖實驗室。眞是古代歷史了，嗯？」

摩爾湊向前，心跳加快。

當康恩最後終於掛掉電話抬起頭來，摩爾在他眼中看到了答案。

「她的確記得另外兩個解剖課同伴，」康恩說。「一個是叫芭柏・李普曼的女生。另一個……」

「卡普拉？」

康恩點點頭。「第四個同伴就是安德魯・卡普拉。」

22

凱薩琳暫停在彼得的辦公室門口。他正坐在桌前寫病歷，沒發現她在看他。她以前從來沒認眞觀察過他，眼前的景象不禁讓她唇邊浮現微笑。他工作時很專心，完全就是個熱心奉獻的醫師模樣，只不過有一點很古怪：地上躺著一架紙飛機。彼得和他傻氣的飛行機器。

她敲敲門框。他抬起眼睛，隔著眼鏡上方看過來，很驚訝看到她站在那裡。

「可以跟你談一下嗎？」她問。

「當然可以。進來吧。」

她坐在面對著他辦公桌的椅子上。他沒說話，耐心等著她開口。她覺得不管自己拖多久不講話，他都還是會在那邊靜靜等下去。

「最近我們之間……很緊張，」她說。

他點點頭。

「我很困擾，也知道你跟我一樣困擾。因爲我一直很喜歡你，彼得。看起來也許不像，但我眞的很喜歡你。」她吸了口氣，努力想著適當的措詞。「我們之間的問題，跟你一點關係都沒有。全都是因爲我。眼前我生活中發生了太多事情，我實在很難解釋。」

「你不必解釋。」

「可是我看到我們之間逐漸疏遠了。不光是夥伴關係，還有我們的友誼。說來好笑，我本來一直沒意識到，直到快要失去了，我才明白這份友誼對我有多麼重要。」她站起來。「總之，我來是要跟你說，對不起。」然後轉身要朝門走去。

「凱薩琳，」彼得輕聲說。「我知道薩凡納的事情。」

她轉回來瞪著他。他的目光非常堅定。

「克羅警探告訴我了，」他說。

「什麼時候？」

「幾天前，他來找我談這裡被闖入的事情。他以爲我已經知道了。」

「可是你完全沒提起。」

「我覺得不該由我提起。我希望等你自己準備好了再告訴我。我知道你需要時間，我也願意等到你信任我，不管多久都沒關係。」

她吐了一大口氣。「好吧，那現在你知道我最糟糕的那部分了。」

「不，凱薩琳。」他站起來面對她。「我知道你最好的那部分！我知道你有多麼堅強，多麼勇敢。這麼久以來，我都不知道你受的罪。你早該告訴我，你可以信任我的。」

「我以爲說出來的話，會改變我們之間的一切。」

「怎麼可能？」

「我不希望你同情我。我不要被憐憫。」

「爲什麼要憐憫？因爲你反擊？因爲你在毫無勝算的狀況下，居然能活過來？我幹嘛要憐憫你？」

她掉了淚。「換了其他男人就會。」

「那是他們不懂。他們不像我這麼了解你。」他繞出書桌，兩人之間再也沒有阻隔了。「你還記得我們認識那天嗎？」

「我來跟你面談的時候。」

「你還記得些什麼？」

她迷惑地搖搖頭。「我們談到行醫。談到我要怎麼適應這裡。」

「所以你只記得那是公事上的會面。」

「本來就是啊。」

「好笑。我的感覺卻很不一樣。我幾乎不記得問你的任何問題，也不記得你問我的。我只記得坐在桌子後面，抬起頭來，看到你走進我的辦公室。我目瞪口呆，想不出該說些什麼，才能不顯得老套或愚蠢或太平凡。我不想當平凡人，不想在你眼中顯得平凡。我心想：這個女人什麼都有。她聰明，又美麗，而且就站在我面前。」

「啊老天，你眞是大錯特錯。我並不是什麼都有。」她眨掉淚水。「從來不是。我都快撐不下去了……」

他什麼都沒說，只是把她擁入懷中。一切都發生得好自然，好簡單，沒有第一次擁抱的那種笨拙。他擁著她，沒有任何要求。只是安慰朋友而已。

「我能幫得上什麼忙嗎？」他說。「什麼事都行，你開口就是了。」

她嘆了口氣。「我好累，彼得。你能不能陪我走到停車的地方？」

「就這樣？」

「對，這是我現在眞正需要的。我要一個信得過的人陪我走過去。」

他往後抽身，朝她微笑。「那我當然奉陪了。」

醫院立體停車場的五樓空無一人，水泥空間中的腳步聲迴盪著，像是跟在他們後頭的鬼魂。要是她自己一個人來，就會一路回頭，疑神疑鬼。但現在彼得陪著她，她不再害怕。他陪著走到她的賓士車旁，站在那邊看著她上車。然後他幫她關上車門，指指門鎖。

她點頭，按了鎖門鍵，聽到所有車門喀噠鎖好的聲音。

「我晚點再打電話給你，」他說。

她開車離開，她看著後視鏡裡面的他，舉起一手揮著。然後她轉下坡道，他不見了。

她朝後灣區的家駛去，發現自己一路微笑。

有些男人是值得信任的，摩爾告訴過她。

是啊，但問題是哪些呢？我從來就不知道。

要到危急關頭，你才會知道。他會始終站在你身邊的。

無論是當朋友或當情人，彼得都會是這樣的男人。

她在聯邦大道慢下速度，轉入她那棟公寓的車道，按下車庫遙控器。車庫門隆隆打開，她開進去，從後視鏡看到門在後頭關上，才轉入她的停車位。謹慎已經成了她的老習慣，而這些例行公事她從來不會漏掉。她進電梯前會先看清楚，出電梯前也要先看看走廊。她一踏進自己那戶公寓，就把所有的鎖全都鎖好，讓這個家像軍事堡壘一樣安全。然後她才能開始放輕鬆。

她站在窗前啜著冰紅茶，享受著公寓裡面的涼爽，同時往下看著人們走在街道上，前額冒出亮晶晶的汗珠。過去的三十六個小時裡，她只睡了三小時。我有資格享受這一刻的舒適，她心想，把冰涼的玻璃杯貼在臉頰上。我有資格提早去睡覺，然後休息一整個週末。她不會去想摩爾，不會讓自己感覺那種痛苦。暫時還不要。

她喝光冰紅茶，剛把杯子放在廚房料理台上，呼叫器就響了起來。現在她最不想處理的，就是醫院呼叫她。她打電話給朝聖者醫學中心的總機，無法掩飾自己惱怒的口氣。

「我真不想打擾你，柯岱兒醫師，可是賀曼．桂多斯基的兒子打電話來。他堅持今天下午要見你。」

「不可能。我已經到家了。」

「是，我也告訴他，說你已經下班，週末都不會再回來了。但他說今天是他待在波士頓的最後一天。他想在見他的律師前，先跟你碰個面。」

律師？

凱薩琳身子靠在廚房的料理台上。老天，眼前她實在沒力氣應付這個。她累得要命，根本連思考都很困難。

「柯岱兒醫師？」

「桂多斯基先生說他想什麼時候碰面？」

「他說他會在醫院的餐廳等到六點。」

「謝謝。」凱薩琳掛上電話，麻木地瞪著發亮的廚房瓷磚。她把這些瓷磚維持得一塵不染！

但無論她多麼努力刷洗，也無論她把自己生活的各方面整理得多麼有條理，都還是防不到像艾文．桂多斯基這樣的人。

她拿起皮包和車鑰匙，再度離開公寓。

在電梯裡，她看了手錶一眼，發現已經是五點四十五分。她來不及趕到醫院了，桂多斯基會以爲她放他鴿子。

她一上賓士車，就拿起汽車裡的電話，撥到醫院的總機。

「我是柯岱兒醫師。我要跟桂多斯基聯絡，跟他說我會遲到。你知道他剛剛是從哪個分機撥給你的嗎？」

「我查一下電話紀錄……找到了。不是醫院分機打來的。」

「那是手機了？」

總機小姐頓了一下。「唔，這就怪了。」

「怎麼？」

「他打來的號碼，就是你現在用的這個電話。」

凱薩琳全身僵住，恐懼像一股冷風從她的脊椎往上竄。我的車。那通電話是從我車上打的。

「柯岱兒醫師？」

然後她看到他了，像一條響尾蛇從後視鏡中冒出來。她吸了口氣要尖叫，然後喉嚨被氯仿熏得灼痛。

話筒從她的手裡跌落。

機場提領行李處的外頭，傑瑞·史力普正在人行道旁等著他。摩爾把手提行李扔進後座，然後上了車，門轟然甩上。

「找到她了嗎？」是摩爾的第一個問題。

「還沒，」史力普說，駛離路邊。「她的賓士車不見了，公寓裡沒有任何被打擾的跡象。不論發生了什麼事，都發生得很快，而且是在她車上或車子附近。彼得·法寇是最後一個看到她的人，他五點十五分左右送她到醫院的停車場。大概半個小時後，朝聖者醫學中心的總機呼叫柯岱兒，隨後跟她在電話裡交談。柯岱兒後來又從她車上打去。他們的談話忽然中斷。總機小姐說，一開始呼叫柯岱兒醫師的電話，是賀曼·桂多斯基的兒子打的。」

「確認過了嗎？」

「艾文·桂多斯基中午十二點就上了飛往加州的班機。那通電話不是他打的。」

他們不必說那通呼叫的電話是誰打的，因爲兩人都心裡有數。摩爾煩躁地看著前面一長串又密又亮的車尾燈，像黑夜裡的一串紅珠子。

他六點就抓走她了。這四個小時裡，他對她做了什麼？

「我想去看沃倫·荷伊住的地方，」摩爾說。

「我們已經去過了。我們查出，他今天早上七點值完通道檢驗中心的夜班。上午十點，他打電話給主管說家裡有急事，至少一個星期沒有辦法回來工作。從此沒有人見過他。他沒回他的公寓，也沒去檢驗中心。」

「那他家裡的急事是什麼？」

「他沒有家人。他唯一的姑姑今年二月過世了。」

前面的那排車尾燈模糊成一條紅線。摩爾眨眨眼睛，別開目光，免得史力普看見他眼中的淚水。

沃倫．荷伊住在北城區，錯綜複雜又狹窄的古雅街道和紅磚建築物，構成了這個波士頓最古老的區域。多虧當地佔多數的義大利裔居民守望相助，這裡被視爲城內的安全地帶。觀光客和當地居民走在街上，都不太會擔心治安問題，但有個惡魔就住在這裡。

荷伊的公寓就在一棟無電梯樓房的三樓。幾個小時前，警隊的人已經仔細搜索過這裡，等到摩爾走進去，看到裡頭稀少的家具，同樣稀少的架子，覺得這個房間已經搬空了。無論沃倫．荷伊是什麼樣的人，這裡都找不到他留下的痕跡。

札克醫師從臥室裡走出來，對著摩爾說：「這裡有點不對勁。」

「荷伊是不是我們的不明嫌犯？」

「我不知道。」

「那有什麼可以確定的？」摩爾看著站在門邊的克羅。

「鞋子尺寸沒錯。八號半，符合歐提茲犯罪現場的鞋印。枕頭上找到幾根頭髮——短的，淡褐色，看起來也符合。另外我們還在浴室地上發現一根黑色頭髮，到肩膀的長度。」

摩爾皺眉。「這裡有女人來過？」

「或許是他的朋友。」

「也可能是另一個被害人，」札克說。「我們還不曉得的被害人。」

「我跟房東太太談過了，她住在樓下。」克羅說。「她最後一次看到荷伊是今天早上，下班回來。她不曉得他去了哪裡。我敢說，你猜得出她對他的評語。好房客。很安靜，從來不惹麻煩。」

摩爾看著札克。「你剛剛說這裡不對勁，指的是什麼？」

「這裡沒有殺人工具包。沒有器材。他的車子就停在外頭，裡面也沒有工具包。」札克朝空蕩的客廳指了一下。「這戶公寓幾乎像是沒人住。冰箱裡面沒什麼東西，浴室裡只有肥皂、牙刷、刮鬍刀。這裡就像個飯店房間，純粹用來睡覺而已。這不是他實現幻想的地方。」

「他就住在這裡沒錯，」克羅說。「他的郵件都寄到這裡，衣服也都在這裡。」

「但是這個地方缺少了最重要的東西，」札克說。「他的戰利品。這裡什麼戰利品都沒有。」

摩爾感覺一股不安逐漸滲透到骨髓裡。札克說得沒錯。外科醫生從每個被害人身上都切除了一個戰利品。他應該會留在身邊，溫習自己的殺人過程，以度過每次出獵間的空檔。

「我們還沒有看清全局，」札克說，他轉向摩爾。「我得看看沃倫．荷伊工作的地方，我要去看那個檢驗中心。」

巴瑞．佛斯特坐在電腦鍵盤前，輸入病人姓名：妮娜．裴頓。新的畫面出現，裡頭是種種資料。

「這個終端機是他的釣魚洞。」佛斯特說。「他就是在這裡找到他的被害人。」

摩爾瞪著終端機，眼前所見令他目瞪口呆。在實驗室的其他地方，機器發出颼颼聲，電話鈴聲不時響起，醫療技術人員處理著一架架裝著血液的試管。在這個不鏽鋼和白袍所構成的消毒世界裡，大家致力於醫療科學，而外科醫生則默默在搜索獵物。從這個電腦終端機，他可以查到任何血液或體液曾送來檢驗過的女性名字。

「這是波士頓最主要的檢驗中心，」佛斯特說。「只要你在波士頓的任何醫院或診所被抽血，你的血很可能就會送到這裡分析。」

送到這裡，沃倫．荷伊的手中。

「他查得出她家的地址，」摩爾說，看著螢幕上妮娜．裴頓的資訊。「她雇主的名字。她的年齡，以及婚姻狀況。」

「還有她的診斷結果。」札克說。指著螢幕上性攻擊那幾個字。「這那正是外科醫生要找的，也是會讓他興奮的。感情上受到損害的女人，被性暴力玷污的女人。」

摩爾聽出札克那種興奮的輕快語調。讓札克著迷的是那種競賽，那種鬥智。他終於可以看到對手的策略，可以欣賞背後的才華。

「他就在這裡，」札克說。「處理他們的血液。知道他們最羞辱的祕密。」他直起身子，看了實驗室一圈，好像第一次看到似的。「你們有沒有想過，醫學檢驗中心對你的了解有多少？」他說。「當你伸出手臂，讓他們把針刺進你的靜脈時，給了這些實驗室多少個人資訊？你的血液顯示出你最私密的祕密。你會死於白血病或愛滋病嗎？你在過去幾個小時抽了菸或喝了葡萄酒嗎？你是不是因爲憂鬱症在吃百憂解，或是因爲不舉而服用威而鋼？他掌握了這些女人最重要的本質。他可以研究她們的血液，碰觸它、嗅聞它。而她們永遠不會知道。她們從來不曉得有個陌生人正在撫摸她們身體的一部分。」

「那些被害人從來不認識他，」摩爾說。「從沒見過他。」

「但外科醫生認識她們。而且是最私密的一些部分。」札克的雙眼熱切得發亮。「外科醫生的獵殺方式，跟我碰到過的任何連續殺人犯都不同。他很獨特，始終躲在看不到的地方，因爲他是挑選自己沒見過的獵物。」他驚歎地看著櫃檯上一架試管。「這個實驗室就是他的獵場。這就是他找到她們的方式，藉由她們的血，藉由她們的痛苦。」

摩爾走出檢驗中心時，感覺夜晚的空氣比過去幾個星期都更清涼、舒爽。在波士頓全城各地，夜裡打開的窗子會少一些，躺在那邊容易遭受攻擊的女人也會少一些。

但今夜，外科醫生不會出獵了。今夜，他會享受他最新捕獲的獵物。

摩爾走到自己的車旁停下，站在那裡，絕望得全身無力。就在這一刻，沃倫·荷伊可能正伸手要拿解剖刀。就在這一刻……

腳步聲接近。他鼓起勇氣抬頭，看著站在幾呎之外陰影中的那名男子。

「他抓走她了，對不對？」彼得·法寇問。

摩爾點點頭。

「老天。啊老天。」法寇痛苦地抬起頭望向夜空。「我還陪她走到她車子那裡。當時她就跟我在那裡，我讓她自己回家。我讓她開車走掉……」

「我們正在盡一切努力要找到她。」這是老套台詞。就連說出口時，摩爾都聽得到這句話有多麼空虛。當情勢變得不樂觀，當你知道就算盡了最大的力量也可能還是毫無所獲時，你就會說出這種話。

「你們做了些什麼？」

「我們知道他是誰了。」

「但你們不知道他把她帶去哪裡了。」

「要找到他，得花點時間。」

「告訴我，我能做些什麼？任何事都行。」

摩爾努力保持聲音冷靜，隱藏自己的恐懼與擔憂。「我知道站在一邊旁觀，看著其他人做事，那種感覺有多麼不好受。但辦案的事情得由我們警察來做。」

「喔，是啊，你們是專業人員！那到底是什麼出了錯？」

摩爾沒有回答。

法寇心煩地走向摩爾，站在停車場的燈下。燈光落在他那張因爲擔心而憔悴的臉上。「我不知道你們兩個之間發生了什麼，」他說。「但我知道她信任你。老天在上，希望這點對你是有意義的。我希望她不光是另一個案子，另一個名單上的名字而已。」

「她的確對我很重要。」

兩個男人沉默瞪著對方，明白了彼此都知道、都感覺到的事情。

「我關心的程度遠超過你的想像，」摩爾說。

然後法寇輕聲說：「我也是。」

23

「他暫時不會殺她，」札克醫師說。「就像他讓妮娜·裴頓活了整整一天。他現在完全控制住局面，可以慢慢來，想耗多久都沒關係。」

瑞卓利想著這番話的含意，覺得不寒而慄，想耗多久都沒關係。她想著人體有多少柔軟的神經末梢，很納悶必須忍受多少痛苦，才能得到死神垂憐。她看著會議室對面，摩爾正低著頭，雙手掩面。他一臉病容，筋疲力盡。此時已經過了半夜十二點，圍坐在會議桌周圍的每張臉看起來都灰黃而沮喪。瑞卓利站在圈外，背靠著牆壁。隱形的女人，沒有人跟她招呼，可以旁聽但不能參與。她現在被規定只能做行政事務，佩槍也被收回，於是幾乎形同旁觀者，儘管她對這個案子的了解，勝過坐在會議桌周圍的任何人。

摩爾抬起頭，朝她的方向看，但是沒看著她，而是目光直直穿透過去，看向更遠處。好像他不想看到她。

札克醫師總結他們對「外科醫生」沃倫·荷伊的所知。

「他努力了很久，一直在朝這個目標邁進，」札克說，「現在達到了目的，他一定會盡可能把這份愉悅延長得久一點。」

「所以柯岱兒始終就是他的目標？」佛斯特問。「其他的被害人——只是練習而已嗎？」

「不，她們也帶給他愉悅。讓他熬過這段時光，幫助他在朝向這個最大目標的途中釋放性壓力。在任何獵殺中，掠食者追蹤最困難的獵物時，獲得的興奮感最強烈。而柯岱兒大概就是他最難輕易接觸到的獵物。她總是保持警戒，總是很重視安全。她家有好幾道鎖和警報系統。她逃避親密的伴侶關係。她夜裡很少出門，除非是在醫院工作。她是最具挑戰性的獵物，也是他最想要的。他甚至讓她知道自己是獵物，讓這場追獵更加困難。他還利用驚恐的元素，讓她感覺到他逐步逼近。其他女人只不過是暖場罷了，死掉的柯岱兒才是主戲。」

「還沒，」摩爾一聽札克的聲音很憤怒。「她還沒死呢。」

整個會議室忽然沉默下來，所有的目光都轉向摩爾。

札克點點頭，依然保持原先的冷酷。「謝謝你的指正。」

馬凱特說：「你看過他的背景檔案了嗎？」

「看了，」札克說。「沃倫是獨生子。在休士頓出生，顯然飽受寵愛。父親是火箭科學家——我可沒開玩笑。母親則是石油富豪世家出身。父母都死了。所以沃倫很幸運，繼承了聰明的基因和家族的財富。沒有童年犯罪紀錄。從來沒被逮捕過，沒有吃過交通罰單，沒有任何引人警覺的紀錄。除了在醫學院解剖實驗室的那次事件，我看不到任何警訊。沒有線索顯示他註定要成為一個掠食者。就所有的紀錄看來，他是個完全正常的男孩。禮貌又可靠。」

「普通，」摩爾輕聲說。「平凡。」

札克點點頭。「這個男孩從來不會引人注目，從來不會讓人產生警覺。這種兇手最可怕，因為沒有病理學或心理學的診斷可以歸類。他就像泰德·邦迪。聰明、有條理，表面上非常正常。但他有一個性格上的怪癖：喜歡凌虐女人。這種人你可能每天跟他一起工作，當他看著你、對你微笑時，你從來不會疑心他是在想著某種創新的方式，要挖出你的內臟。」

札克的聲音令瑞卓利毛骨悚然，她看了會議室一圈。他說得沒錯。我每天都看到巴瑞．佛斯特。他似乎是個好人。婚姻幸福。從來不會心情壞。但他眞正在想什麼，我根本不會知道。

佛斯特剛好看到她在看自己，忽然臉紅了。

札克繼續說：「在醫學院那個事件後，荷伊被迫輟學。他參加一個醫學技術短期訓練班，然後跟著安德魯．卡普拉搬到薩凡納。看起來他們的夥伴關係延續了好幾年。航空公司和信用卡紀錄顯示，他們常常一起旅行。到希臘和義大利。還去過墨西哥，兩個人在那邊的一個鄉下診所當義工。這是兩個獵人的結盟。他們是有共同暴力幻想的嗜血兄弟。」

「羊腸縫合線。」瑞卓利說。

札克迷惑地看著她。「什麼？」

「在第三世界國家，他們開刀時還是會使用羊腸線。他們就是出國時，拿到那些羊腸線的。」

馬凱特點點頭。「她說的可能沒錯。」

我本來就沒錯，瑞卓利恨恨地想。

「當初柯岱兒殺掉安德魯．卡普拉，」札克說，「也就毀掉了這個完美的殺人團隊。她害死了荷伊覺得最親近的人。這就是爲什麼她會成爲他的終極目標，終極的被害人。」

「如果卡普拉死掉的時候，荷伊就在那棟房子裡，那爲什麼當時他不殺了她？」馬凱特問。

「我不知道。有關薩凡納的那一夜，很多事情只有沃倫．荷伊才會知道。我們只知道，兩年前，就在凱薩琳．柯岱兒搬來波士頓後不久，他也跟著搬來。接著不到一年，黛安娜．史特林就死了。」

最後摩爾終於說話了，他的聲音憂心忡忡。「我們要怎麼找到他？」

「你們可以監視他的公寓，但我不認爲他會很快回來。那裡不是他的巢穴。他不會在那裡沉迷於自己的幻想。」札克往後靠坐，雙眼茫然，努力思索著，設法把他所知道關於沃倫的事情轉爲字句和圖像。「他眞正的巢穴不是平常生活的住處，而是一個可以悄悄躲起來的地方，可能離他的公寓很遠。有可能不是用本名租的。」

「你租了個地方，就得付錢，」佛斯特說。「我們追查錢的流向就是了。」

札克點點頭。「等你們找到了，自然就曉得那是他的巢穴。因爲他的戰利品，也就是他每次殺人時帶走的紀念品，都會在那兒。他甚至有可能做了準備，要把他的被害人帶來這個巢穴。這裡是最終極的凌虐室，非常隱密，不會被打擾。應該是獨棟建築物，或者是隔音很好的公寓。」

所以沒人會聽到柯岱兒的尖叫聲，瑞卓利心想。

「在這個地方，他可以當眞正的自己。他可以覺得輕鬆又無拘無束。之前他從來沒有在任何犯罪現場留下精液，這表示他可以延後滿足自己的性慾，直到他到達安全的地方，也就是他的巢穴。他大概不時會過去巢穴一趟，去重新體驗殺人的興奮感，讓自己熬過兩次殺人之間的空檔。」札克看了會議室裡一圈。「他就是把凱薩琳．柯岱兒帶去那裡。」

希臘人稱它爲dere，指的是頸部或喉嚨的前部，這裡也是女性生理構造中最美、最脆弱的部分。喉嚨有生命的搏動和呼吸，而在伊菲格妮亞乳白的皮膚之下，藍色的靜脈就在她父親的刀下悸動。當伊菲格妮亞四肢大張躺在祭壇上，阿加曼農可曾暫停下來，欣賞女兒頸部精緻的線條？或者他可曾審視著她的身軀，評估著該挑哪個地方下刀，才會最有效率？雖然這個獻祭令他痛苦不堪，但在他刀子落下的那一刻，當刀刃刺入她的身軀，他難道不曾感覺到下體有最細的一絲震顫，有一股性高潮的愉悅？

即使古希臘人有父母毀滅子女、兒子娶了母親那些駭人聽聞的故事，但他們卻沒有提到這類敗德的細節。他們不必提，那是我們都可以理解的祕密眞相，無須藉助文字。在那些表情冷酷挺立著、硬起心腸不理會一個少女尖叫的戰士們之中，在那些看著伊菲格妮亞被剝光衣服、天鵝般頸項面對著刀子的旁觀者之中，有多少人感覺到一股意外的愉悅熱流衝進他們的鼠蹊？感覺到自己硬了起來？

有多少人一再看著一個女人的喉嚨，會沒有割斷它的衝動？

她的喉嚨想必就跟伊菲格妮亞一樣白皙。她就像一般紅髮人士應該的那樣，向來避免曬太陽，雪花石膏般半透明的皮膚上，只有少數幾點雀斑。這兩年，她一直爲我保持頸項的完美無瑕。這點我很欣賞。

我之前一直耐心地等著她恢復意識。現在我知道她醒了，也意識到我在旁邊，因爲她的脈搏加快了。我碰觸她的喉嚨，就在鎖骨上方的凹陷處，她猛地吸了口氣。我手指循著她的頸動脈往上，劃到她的頸部側邊時，她那口氣都沒吐出來。她的脈搏顫動，在皮膚上很有節奏地鼓起。我手指下感覺到她的汗，就像細霧般籠罩著她的皮膚，使得她的臉也發出光澤。我往上劃過她的下巴時，她終於吐出那口氣；伴隨著一聲嗚咽，悶在她嘴上的膠帶裡。這樣嗚咽眞不像我的凱薩琳。其他女人都是愚蠢的瞪羚，但凱薩琳是一隻母老虎，唯一曾反擊並造成傷害的。

她睜開眼睛看著我，我看到她明白了。我終於贏了。她，所有獵物中最珍貴的，終於被我征服了。

我拿出工具，放在床邊的金屬工具盤上，發出悅耳的叮噹聲。我感覺她看著我，知道她的目光被那些不鏽鋼的明亮反光所吸引。她知道每樣工具的用途，她一定用過這類工具很多次。牽引器是用來拉開切口兩邊的。止血鉗是用來架住夾住組織和血管的。還有解剖刀——唔，我們兩個都知道解剖刀是用來做什麼的。

我把托盤放在靠近她頭部的地方，所以她看得到、想得到接下來會發生什麼事。我一個字都不用說；那些閃亮的工具自然道盡一切。

我碰觸她光裸的肚子，她的腹部肌肉很緊實。這是處女的腹部，平坦的表面沒有任何疤痕。刀子切開她的皮膚，將會像切開奶油般容易。

我拿起解剖刀，刀尖抵著她的腹部。她又猛吸了口氣，雙眼睜大。

我看過一張照片，一隻獅子的尖牙正要朝斑馬的喉嚨咬下去，那隻斑馬的雙眼恐懼地往後翻。那個畫面我永遠忘不掉。此刻在凱薩琳的眼中，我看到的就是那個表情。

啊老天，啊老天，啊老天。

凱薩琳大口喘著氣，感覺到解剖刀的刀尖刺痛她皮膚。她全身汗溼，閉上眼睛，好怕即將來臨的劇痛。一聲嗚咽哽在她喉嚨，她向上天呼求慈悲，甚至希望死得快一點，不要像眼前這樣，不要被刀子切割。

然後解剖刀又拿開了。

她睜開眼睛，看著他的臉。如此平凡，如此容易遺忘。這個人她可能見過十幾次，從來不記得。但他卻認識她。他盤旋在她的世界邊緣，繞著她兜圈子，躲在看不見的黑暗中。

而我從來不知道他就在那兒。

他把解剖刀放在托盤上，露出微笑，開口說：「時候還沒到。」

直到他走出房間，她才曉得這場凌虐延後了，於是放心地嘆了口大氣。

所以這是他的遊戲。延長恐怖感，延長愉悅。眼前他會暫時讓她活下去，給她時間去想想接下來會發生的事。

只要活下去，就有逃走的機會。

氯仿的效果已經褪去，她完全清醒了，在強烈的恐慌中，她的心思飛快運轉。她四肢張開，躺在一張鋼架床上。她的衣服都被脫掉了，手腕和腳踝都用防水膠帶綁在床架上。她努力又拉又扯，直到肌肉因為力竭而顫抖，但還是掙脫不了。四年前，在薩凡納，卡普拉是用尼龍繩綁住她的手腕，當時她設法掙脫了一隻手；外科醫生不會再犯這個錯了。

她全身汗溼，累得無法再掙扎，於是把注意力轉到周圍環境上。

一顆沒有外罩的燈泡懸在床的上方。泥土的氣味和潮溼的岩石顯示她是在地窖裡。她轉頭看，在圓形燈光之外，勉強可以看到卵石鋪成的地基表面。

頭上傳來腳步的吱呀聲，然後是一張椅子刮過地面的聲音。木頭地板，是老房子。樓上，電視機開著。她不記得自己是怎麼來到這個房間的，也不曉得開車過來要多久。他們可能離波士頓很遠，來到一個沒人找得到的地方。

托盤上的亮光吸引她的視線。她瞪著那排工具，整齊擺放著，準備要動手術。數不清有多少次，她拿著這些工具，把它們視為療癒的器具。她曾用解剖刀和鉗子切除惡性腫瘤或取出子彈，曾把動脈破裂所造成的內出血止住，並吸掉泡在血泊裡的胸腔。現在她瞪著自己以前用來拯救人命的工具，知道那即將成為殺害自己的工具。他故意放得離她的床很近，這樣她就可以仔細看著它們，想到解剖刀鋒利的刀刃，以及止血鉗的鋼齒。

別恐慌。想，快想。

她閉上眼睛。恐懼就像個活物，伸出觸鬚，緊緊纏著她的喉嚨。

你擊敗過他們。你可以再來一次。

她感覺一滴汗從胸部下滑，落到汗溼的床墊上。有辦法可以脫身，一定有個辦法可以脫身、可以反擊。因為如果沒有的話，那下場就太可怕了，簡直不堪設想。

她睜開眼睛，瞪著頭上的燈泡，把心思轉到接下來要怎麼做。她想起摩爾曾告訴她：外科醫生從別人的恐懼中獲得滿足。他攻擊那些毀損的、受過傷害的女人。在這些女人面前，他才會覺得有優越感。

在征服我之前，他不會殺我的。

她深深吸了一口氣，現在她明白該怎麼跟他周旋了。克服恐懼，拿出怒氣。讓他看看無論他對你怎麼樣，都無法擊敗你。

就連死，你都不怕。

24

瑞卓利猛地驚醒，脖子抽痛得像是有把刀插進去。天主啊，別又是扭到脖子了，她邊想邊緩緩抬起頭來，眨眨眼睛看著辦公室窗子透進來的天光。這個辦公區裡面空蕩蕩的；她是唯一坐在座位上的人。大概在六點左右，她累極趴在桌上，告訴自己打個盹就好。但現在九點三十分了，她用來當枕頭的那疊電腦報表紙上頭都沾了口水。

她看了佛斯特的座位一眼，發現他的外套搭在椅背上。克羅的桌上則有一袋甜甜圈。所以她睡著的時候，其他同事都進來了，一定都看到她張著嘴巴在流口水。那個畫面想必很有娛樂性。

她站起來伸展，想擺脫脖子上的抽痛，但知道是徒勞無功。她得歪著頭度過這一天了。

「嘿，瑞卓利。在睡美容覺嗎？」

她回頭，看到一個別組的警探在另一區朝她咧嘴笑著。

「我看起來不美嗎？」她恨恨地說。「其他人呢？」

「你們組裡的人八點就去會議室了。」

「什麼？」

「我想他們才剛開完會。」

「居然沒有人叫醒我。」她走向走廊，最後一絲睡意都被怒氣驅散了。啊，她知道是怎麼回事。他們就是想這樣把她逼走，不是當面攻擊你，而是一點一滴的羞辱。開會時不叫你，把你變成局外人。讓你一點用處都沒有。

她走進會議室。唯一還在的人是巴瑞·佛斯特，正在收拾他放在桌上的文件。他抬頭看到她，有點臉紅起來。

「謝謝你通知我有這個會議啊。」

「我剛剛看你累壞了，就沒叫你，想說之後再轉告你狀況。」

「什麼時候？下星期嗎？」

佛斯特往下看，迴避她的目光。他們已經搭檔太久，她看得出他臉上的表情是罪惡感。

「所以我被排除在外了，」她說。「這是馬凱特的決定嗎？」

佛斯特不高興地點點頭。「我跟他爭過，我說我們需要你。但他說，因為開槍事件，所以……」

「所以什麼？」

佛斯特不情願地把句子講完：「所以你對組裡再也沒有價值了。」

再也沒有價值了。意思就是，她的前途到此為止了。

佛斯特離開了會議室。瑞卓利由於缺乏睡眠又沒吃東西，忽然覺得暈眩，跌坐在一張椅子上。她就坐在那裡，瞪著空蕩的會議桌。剎那間，她回想起九歲那年的畫面，被瞧不起的妹妹，拚命想跟哥哥和弟弟一起玩。但她的兄弟一如往常排斥她。她知道眼前自己被同事排斥的真正原因，並不是帕切可的死。其他警察也曾不當開槍，並不會因此斷送前途。但是如果你是女人，又比其他人都傑出，還有膽子讓大家知道，那麼只要犯一個錯誤，你就完了。

她打開抽屜，本來想拿自己的皮包，結果暫停下來。伊蓮娜．歐提茲的解剖照片從一堆亂七八糟的紙張裡往上瞪著她。我也是他的被害人，她心想。不論對同事有多麼怨恨，她都不會忽略一個事實：都是外科醫生害她變得這麼慘。真正讓她丟臉的，是外科醫生。

她用力把抽屜關上。我還不打算投降。

她看了佛斯特的辦公桌一眼，看到他剛剛從會議桌上收回來的那疊紙。她四下看看，確定沒人在注意她。少數幾個還在座位上的警探，都位於另一頭的工作區。

她抓了佛斯特的那些紙，回到自己座位上，坐下來閱讀。

那些紙張是沃倫．荷伊的財務資料，這個案子現在只能靠紙上追蹤了。她看到信用卡帳單、銀行支票紀錄，以及存提款紀錄。很多大數字。荷伊的父母留給他豐厚的遺產，他每年冬天都跑去加勒比海和墨西哥度假。她沒看到另一個住處的跡象，沒有房租支票，沒有固定的每月付款。

當然了。他又不笨。如果他有個巢穴，就會用現金付房租。

現金，你不可能預測身上什麼時候現金不夠。有時碰到計畫之外的花費，就會提款。

她翻閱銀行紀錄，搜尋每一筆和提款機有關的，逐筆記在另一張紙上。大部分都是在荷伊平常的活動範圍提領現金，不是城裡的住處附近，就是醫學檢驗中心周圍。她想找的是不尋常的，脫離他固定模式的提款。

她找出了兩筆。一筆是六月二十六日在新罕布夏州的拿舒亞。另一筆是五月十三日在麻州黎希亞的霍伯斯食品店。

她往後靠坐，很好奇摩爾是不是已經去查這兩筆提款了。眼前有那麼多細節要繼續追查，還得訪談荷伊在檢驗中心的同事們，這兩筆提款機的紀錄可能不會是同組人員優先追查的事項。

她聽到腳步聲，嚇了一跳，連忙抬起頭來，很擔心被人抓到她在閱讀佛斯特的資料，結果只是實驗室那邊的一個職員走過來。他朝瑞卓利露出微笑，把一個檔案夾扔在摩爾桌上，然後又走出去。

瑞卓利等了一會兒，才站起來走到摩爾的桌前，偷偷看一下檔案夾裡的資料。第一頁是毛髮與纖維組的鑑識報告，分析沃倫．荷伊枕頭上找到的幾根淡褐色頭髮。

套疊脆髮症，符合被害人伊蓮娜．歐提茲傷口邊緣發現的那根頭髮。命中。確認荷伊就是他們要逮的人了。

她翻到第二頁，也是毛髮與纖維組的報告，是在荷伊浴室地上發現的一根頭髮。這根頭髮沒有道理，不符合荷伊的。

她闔上檔案夾，走向實驗室。

艾琳．沃屈科坐在她的氣相層析儀前，翻著一連串的顯微照片。看到瑞卓利進來，艾琳舉起一張照片考她：「快說，這是什麼？」

瑞卓利皺起眉頭，看著一條鱗片狀的黑白影像。「好醜。」

「是啊，不過是什麼呢？」

「大概是什麼噁心的東西。比方蟑螂腿之類的。」

「這是鹿毛。好酷，對吧？一點也不像人類毛髮。」

「說到人類毛髮，」瑞卓利把她剛剛閱讀的報告遞給她。「有關這個，可不可以多談一些？」

「沃倫・荷伊的公寓裡採到的毛髮？」

「沒錯。」

「荷伊枕頭上的褐色短髮，顯示有套疊脆髮症。看起來他的確就是你們的不明嫌犯。」

「不，另一根頭髮。從他浴室地板採到那根黑色的。」

「我把照片給你看。」艾琳拿起一疊顯微照片，像拿著卡片似的翻了一下，然後抽出一張。「這是浴室的那根頭髮。你看到上頭的數字編號了嗎？」

瑞卓利看著那張紙，上頭有艾琳工整的字跡。A00-B00-C05-D33。「看到了，不曉得什麼意思。」

「前兩組數字，A00和B00，表示那根毛髮是直的、黑色的。在複式顯微鏡底下，你就可以看到更多細節。」她把那張照片遞給瑞卓利。「看看髮幹，這是比較粗的那端。注意一下橫斷面幾乎是圓的。」

「表示什麼？」

「這種特色有助於我們區別不同種族。比方說，非洲裔的髮幹幾乎是平的，就像彩帶。現在看看顏色，你會發現非常濃。看到厚厚的表皮了嗎？這些都指向同樣的結論。」艾琳看著她。「這根頭髮具有東亞族裔的特徵。」

「東亞是指什麼？」

「華裔或日本裔。還有印度裔。另外也可能是美國原住民。」

「有辦法確定嗎？有沒有足夠的髮根做DNA測試？」

「很不幸，沒有。這根頭髮看樣子是剪下來的，不是自然脫落，上面沒有濾泡組織。但我相信這根頭髮的主人不是歐洲裔，也不是非洲裔。」

亞裔女人，瑞卓利走回兇殺組的路上一直想著。這要怎麼解釋？在通往北翼樓的玻璃牆走廊上，她暫停下來，疲倦的雙眼在陽光下瞇起，望著外頭的羅斯伯里區。有一具被害人的屍體是他們還沒發現的嗎？荷伊把她的頭髮剪下來當紀念品，就像她剪下凱薩琳．柯岱兒的頭髮嗎？

她轉身，驚訝地看到摩爾剛好走過她旁邊，正要去南翼。要不是她叫住他，他可能根本沒注意到她的存在。

他停下腳步，不情願地轉過來面對她。

「荷伊家浴室裡發現的那根黑色長頭髮，」她說。「實驗室說是東亞裔的。我們可能漏掉了一個被害人。」

「我們討論過這個可能性。」

「什麼時候？」

「今天早上，開會的時候。」

「該死，摩爾！別把我排除在外！」

他冷酷的沉默令她的暴怒更形尖銳。

「我也想逮到他，」她說。她緩緩地逼近他，直到自己就站在他眼前。「我跟你一樣想逮到他。讓我回去辦案吧?」

「這不是我的決定，是馬凱特決定的。」他轉身要走。

「摩爾?」

他不情願地停下。

「我受不了這樣了，」她說。「我不想跟你敵對。」

「現在不是談這個的時候。」

「聽我說，我很抱歉。帕切可的事情我很氣你。我知道這是很爛的藉口，我不該去跟馬凱特講你和柯岱兒的事情。」

他轉向他。「那你爲什麼要去講?」

「我剛剛告訴你原因了。當時我很氣你。」

「不，不光是帕切可而已。是因爲凱薩琳，對不對?你從一開始就不喜歡她。你受不了——」

「受不了你愛上她?」

接下來沉默許久。

等到瑞卓利再開口，她克制不了自己的諷刺口吻。「你知道，摩爾，儘管你講過那些尊敬女人智慧、欣賞女人能力的高尚論調，但你迷戀的跟其他男人沒兩樣，還不是胸脯和屁股。」

他氣得臉色發白。「所以你恨她，是因爲她的長相。而你氣我，是因爲我愛上這些。但你知道嗎?要是連你都不喜歡自己的話，什麼男人會愛上你呢?」

她恨恨地看著他走掉。才幾個星期前，她絕對想不到摩爾會說出這麼殘酷的話。要是其他人說這種話，還不會讓她這麼難受。

但他說的可能是事實，卻是她拒絕去思考的。

她下了樓，經過大廳，在波士頓殉職警察紀念牆前暫停。死者的名字按照時間順序刻在紀念牆上，從一八五四年的艾茲契爾．哈德森開始。一瓶致敬的鮮花放在牆前的花崗岩地板上。你在值勤時被殺害，就會成爲英雄。多麼簡單，多麼永恆。她對這些名字流傳後世的人一無所知，只知道其中有些人可能並不正派，但死亡讓他們的名字和聲譽不容玷污。站在這面牆前，她簡直是羨慕他們。

她出去上了自己的車，伸手翻找著置物匣，找到了一張新英格蘭地區的地圖。她打開地圖，看著自己有兩個選擇：新罕布夏州的拿舒亞，或是西麻薩諸塞州的黎希亞。沃倫．荷伊曾在這兩個地方用過提款機。該去哪個地方，純粹只能用猜的，像丟硬幣。

她發動車子。現在是十點三十分；她得過中午才到得了黎希亞。

水，這是凱薩琳唯一想得到的，那流進嘴裡清涼的滋味。她想著自己喝過的每一台飲水機，位於醫院走廊裡那些不鏽鋼綠洲，噴出冰涼的水濺溼她的嘴唇，她的下巴。她想著碾碎的冰塊，還有手術後病人伸著脖子、張開乾渴的嘴巴，像雛鳥一般，等著吃到珍貴的幾片冰。

然後她想到妮娜．裴頓，綁在床上，知道自己死定了，但腦中卻只想到自己渴得要命。

他就是這樣折磨我們，擊垮我們的。他要我們乞求喝水，乞求饒命。他要得到完全的控制。

他要我們承認他的權力。

一整夜，她都被丟在那邊，瞪著頭上那一盞燈泡。她眊著好幾回，又都驚醒過來，恐慌得胃痛。但恐慌無法持久，幾個小時過去後，她怎麼掙扎也無法掙脫手腳的束縛，於是身體似乎停擺，進入了人工冬眠的狀態。她徘徊在否認和現實之間的惡夢地帶，心思只專注在自己想喝水。

上方有腳步聲響起。一扇門咿呀打開。

她完全清醒過來，心臟忽然跳得好厲害，像一隻小動物在裡頭撞擊，拚命想衝出她的胸膛。她吸著溼冷的地窖空氣，聞到泥土和潮溼岩石的氣味。隨著腳步聲走下樓梯，她的呼吸也更快，然後他就在那兒，站在她上方。燈泡的光在他臉上形成陰影，把他的臉變成一個微笑的骷髏頭，雙眼空洞。

「你想喝水，對不對？」他說。聲音好平靜、好清醒。

她沒辦法說話，因爲嘴上貼著膠帶，但從她熾熱的眼神裡，他看到了回答。

「看我帶了什麼來，凱薩琳。」他舉起一個平口玻璃杯，她聽到美妙的冰塊撞擊聲，看到杯身冰冷的表面結著一顆顆晶亮的水珠。「想喝嗎？」

她點頭，眼睛不是看他，而是盯著杯子。口渴快把她逼瘋了，但她的思慮已經提前好幾步，想到喝到那幾口甜美的水之後的行動。估計著他的行動，衡量著自己的機會。

他旋轉著水，冰塊撞著玻璃杯的聲音像鈴鐺。「只要你乖一點。」

我會的，她的雙眼向他保證。

膠帶撕下來好痛。她完全順服地躺在那裡，讓他把一根吸管插入她口中。她貪婪地吸了一口，但完全止不住她大火焚燒似的口渴。她又喝，立刻開始咳嗽，珍貴的水流出嘴巴。

「沒辦法——躺著沒辦法喝，」她喘氣。「拜託，讓我坐起來。拜託。」

他放下玻璃杯審視她，他的雙眼像兩口深不見底的水潭。他看到一個快要昏死過去的女人，如果他想要盡情享受她的恐懼所帶來的愉悅，就得讓她復活。

他開始割斷綁住她右腕的膠帶。

她的心跳好厲害，覺得他一定都看到自己胸骨明顯的起伏了。她的右手自由了，無力地垂在那裡。她沒動，沒繃緊任何一根肌肉。

接下來的沉默彷彿永無盡頭。*快點，讓我的左手也解脫吧。割斷吧！*

她意識到自己憋著氣、而且他也注意到之時，已經太遲了。她絕望地聽到他又從膠帶捲上撕下一段的聲音。

現在不動手，就永遠沒機會了。

她盲目地朝工具盤上抓，那杯水碰飛了，冰塊撒在地板上。她的手指抓住一把鋼製工具。是解剖刀！

他撲向她時，她揮動解剖刀，感覺到刀刃劃過肉。

他往後縮，吼叫著，抓著自己的一手。

她往左轉，解剖刀割過綁住左腕的膠帶。另一隻手也自由了！

她在床上猛坐起身，視線忽然模糊了。一天沒喝水讓她變得虛弱，她努力想集中視線，將刀子湊向左踝。她盲目地割過去，覺得皮膚刺痛。她用力踢了一下，那隻腳踝自由了。

她將刀湊向另一邊腳踝。

沉重的牽開器擊中她的臉頰，她聽到骨頭裂開的聲音。

她不記得解剖刀從她手裡落下。

等到她恢復意識時，覺得臉頰抽痛，右眼睜不開。她想移動四肢，發現手腕和腳踝又重新被綁在床架上了。但他還沒貼住她的嘴，沒讓她噤聲。

他就站在她上方。她看到他襯衫上的污漬。他的血，她明白過來，感覺到一股強烈的滿足感。他的獵物反擊，抓得他身上流血。我沒那麼容易被征服。別人的恐懼會帶給他滿足感。但我不會讓他看到一絲恐懼。

他從工具盤拿起一把解剖刀，然後湊近她。儘管她的心跳好厲害，但她躺著完全不動，雙眼盯著他。眼神充滿嘲弄和挑戰。現在她知道自己的死是無可避免的了，接受了這一點，也帶來了某種解放感。死囚的勇氣。兩年來，她一直很懦弱，像一隻受傷的動物躲起來。整整兩年，她讓安德魯・卡普拉的鬼魂支配她的人生。再也不要了。

來吧，切開我。但你不會贏的。你不會看到我認輸死掉。

他刀子碰觸她的腹部。她的肌肉不由自主地繃緊了。他等著看她臉上現出恐懼。

但她只讓他看到藐視。「沒了安德魯，你就下不了手了，對吧？」她說。「你連自己硬起來都沒辦法。性交得由安德魯來。你唯一能做的就是看著他。」

他的刀子往下壓，刺穿她的皮膚。儘管很痛，儘管血開始流出來，她的目光還是緊盯著他，毫無懼色，絕不讓他得到一絲滿足。

「你連要上一個女人都沒辦法，對吧？這種事得由你的英雄安德魯來做。可是他也是個廢物。」

解剖刀遲疑了，拿起來。她看到刀子舉在那兒，映著黯淡的光線。

安德魯。關鍵在於安德魯，他崇拜的對象。他的神。

「廢物。安德魯是個廢物，」她說。「你知道他那天晚上爲什麼來找我，對吧？他來求我。」

「不。」那聲音好小，只是氣音。

「他求我不要開除他。他拜託我。」凱薩琳大笑，在那個黯淡的死亡處所顯得刺耳而嚇人。「眞可憐。那就是安德魯，你的英雄。求我幫他。」

他握緊解剖刀，再度往她的腹部割下，新鮮的血滲出來，流到她的側邊。她狠狠按捺住畏縮出聲的衝動，而是繼續講話，她的聲音有力而自信，好像拿著解剖刀的人是她。

「他跟我提到過你。你不知道，對吧？他說你連跟女人講話都沒辦法，眞是太懦弱了。他還得幫你找女人。」

「你騙人。」

「你對他來說微不足道。只是個寄生蟲。一條蠕蟲。」

「你騙人！」

刀子割進她的皮膚，儘管她想抗拒，但還是忍不住倒抽了口氣。你不會贏的，混蛋。因爲我再也不怕你了。我什麼都不怕。

她瞪著眼睛，眼中帶著視死如歸的蔑視，等著他割下一刀。

25

瑞卓利站在那裡，看著一排各式各樣的餅乾，很好奇有多少盒裡頭已經長了粉介蟲。霍伯斯食品店就是那種雜貨店——陰暗而有霉味，是眞正由老爸和老媽經營的家庭小本生意，而這對老爸和老媽，是一對會把臭酸牛奶賣給學童的刻薄老夫婦。「老爸」是迪恩．霍伯斯，這個北方老白人一雙多疑的眼睛，拿到顧客給的銅板還要先檢查一下。然後才不情願地找了兩分錢，把收銀機轟地關上。

「我不會去注意誰用那台提款機，」他對瑞卓利說。「那是銀行來裝的，讓我的顧客方便。跟我一點關係都沒有。」

「他是在五月提款的。兩百元。我有那個人的照片——」

「我跟那個州警說過，當時是五月，現在是八月了。你以爲我會記得那麼久之前的顧客嗎？」

「州警來過這裡？」

「今天早上，問了同樣的問題。你們警察自己都不互相溝通的嗎？」

所以那筆提款機的交易已經有人追查過了，不是波士頓警局派人過來，而是要州警支援。狗屎，她來這裡是浪費時間。

霍伯斯先生的目光忽然射向糖果架前的一個十來歲男孩。「嘿，你那根士力架巧克力棒會付錢嗎？」

「呃……會啊。」

「那就從口袋裡面掏出來吧？」

那男孩把巧克力棒放回架上，溜出雜貨店。

迪恩．霍伯斯咕噥了起來。「那小鬼向來就會闖禍。」

「你認識他？」瑞卓利問。

「還認識他爸媽呢。」

「那其他顧客呢？你大部分都認識？」

「你看過這個小鎮長什麼樣子嗎？」

「匆匆看了一圈。」

「唔，在我們黎希亞，只要匆匆看一圈，也就看完了。」

瑞卓利拿出沃倫．荷伊的照片。那是他們所能找到最好的照片，他兩年前申請駕駛執照時拍的。他直直看著鏡頭，臉瘦瘦的，頭髮梳得很整齊，沒有特色的平凡微笑。儘管迪恩．霍伯斯看過了，但她還是拿到他面前。「他的名字是沃倫．荷伊。」

「是啊，我知道。那個州警拿給我看過。」

「你認得他嗎？」

「今天早上不認得。現在也不認得。」

「你確定？」

「我的口氣像是不確定嗎？」

是啊，他的口氣像是那種從來不會改變心意的頑固老頭。

門開了，鈴鐺聲響起。兩個十來歲女孩走進來，一身夏日打扮的金髮少女，穿著熱褲，露出光裸的長腿和曬黑的皮膚。迪恩・霍伯斯一時分心，看著她們逛進來，咯咯笑著，走向店裡陰暗的後端。

「她們長得眞快，」他驚奇地喃喃道。

「霍伯斯先生。」

「嗯？」

「如果你看到照片上的這個男人，拜託馬上打電話給我。」她遞上自己的名片。「二十四小時都可以。打呼叫器或手機都行。」

「好啦，好啦。」

那兩個女孩現在回到收銀台前，拿了一包洋芋片和半打健怡百事可樂。沒穿胸罩的美妙體態站在那裡，乳尖抵著無袖T恤。迪恩・霍伯斯看了個飽，瑞卓利很好奇他是不是根本忘了她還站在那兒。

這就是我人生的寫照。漂亮姑娘走進來，我就變成隱形人了。

她離開雜貨店，走回她的車。才曬了那麼一會兒太陽，汽車裡頭就熱得像烤箱，於是她打開車門，等著熱氣消散。在黎希亞的主街上，一切靜止。她看到一座加油站、一家五金行，還有一家小餐館，但是沒有半個人。大家都熱得不敢出門了，她聽得到整條街都響著冷氣機的轟轟聲。

即使是在美國的小鎮，現在也沒人坐在戶外搧扇子了。冷氣機的奇蹟讓家家戶戶的前廊顯得多餘。

她聽到雜貨店的門叮噹關上，望著那兩名少女懶懶地走進陽光中，成爲唯一移動的活物。她們走上主街時，瑞卓利看到一扇窗子的窗簾撥開。小鎮上，大家的警覺性特別高，也一定會注意到漂亮的年輕女郎。

如果其中一個失蹤了，他們會注意到嗎？

她關上車門，又回到雜貨店。

霍伯斯正在蔬菜區，狡猾地把新鮮的包心萵苣藏在冷藏架的後半部，同時把乾萎的移到前頭。

「霍伯斯先生？」

他回頭。「你又回來了？」

「再問一個問題。」

「我不見得能回答。」

「這個鎮上有亞裔的女人嗎？」

這是個他沒預料到的問題，他只是迷惑地瞪著她。「什麼？」

「華裔或日本裔的女人，說不定是美國原住民。」

「我們鎮上有兩戶黑人家庭，」他說，好像可以代替似的。

「可能有個女人失蹤了。頭髮是黑色的，很直，長度過了肩膀。」

「你說她是東方人？」

「也可能是美國原住民。」

他大笑起來。「要命，我可不認爲她是其中任何一種。」

瑞卓利的注意力被喚起了。霍伯斯先生又回頭去整理菜架，開始把不新鮮的節瓜疊在新鮮的上頭。

「她是誰，霍伯斯先生？」

「不是東方人，這點很確定。也不是印第安人。」

「你認識她？」

「在這裡，見過一兩次。她租了那個老史特狄農場。高個子女郎。不怎麼漂亮。」

是啊，他會注意到漂不漂亮。

「你上次看到她是什麼時候？」

他轉身喊：「嘿，瑪格麗特！」

通往後頭房間的門打開，霍伯斯太太走出來。「幹嘛？」

「你上星期是不是送貨到史特狄那邊去了？」

「是啊。」

「住在那邊的女人，看起來還好吧？」

「她付錢了。」

瑞卓利問：「之後你還見過她嗎，霍伯斯太太？」

「沒理由見啊。」

「史特狄農場在哪裡？」

「在西叉路。沿著馬路走到盡頭的最後一戶。」

瑞卓利的呼叫器響了，她低頭看看。「可以借用一下電話嗎？」她問。「我的手機沒訊號。」

「不會是長途電話吧？」

「波士頓。」

他咕噥著轉回去整理他的節瓜。「外頭有公用電話。」

瑞卓利無聲詛咒著，大步走到外頭的熱氣中，找到了公用電話，把硬幣塞進投幣口。

「我是佛斯特警探。」

「你剛剛呼叫我。」

「瑞卓利？你在西麻州幹嘛？」

她有點慌張起來，被他發現自己在哪裡了，都要怪來電顯示。「我想開車跑跑。」

「你還在辦這個案子，對吧？」

「只是來問幾個問題罷了。沒什麼大不了的。」

「狗屎，要是——」佛斯特忽然壓低聲音。「要是馬凱特發現了——」

「你會告訴他嗎？」

「才不呢。不過趕緊回來。他正在找你，不爽得很。」

「我這邊還有一個地方要去看一下。」

「聽我的話，瑞卓利。別管了，不然你在組裡就完全沒機會了。」

「你還不明白嗎？我已經沒機會了！我已經完了！」她眨掉淚水，轉身恨恨瞪著空蕩的街道，沙塵像滾燙的灰燼飛起。「我現在只剩他了，外科醫生。除了逮到他，我什麼都沒有了。」

「州警已經去過那裡，結果什麼都沒查到。」

「我知道。」

「那你還在那邊做什麼？」

「問幾個他們沒有問的問題。」她掛斷電話。

然後她上了車開走，去找那個黑髮女子。

26

漫長的泥土路盡頭，唯一的房子就是史特狄農場。這是一棟老舊的鱈角式尖頂木屋，外表的白漆已經剝落，前廊中間被堆放的柴火壓得凹陷。

瑞卓利坐在車上一會兒，累得不想下車。更洩氣的是，自己一度充滿希望的前途落到眼前這樣：獨自坐在這條泥土路上，盤算著自己將徒勞無功地走上那些階梯去敲門，去跟某個剛好有一頭黑髮的困惑女人談話。她想到另一個波士頓警察艾德·蓋格，四十九歲，有天也把他的汽車停在一條泥土路上，然後判定眼前對他來說，眞的是走到盡頭了。當時瑞卓利是抵達現場的第一個警察。其他警察圍著那輛擋風玻璃濺滿血的車子，都哀傷搖頭喃喃地說可憐的艾德，但瑞卓利卻難以同情一個可悲到轟爛自己腦袋的警察。

那太容易了，她心想，忽然意識到臀部的手槍。不是公家的佩槍，那把已經交給馬凱特了，而是她從家裡帶來的手槍。槍可能是你最好的朋友，也可能是你最可怕的敵人。有時兩者皆是。但她不是艾德·蓋格；她不是那種會認輸而吞槍的人。她關掉引擎，不情願地下車，去做自己該做的事。

瑞卓利一輩子都住在城市裡，這個地方的安靜令她毛骨悚然。她爬上門廊的階梯，木頭的吱呀聲似乎特別大。蒼蠅圍著她腦袋嗡嗡響。她敲敲門，等著。試著轉門鈕，鎖住了。她又敲門，然後喊道：「哈囉？」迴盪的聲音響得嚇人。

此時蚊子已經發現她了。她拍了一下臉，發現手掌上一抹黑色的血。鄉村生活見鬼去吧；至少城市裡的吸血鬼是用兩條腿走路，而且你看得到他們走向你。

她又用力多敲了幾下門，多拍死幾隻蚊子，然後放棄了。看起來好像沒人在家。

她繞到屋子後頭，看有沒有強行進入的跡象，但所有的窗子都關著；所有的紗窗都在原位。屋子是蓋在一個高起的岩石地基上，窗子都太高了，要闖入就非得架把梯子不可。

她轉身看著後院，有個舊穀倉，還有一片漂著綠色浮渣的小池塘。裡頭只有一隻綠頭鴨，無精打采地漂浮在水面上——大概是被同類排斥的。還有個菜園完全沒整理，只有膝蓋高的野草和更多蚊子。好多蚊子。

幾道輪胎車轍通到穀倉。草地裡被壓平了一條痕跡，顯然最近剛有一輛車開過。

剩最後一個地方要檢查了。

她大步沿著那條壓平的草地，走到穀倉前，猶豫了一下。她沒有搜索票，但誰會曉得？她只是要看一眼，確認裡頭沒有車子。

她抓住門把，推開那道沉重的門。

陽光湧入，在穀倉的昏暗中切入一道缺口，一顆顆塵埃在驟然擾動的空氣中旋轉飛舞。她呆站在那裡，瞪著裡頭停的那輛車。

是黃色的賓士汽車。

冰冷的汗滑下她的臉。四周好安靜，只有陰影中一隻蒼蠅的嗡嗡聲，太安靜了。

她不記得解開槍套去拿手槍。但忽然間，當她走向那輛汽車時，槍就在她手裡了。她從駕駛座旁的車窗看進去，先是匆匆看一眼，確認裡頭沒人。然後第二眼看得更久一點，掃視著汽車內部。她的目光落在前面乘客座上的一叢深色物體上。那是一頂假髮。

大部分黑色假髮的頭髮是哪裡來的？東方。

那個黑髮女人。

她想到妮娜・裴頓被殺害的那天，醫院裡頭的監視錄影帶。在所有的錄影帶裡，他們都找不到沃倫・荷伊來到五樓西翼的畫面。

因爲他是打扮成女人走進外科病房區，然後離開時變回了男人。

一聲尖叫傳來。

她轉身面對著外頭的屋子，心臟狂跳。柯岱兒？

她像子彈似的衝出穀倉，跑過及膝的野草地，直奔房子的後門。

鎖住了。

她的肺起伏得像風箱似的，她退後，看著門和門框。要踢開一扇門，靠腎上腺素的成分要多過靠蠻力。她當警察的第一年，是警隊裡唯一的女性，當時曾被下令踢開一扇嫌犯家的門。那是個測試，其他警察都預料、甚或希望她踢不開。當他們站在旁邊等著她丟臉時，瑞卓利就把所有的怨恨、所有的怒氣，全都發洩在那扇門上。才踢了兩下，她就把門踢開，然後像隻袋獾似的衝進去。

此刻同樣的腎上腺素也在她體內高漲，她舉起手槍對著門框，連開三槍。接著一腳踹過去，木門裂了。她又踹一腳，這回門踢開了，她走進去，半蹲著轉了一圈，眼睛和手槍同時朝房間內每個角落掃過。進門處是個廚房，窗簾拉下了，但光線足以讓人看清裡頭沒有人。水槽裡堆著髒碗盤。冰箱嗡響著，還發出咕嚕嚕的聲音。

他在這裡嗎？他在隔壁房間等著我嗎？

天王啊，她眞該穿防彈背心的。但她事先沒想到會碰上這種情況。汗水從她雙乳間滑下，滲入她的運動胸罩。她看到牆上有一具電話，於是緩緩移動過去，從架上拿起聽筒。沒有撥號音。沒辦法請求支援了。

她讓電話懸吊在那邊，側身走向門口。朝隔壁看了一眼，發現那是客廳，裡頭有張破舊的沙發，還有幾張椅子。

荷伊人呢？在哪裡？

她走進客廳。走了一半，呼叫器震動起來，把她嚇得輕喊一聲。狗屎。她關掉呼叫器，繼續往前穿過客廳。

到了門廳，她停下腳步，瞪著眼睛。

前門是打開的。

他出去了。

她走上前廊。蚊子繞著她的頭打轉，她掃視前院，看著自己停著車的泥土車道之外，有一片高高的青草，不遠處的樹林外圍零星長著一棵棵較大的幼樹。看起來，剛剛她像隻蠢公牛似的撞著後門時，他已經溜出前門，跑進樹林裡了。

柯岱兒還在屋裡，快去找她。

她退回屋裡，匆匆爬上樓梯。樓上的房間很熱，又很悶，她匆忙找過了三間臥室、一間浴室，還有衣櫃。沒有柯岱兒的影子。

老天，她快要窒息了。

她退回樓下，屋裡的安靜讓她頸背的寒毛豎了起來。忽然間，她知道柯岱兒死了。剛剛她在穀倉裡聽到的，一定是臨終前的叫喊，從垂死的喉嚨所發出的最後呼聲。

她回到廚房，隔著水槽上方的窗子，後院的穀倉一覽無遺。

他看到我走過那片草地，走向穀倉。他看到我打開門。他知道我會發現那輛賓士車。他知道他的時間到了。

於是他趕緊結束工作，然後跑掉了。

冰箱發出兩三次匡噹聲，然後安靜下來。她聽到自己的心跳，像小軍鼓似的跳得好急。

她轉身，看到一扇門通往地窖，只剩這裡還沒搜過了。

她打開門，看到底下一片黑暗。要命，她真討厭這樣，從明亮處走下那些階梯，她曉得底下會是一片恐怖的場景。她不想下去，但她知道柯岱兒一定在那邊。

瑞卓利從口袋掏出小手電筒。藉著上頭發出的微細燈光，她下了一階，然後再一階。感覺上空氣比較涼、比較潮溼了。

她聞到血的氣味。

有個什麼拂過她的臉，她往後猛縮，嚇住了。後來發現那不過是一盞燈的開關拉繩，在階梯上方搖晃著。她伸手拉了一下，什麼動靜都沒有。

只能靠小手電筒了。

她再度把光線對準階梯，照著路往下走，同時手槍拿得離身體很近。經過了樓上令人窒息的熱氣後，下頭這裡的空氣簡直是寒冷，把她身上的汗都凍得發涼。

到了階梯底部，她鞋子踩著結實的泥土地。雖然這裡比較涼快，但血的氣味更濃了。空氣滯重而潮溼。安靜，好安靜；還是一片死寂。最大的聲音就是她自己的呼吸聲，從她的肺裡衝出來又湧進去。

她把手電筒劃了個弧，反光照回到她身上時，她差點尖叫起來。她站在那兒舉著槍，心臟猛跳，這才看清楚反射光線的是什麼。

玻璃罐。大型的玻璃藥罐，排在一個架子上。她不必看裡頭漂浮的東西，就曉得罐子裡裝的是什麼。

他的紀念品。

有六個瓶子，每個上頭都貼了名字標籤。比他們所知的被害人還要多。

最後一個罐子是空的，但標籤上已經寫了名字，罐子已經準備好，等待著戰利品納入。最大的戰利品。

凱薩琳．柯岱兒。

瑞卓利轉身，小手電筒緩緩掃了地窖一圈，掠過幾根巨大的柱子和地基岩石，在另一端角落忽然停下。牆上濺了黑色的東西。

血。

她把燈光往下移，照到柯岱兒的身體，手腕和腳踝用防水膠帶綁在床上。身體側面流出的血發出反光，新鮮而潮溼。她一邊白色的大腿上有個鮮紅色的手印，是外科醫生的手套按在上頭過，彷彿要留下他的印記。手術工具盤還放在床邊，上頭是凌虐者的各種工具。

啊老天，我差點就能救你……

她氣得頭暈，把手電筒的光往上移，照著柯岱兒濺了血的軀幹，最後停在頸部。沒有劃開的傷口。沒有致命傷。

光線忽然搖晃起來。不，不是光；是柯岱兒的胸部在動。

她還在呼吸！

瑞卓利撕掉柯岱兒嘴巴的膠帶，感覺手上吹來溫暖的氣息。她看到柯岱兒的眼皮顫動著。

太好了！

她感覺到一陣勝利感，但同時又微微覺得有個什麼很不對勁。沒有時間仔細追究了。她得把柯岱兒弄出這裡。

她嘴裡咬著小手電筒，迅速割開柯岱兒兩邊手腕的膠帶，探她的脈搏。找到了——很微弱，但確定還有心跳。

但她還是甩不掉有個什麼不對勁的感覺。就連她開始割開綁著柯岱兒右腳踝的膠帶，接著朝左腳踝伸手時，腦袋裡仍不斷響起警鈴。然後她明白爲什麼了。

那聲尖叫。她大老遠在穀倉就聽到柯岱兒的尖叫聲。

但她剛剛發現柯岱兒的嘴巴被膠帶封住。

他當時把膠帶撕掉了。他是故意要她尖叫的。他要我聽到。

這是陷阱。

她立刻伸手去拿剛剛放在床上的槍，但始終沒拿到。

那根二吋乘四吋的厚木條擊中她的太陽穴，力道大得把她打趴在硬泥土地上。她掙扎著想撐起四肢。

厚木條又呼嘯著揮過來，打到她的身體側面。她聽到幾根肋骨斷裂的聲音，肺臟裡面的空氣都被搾光。她翻身仰躺，痛得不敢吸氣。

一盞燈亮起，在遠遠的上方，一顆燈泡搖晃著。

他站在她上頭，在燈光下，他的臉只是一個黑色的橢圓形。外科醫生，看著他的新戰利品。

她翻身讓受傷的側邊貼地，想撐起身子。

他把她撐地的那根手臂踢開，她又垮下去仰天躺著，身體的撞擊讓她斷裂的肋骨刺痛。她痛極哀號一聲，無法動彈。即使他走得更近，即使她看到那根厚木條在她頭部上方逐漸逼近。

他的靴子踩在她手腕上，用力往下碾壓。

她大叫。

他伸手到手術工具盤，拿起一把解剖刀。

不。上帝啊，不。

他蹲下，一邊靴子還是踩著她的手腕，然後舉起解剖刀。無情地在空中劃出一道弧線，朝她張開的手掌插去。

這回她尖叫起來，金屬刀刃刺過她的肉，往下穿透，把她的手釘在泥土地上。

他又從工具盤拿起另一把解剖刀，然後抓住她的右臂拉直，靴子往下踩，固定住她的手腕。接著又舉起解剖刀，再度往下刺穿她的手掌，釘在泥土地上。

這回，她的叫聲虛弱了些，認輸了。

他起身，站著往下看了她一會兒，就像一個收藏者在欣賞他剛剛釘在木板上那隻鮮豔的新蝴蝶標本。

他走到工具盤旁，拿起第三支解剖刀。瑞卓利現在兩手展開，釘在地上，只能眼睜睜看著他採取最後的行動。他繞到她腦袋後頭蹲下來，抓住她頭頂的頭髮往後拉，他的臉依然像個黑色橢圓形。那是個黑洞，吞沒所有的光亮。她可以感覺到自己的頸動脈在喉嚨跳動，隨著心跳而搏動著。血就是生命，在她的動脈和靜脈中流動。她很好奇刀子劃過頸動脈後，自己還能保持清醒多久。不知死亡會不會是逐漸失去意識。她知道自己死定了。她一輩子都是個鬥士，一輩子都憤怒地拒絕認輸，但眼前她被征服了。她的喉嚨露出來，她的脖子往後彎。當刀子碰觸到她的皮膚時，她看到刀刃的光澤，然後閉上眼睛。

天主啊，讓這個過程快一點吧。

她聽到他準備好地吸了口氣，感覺到他突然抓緊了她的頭髮。

槍聲嚇了她一跳。

她睜開眼睛。他還是蹲在她頭部後面，但再也沒抓著她的頭髮了。解剖刀從他手中掉落。有個溫暖的東西滴在她臉上。是血。

不是她的，而是他的。

他往後翻倒，從她的視野中消失。

瑞卓利本來已經認命要接受自己的死亡了，現在驚愕地躺在那裡，沒想到自己可能會活下去。她掙扎著要一口氣吸收好多細節。她看到燈泡像一枚發亮的滿月，垂在電線尾端搖晃。牆上有陰影移動。她轉頭，看見凱薩琳·柯岱兒的手臂虛弱地垂回床上。

看到那把槍從柯岱兒的手裡滑出來，砰地一聲掉在地上。

遠處傳來警笛的尖嘯。

27

瑞卓利靠坐在她醫院的病床上，盯著電視機。厚厚的繃帶包住她兩隻手，看起來簡直像拳擊手套。她頭部側邊被剃禿了一大塊，上面的一道頭皮撕裂傷已經被醫師縫合起來了。她手忙腳亂對付著電視遙控器，因此一開始都還沒注意到摩爾站在門口。然後他敲門。她轉頭看過來，剎那間，他看到她眼中的脆弱，一閃即逝。然後她慣常的防衛性又冒出來，又是原來那個瑞卓利了，眼神警戒地看著他走進病房，在她床邊那張椅子坐下。

電視裡大聲播送著一齣肥皀劇的主題曲。

「能不能把那玩意兒關掉？」她懊惱地說，一隻包了繃帶的手示意著遙控器。「我沒法按那些鍵。他們指望我用我的鼻子或什麼去按呢。」

摩爾拿起遙控器，按了關機鍵。

「謝了，」她喘了口氣，然後因爲三根斷掉的肋骨發痛而皺起臉。

電視關掉後，兩人沉默了好一陣子。從打開的門口，他們聽得到廣播叫著一個醫師的名字，還有餐車沿著走廊推動的嘩啦聲。

「他們這裡有好好照顧你吧？」他問。

「以這麼一個鄉下醫院來說，還不錯。大概比在波士頓要好。」

由於凱薩琳和荷伊的傷勢比較重，所以當初都用飛機載到波士頓的朝聖者醫學中心去了，而瑞卓利則是由救護車送來這個小小的地方醫院。儘管離波士頓很遠，但兇殺組裡幾乎每個警探都來這裡探望過瑞卓利了。

而且每個人都帶了花。那些花陳列在托盤桌、床頭桌，甚至地板上，摩爾帶來的那把玫瑰花幾乎淹沒在其中。

「哇，」他說，「你的仰慕者還眞多。」

「是啊。你相信嗎，連克羅都送我花。就是那邊的那些百合。我想他是試著要跟我表達些什麼。看起來像不像葬禮？你看到這裡這些漂亮的蘭花嗎？佛斯特送的。要命，我才該送他花，謝謝他救我一命。」

當初就是佛斯特打電話給州警局要求協助的。他看瑞卓利沒回應他的呼叫，就趕緊聯絡食品雜貨店的迪恩．霍伯斯問她的下落，才知道她開車到史特狄農場去找一個黑髮女人了。

瑞卓利繼續介紹她那些花。「那一大瓶熱帶花是伊蓮娜．歐提茲家人送的。那把康乃馨是馬凱特送的，這小氣鬼。還有史力普的老婆送了那盆木槿。」

摩爾驚嘆地搖著頭。「你全都記得？」

「是啊，唔，從來沒有人送花給我過。所以我一定要好好記住這一刻啦。」

他再度看到她勇敢的面具之下，閃過一絲的脆弱。另外也看到了以前從沒見過的景象：那對深色眼珠中有一種光輝。她臉上有瘀傷，包了繃帶，腦袋側邊還有一塊剃禿了。但一旦你忽略掉她臉上的瑕疵，還有那平平的下巴、方正的前額，你就會看到珍．瑞卓利有一對美麗的眼睛。

「我剛剛跟佛斯特談過。他在朝聖者醫院，」摩爾說。「他說沃倫．荷伊會痊癒的。」

她沒吭聲。

「他們今天早上已經拔掉荷伊喉嚨的呼吸管了。他胸部還有另一根管子，因爲肺部塌陷。不過現在他可以自己呼吸了。」

「他醒了嗎？」

「對。」

「講話了嗎？」

「沒跟我們講，是跟他的律師講。」

「老天，當初要是我有機會宰了那個狗娘養的——」

「你不會殺他的。」

「你這麼覺得？」

「我覺得你是個太好的警察，不會再犯那樣的錯。」

她直視他的雙眼。「你不會曉得的。」

你也不會曉得。直到機會之獸凝視我們的那一刻，我們才會曉得。

「我只是覺得該讓你知道這個。」他說，然後站起來要離開。

「嘿，摩爾。」

「什麼事？」

「你都沒提到柯岱兒。」

其實，他是刻意迴避提起凱薩琳的話題。她是他和瑞卓利之間衝突的主要來源，也是傷害他們夥伴關係那個未痊癒的傷口。

「我聽說她還好。」瑞卓利說。

「她開刀過程很順利。」

「她是不是——荷伊有沒有——」

「沒有。他沒來得及切除。你在他動手之前趕到了。」

她往後靠，看起來鬆了口氣。

「我稍後就要到朝聖者醫院看她。」他說。

「接下來會怎麼樣？」

「接下來，你趕緊養好傷回去上班，我們就不必再幫你接電話了。」

「不，我的意思是，你和柯岱兒之間會怎樣？」

他停頓一下，目光轉向窗子，陽光灑遍那瓶百合，照得花瓣一片金亮。「我不知道。」

「馬凱特還在爲這個事情刁難你？」

「他警告我不要糾纏不清。他說得沒錯。我本來就不應該。但是我控制不了自己。這讓我很想知道，我是不是……」

「畢竟不是聖人湯瑪士？」

他慘笑起來，點點頭。

「沒有比完美更無聊的事情了，摩爾。」

他嘆了口氣。「我還有些決定要做。很艱難的決定。」

「重要的決定向來都很艱難的。」

他思索了一會兒。「或許最後不是由我決定，」他說，「而是由她。」

然後他走向門，瑞卓利朝他喊：「等你見到柯岱兒，幫我傳個話行嗎？」

「什麼話？」

「下回瞄準時，記得抬高一點。」

我不曉得接下來會怎麼樣。

他往東開向波士頓，車窗搖下，吹進來的風比過去幾個星期都要涼。昨夜一道加拿大的冷鋒南下，在這個涼爽的早晨，波士頓聞起來很乾淨，簡直是純潔。他想到瑪麗，他甜美的亡妻瑪麗，還有永遠連結兩人的種種牽繫。二十年的婚姻，以及其中無數的回憶。深夜的低語，只有兩人才知道的笑話，共同的往事。沒錯，共同的往事。一段婚姻就是由這類小事情組成的，比方燒焦的晚餐和午夜的游泳，但就是這些小事情，讓兩個人的人生合而為一。他們曾一起年輕，也一起步入中年。除了瑪麗，沒有別的女人能擁有他的過去。

別的女人能擁有的，是他的未來。

我不曉得接下來會怎麼樣。但我曉得什麼能讓我快樂，而且我想我可以讓她也快樂。在我們人生的這個階段，還能要求更大的福分嗎？

隨著每往前開一哩，他的不確定感就更減低一分。最後他終於來到朝聖者醫院下車時，已經可以踏著堅定的步伐，知道自己做了正確的決定。

他搭電梯到五樓，在護士站登記了，接著沿著長廊來到五二三號病房。他輕輕敲了門，然後進去。

彼得・法寇正坐在凱薩琳的床邊。

這個病房就跟瑞卓利的一樣，充滿了花香。早晨的陽光照進窗子，照得床上的人一片金光。她睡著了。一瓶靜脈點滴液掛在病床上方，發光的食鹽水像液體鑽石般，滴入注射管。

摩爾站在法寇對面，有好一會兒，兩個男人都沒說話。

法寇彎腰吻了凱薩琳的前額，然後站起來，目光看著摩爾。「好好照顧她。」

「我會的。」

「我會盯著你遵守諾言。」法寇說，然後走出病房。

摩爾在凱薩琳床邊的那張椅子坐下來，握住她的手，然後虔誠地貼在自己的唇上，再度輕聲說：「我會的。」

湯瑪士・摩爾是一個說到做到的人。眼前這個承諾，他也會信守的。

尾聲

我的囚室好冷。在外頭，二月嚴酷的風正在吹襲，聽說又下雪了。我坐在自己的小床上，肩膀披著一條毯子，回憶起那天我們走在希臘小城利瓦迪亞的街道上，美妙的暑熱像一件斗篷包覆著我們。在城北，有兩口古代聞名的泉水，遺忘泉和記憶泉。我們兩邊的水都喝了，你和我，然後我們在一處橄欖林的斑駁陰影下睡著了。

此刻我回想起這段往事，因爲我不喜歡這麼冷的天氣。寒冷會害我的皮膚發乾龜裂，擦再多乳霜也無法抵消冬天的影響。如今，只有回想起那段美好的暑熱記憶，想到你和我走在利瓦迪亞，想到被太陽曬熱的石頭溫暖了我們的涼鞋，才能令我感到安慰。

日子在這裡過得很慢。我關在個人囚室中，因爲惡名昭彰而和其他囚犯隔離開來。跟我談話的只有心理學家，但他們也失去興趣了，因爲我沒法提供他們刺激的病理學個案。小時候我不會虐待動物，不會放火，也從來不會尿床。而且我對長輩很有禮貌。

我擦防曬油。

他們很清楚，我跟他們一樣神智正常。

讓我異於一般人的，只有我的幻想。那些幻想引導著我，一路來到這個寒風吹雪的冰冷城市，以及這個冰冷的囚室。

當我肩頭裹著毯子之時，很難相信世上有某些地方，此時正有一具具冒汗發亮的金黃色身軀，躺在溫暖的沙灘上，海灘傘在微風中拍動。但她就是去了這種地方。

我伸手到床墊下，拿出我撕下來的那張剪報，報紙是我花錢跟好心的警衛買來的。

那是一則結婚啟事。二月十五日下午三點，凱薩琳．柯岱兒醫師與湯瑪士．摩爾結婚。新娘的父親羅伯．柯岱兒上校帶著女兒走過紅毯。她身穿有珠飾的象牙色高腰禮服。新郎穿了正式的黑色大禮服。

接著他們在後灣區的考普利廣場飯店舉行婚宴。然後到加勒比海度一個長長的蜜月後，這對新人將定居波士頓。

我摺起那張剪報，塞到床墊底下，放在那裡很安全。

到加勒比海度一個長長的蜜月。

她現在人在那兒了。

我看到她，閉著雙眼躺在沙灘上，皮膚上有點點發亮的細沙。她的頭髮像一根根紅色的絲線在大毛巾上展開。她在熱氣中昏昏欲睡，放鬆的雙臂光潤豐滿。

然後，下一刻，她猛地驚醒。她的雙眼睜開，心臟猛跳。恐懼讓她全身冒出冷汗。

她想到了我。就像我正在想她。

我們永遠相連，就像兩個愛人般親密。她感覺到我幻想的捲鬚纏繞著她。她永遠也掙脫不了這種束縛。

我的囚室熄燈了，漫漫長夜開始，牢房內男人入睡的聲音迴盪著。他們的鼾聲和咳嗽聲及呼吸聲。他們夢中咕噥的夢話。但當黑夜逐漸沉寂下來，我想到的不是凱薩琳．柯岱兒，而是你。

你，我最深痛苦的來源。

因此，我要從遺忘泉喝一大口水，好擦去我們在薩凡納共度最後一夜的記憶，那是你生前的最後一夜。

此刻，當我望向囚室中的黑暗，那些畫面在我面前浮現，逐漸清晰起來。

我往下看著你的雙肩，欣賞著你發亮的膚色比她的黝黑好多，當你一次又一次進入她，你的背肌也隨之收縮。那一夜，我看著你佔有她，就像你佔有之前的其他女人那樣。等到你完事，在她體內播了種，你看著我微笑。

然後你說：「來吧。她是你的了。」

但藥效還沒退去，當我把刀子壓向她的腹部時，她幾乎沒動。

沒有痛苦，就沒有愉悅。

我的喉嚨好乾，於是我們進了廚房，我倒了一杯水給自己。這一夜才剛開始，我的雙手興奮得顫抖。我滿腦子想著接下來的事情，一邊喝著水，一邊提醒自己要延長愉悅。我們有一整夜，我們希望能持續得久一點。

看一次，做一次，教一次，你這麼告訴我。你一直保證，今夜，解剖刀是我的。

但是我好渴，於是我留在廚房，你先回去看看她醒了沒。槍響時，我還站在水槽邊。

時間在此凍結。我還記得接下來好安靜。廚房的時鐘滴答響著。我自己的心跳聲好大。我認真傾聽，竭力想聽到你的腳步聲，想聽到你告訴我該走了，快一點。我不敢動。

最後我終於逼自己沿著走廊往前，進入她的臥室。我在門口站住了。

花了好一會兒，我才有辦法理解眼前的恐怖景象。她身體垂掛在床的側邊，努力想翻回床墊上。一把槍從她手裡掉下。我走到床邊，從床頭桌抓起一把外科牽開器，朝她的太陽穴用力一敲。她躺著不動了。

我轉過來看著你。

你仰躺在那裡，雙眼睜著，凝視我。一灘血在你周圍擴大。你的嘴唇嚅動，但我聽不到你講話。你的兩腿沒動，所以我知道子彈毀掉你的脊髓了。你又試著講話，這回我知道你跟我說什麼了：

動手吧。把事情結束。

你指的不是她，而是你自己。

我搖搖頭。被你的要求嚇壞了。我做不到。拜託別叫我做這件事！我站在那裡困住了，在你的絕望要求和我自己想逃走的恐慌之間，左右爲難。

趕緊動手吧。你的雙眼懇求著。警察快來了。

我看著你的雙腿，張開著，完全不動。我想著要是你活下去，未來將會面對種種可怕的狀況。我可以讓你逃過那一切。

拜託。

我看著那個女人。她沒動，不曉得我的存在。都是她害你變成這樣，我想把她的頭髮往後拉，露出她的脖子，把刀子深深劃過她的喉嚨。但她必須活著。只有她活著，我才能脫身，不會被追捕。

我戴著乳膠手套的雙手滲出汗，當我撿起手槍時，感覺好笨拙，好陌生。

我站在那灘血的邊緣，往下看著你。我想到那個神奇的夜晚，我們漫步在阿蒂蜜絲神廟。當時有霧，在逐漸深濃的暮色中，我們走在樹林裡，我偶爾看到你的短暫一瞥。忽然間你站住了，在微光中對我微笑。我們的眼神似乎穿越了生者與死者的巨大分界，在那一刻相會。

現在我的目光也穿越了那道分界，感覺你也在看著我。

我看到你眼裡有感激。即使當我顫抖的手舉起槍，扣下扳機，那個眼神還是不變。

你的血濺到我臉上，溫暖如淚水。

我轉向那個女人，她仍垂掛在床側，不省人事。我把槍放在她手旁邊，抓起她的頭髮，用解剖刀從靠近頸背的地方割下一綹，這樣就比較不會被注意到。有了這綹頭髮，我會記得她。藉著頭髮的香味，我會記得她的恐懼，像血的氣味一樣令人陶醉。這綹頭髮會幫助我度過一段時光，直到我再度與她相遇。

我走出後門，進入夜色。

我已不再擁有那綹珍貴的頭髮。但我現在也不需要它了，因爲我對她的氣味一如對自己那般熟悉。我知道她的血嚐起來是什麼滋味。我知道她皮膚滲出汗時那種絲綢般的光澤，這一切我都帶進夢裡，在夢中，愉悅有如女人尖叫，行走時踩出一個個血腳印。並不是所有紀念品都能握在手中，或者碰觸把玩。有些紀念品只能藏在我們腦海的最深處，我們內心的最底層，成爲我們取之不盡的來源。

我們每個人心中都有這個部分，但大部分人會否認。

我從不否認。我知道自己的本質；也擁抱這種本質。我就像上帝創造了我，就像上帝創造了所有人。

就像羔羊受到保佑，獅子也受到保佑。

獵人也受到保佑。

Storytella 67

外科醫生

The Surgeon

外科醫生 / 泰絲.格里森作 ; 尤傳莉譯. -- 初版.
-- 臺北市 : 春天出版國際, 2017.08
面 ; 公分. -- (Storytella ; 67)
譯自 : The Surgeon
ISBN 978-986-95077-7-6(平裝)

874.57　　　106011916

ISBN 978-986-95077-7-6
Printed in Taiwan

作　者　泰絲・格里森
譯　者　尤傳莉
總編輯　莊宜勳
主　編　鍾靈

出版者　春天出版國際文化有限公司
地　址　台北市大安區忠孝東路四段303號4樓之1
電　話　02-7733-4070
傳　眞　02-7733-4069
E－mail　frank.spring@msa.hinet.net
網　址　http://www.bookspring.com.tw
部落格　http://blog.pixnet.net/bookspring
郵政帳號　19705538
戶　名　春天出版國際文化有限公司
法律顧問　蕭顯忠律師事務所
出版日期　二〇一七年八月初版
　　　　　二〇二三年十二月初版一〇七刷

定　價　399元

總經銷　楨德圖書事業有限公司
地　址　新北市新店區中興路二段196號8樓
電　話　02-8919-3186
傳　眞　02-8914-5524
香港總代理　一代匯集
地　址　九龍旺角塘尾道64號 龍駒企業大廈10 B&D室
電　話　852-2783-8102
傳　眞　852-2396-0050